AF187544

Annette G. Krupka

Der Hyde Park Mörder

Erster Fall um Detective Inspektor Peter Brown und
Jane MacKenzie

Impressum

© 2019 Annette Gisela Krupka
Herstellung und Verlag: BoD – Books on Demand,
Norderstedt
ISBN 9783750408708

Das Buch

Der Jugendfreund von Jane MacKenzie, einer jungen Amerikanerin mit englisch-schottischen Wurzeln, wird vom mysteriösen Hyde Park Mörder ermordet.

Gemeinsam mit dem Kriminalpsychologen Professor Downsand versucht Jane die Hintergründe der Morde zu entschlüsseln, die sie tief in der englischen Geschichte vermutet.

Sehr zum Missfall von Detective Inspektor Peter Brown, der von der Hobbydetektivin alles andere als begeistert ist.

Jane hingegen setzt die Suche fort und erlebt auf dem Schlachtfeld von Culloden eine mörderische Überraschung.

Kapitel 1

Die Baker Street lag im hellen Sonnenschein des Spätherbstes. Überall hatten die Besitzer der Gaststätten nochmals Stühle und Tische nach draußen geräumt, die sich bald füllten mit Einheimischen und mehr oder wenig lärmenden Touristen.

James Downsand, emeritierter Professor der Kriminalpsychologie, hatte seinen Stammplatz in einem Café in der Nähe des Sherlock Holmes Museum. Hier saß er bei einem Tee sowie einem Brandy und seiner Pfeife, eine der Gemeinsamkeiten, die er mit seinem großen Vorbild, Mister Holmes, hatte.

Die anderen Gemeinsamkeiten bezogen sich allerdings nicht auf sein Äußeres. Prof. Downsand war eher klein und neigte zur Fülle, eine Folge seiner Leidenschaft für die gute Küche seiner Haushälterin, sondern auf seine Vorliebe, wie Holmes zu beobachten, zu kombinieren und seine Umgebung mit seinen unorthodoxen Meinungen zu überraschen.

Schon als Junge hatte ihn Sherlock Holmes fasziniert. Er hatte alle Bücher geradezu verschlungen und sicher war das einer der Gründe für seine Berufswahl gewesen.

Nach über 40 Jahren in Dienste des Scotland Yard hatte sich Prof. Downsand jetzt nach Windsor zurückgezogen, aber nicht, um wie sein großes Idol Bienen zu züchten, sondern Rosen.

Sicher, auch heute noch galt er als exzellenter Profiler, eine Bezeichnung, die er nicht sonderlich schätzte.

Aber mit seinen konservativen Methoden galt er bei manchem jüngeren Kollegen, allerdings nur hinter vorgehaltener Hand, als veraltet.

Was seine Studenten allerdings nicht abschrecken konnte, denn seine wenigen Gastvorlesungen waren bis auf den letzten Stehplatz belegt und das donnernde Klopfen der Fäuste nach Ende der Vorlesung erfüllte ihn noch immer mit dem Stolz, etwas von seinen Erfahrungen weitergetragen zu haben.

Trotzdem genoss er es jetzt, mehr Zeit für sich zu haben, sich den Luxus zu gönnen, bereits am frühen Nachmittag in der Sonne zu sitzen und seinem Hobby, Menschen zu beobachten, nachzugehen.

Genüsslich streckte er seine Füße etwas weiter nach vorn und zog an seiner Pfeife.

Was für ein herrlicher Tag.

Eine ältere Frau in langem Kleid mit gebundener Schürze und besticktem Häubchen kam aus dem Museum und sagte lachend etwas zu dem „Polizist", der in alter Bobbyuniform vor dem Museum stand und von vorbeikommenden Touristen gebührend bestaunt und gelegentlich auch fotografiert wurde.

Direkt nach ihr verließ eine junge Frau gemeinsam mit einem Ehepaar das Museum.

Auch sie trug einen knöchellangen Rock, aber das dunkelgrüne Karo, das nicht nur der Rock aufwies, sondern auch das Plaid, das über die linke Schulter geschlungen war, zeigten, dass dies keinesfalls eine Kostümierung war.

Das leuchtend rote Haar der Frau blitzte in der Sonne und sie sprach mit dem Ehepaar in einem sympathischen Plauderton.

Der Mann, groß und kräftig, trug einen breiten Texashut und lachte laut, als ein Royce-Royce, der sich mit schnittigem Fahrstil durch den Hauptstadtverkehr geschlängelt hatte, vorfuhr und trotz Parkverbot und heftig hupenden Autos, die durch das dreiste Parkverhalten behindert wurden, hielt.

Eine sehr schlanke Frau mit hellem Haar und einem Designerkostüm lächelte und strich der jungen, rothaarigen Frau über die Wange.

Dann stieg sie in den Wagen, dessen Tür ein livrierter Chauffeur, ungeachtet des Tumultes, aufhielt.

Nachdem auch ihr Ehemann eingestiegen war und der Chauffeur, trotz der heftigen Proteste, ruhig und mit einem servilen Lächeln auf den Lippen, ebenfalls hinter dem Lenkrad Platz genommen hatte, fuhr der Wagen zügig an und die junge Frau winkte dem Wagen kurz nach.

Eine Ambulanz jagte mit Blaulicht vorbei, eine Schulklasse drängte zu dem Museum, begleitet von einer sichtlich überforderten Lehrerin, die wild mit den Armen gestikulierte.

Die junge Frau zögerte eine Weile, besah sich die gefüllten Tische, dann steuerte sie zielgerichtet auf den Tisch von Prof. Downsand zu.

„Guten Tag, ist noch frei?"

Mit einer einladenden Bewegung deutete er auf die beiden freien Stühle.

Auf den einen legte sie eine schmale Umhängetasche, eine prall gefüllte Ledermappe und ein iPhone ab, dann nahm sie auf dem anderen Stuhl Platz und hob die Hand, um den Kellner zu ordern.

„Einen Tee und Sconnes, bitte."

Dieser, scheinbar verblüfft über jemand, der, kaum dass er Platz genommen hatte, seine Bestellung auf schnellstem Wege erfüllt zu sehen wünschte, kam der Aufforderung nach.

Zufrieden lächelnd lehnte sich die junge Frau zurück und blinzelte in die Sonne.

„Wenn man hier nicht schnell ist, wartet man eine gute halbe Stunde, bis man bedient wird", sagte sie mit der Erfahrung von jemand, der schnell zwischen zwei Terminen einen Imbiss nahm.

In diesem Moment kam die ältere Dame mit Häubchen zurück, in der Hand unübersehbar ein Kuchenpaket. Sie raffte ihre Röcke und betrat das Haus Baker Street 221b, wobei sie dem Bobby einige Worte zuraunte, die diesem ein breites Lächeln entlockte.

„Wenn man die Autos nicht beachtet, könnte man fast denken, im vergangenen Jahrhundert zu sein", sagte Professor Downsand versonnen.

Die junge Frau lachte und beugte sich über ihren Tee, den der Kellner prompt gebracht hatte.

Dann musterte sie den Professor kurz.

„Mit etwas Fantasie und der entsprechenden Verkleidung, wie er sie liebte, könnten Sie doch auch Sherlock Holmes sein?"

Dieser zog noch einmal an seiner Pfeife und legte sie

dann langsam auf den Tisch.

„Wollen wir den Versuch wagen, ob ich ein paar Fähigkeiten des großen Meisters habe?"

Die junge Frau, ein frisch bestrichenes Sconnes in der Hand, nickte.

„Nun dann."

Downsand lehnte sich zurück.

„Also", sagte er etwas gedehnt, in scheinbarer Sherlock Holmes Manier. „Ich kombiniere, sie sind von väterlicher Seite eine geborene MacKenzie, von mütterlicher Seite eine Nottingham. Sie waren in einer Klosterschule, haben in Oxford und Harvard Geschichte studiert, sie stammen aus dem Osten der USA, sind aber hier als freiberufliche Historikerin tätig. Das haben sie keinesfalls finanziell nötig, trotzdem führen sie gutbetuchte Amerikaner auf ihren europäischen Spuren durch England und Schottland. Sie sind unverheiratet, haben eine Katze und sind eine gute Reiterin."

Jane MacKenzie hatte ihr Sconnes auf den Teller zurückgelegt und schloss jetzt ihren, vor Erstaunen geöffneten Mund, langsam.

Schließlich schüttelte sie etwas betrübt den Kopf.

„Ich wusste nicht, dass sie mich kennen, allerdings..."

Der Professor hob die Hand.

„Auf Ehre und Gewissen, das tue ich nicht."

Als er noch immer ein ungläubiges Gesicht sah, nahm er seine Pfeife wieder auf.

„Wie würde Mr. Holmes sagen? Alles eine Frage der Beobachtung und Kombination. Sie tragen die Farben des MacKenzie-Clans. Der Rock könnte ein Zufall sein, aber nicht das Plaid und die Brosche. < Lueo non uro, Ich leuchte, aber verbrenne nicht,> der Leitspruch der MacKenzie. Ihr Ring an ihrem rechten Ringfinger, der einzige, den sie im Übrigen tragen, also vermute ich, er ist bedeutsam für sie, ist sehr alt und trägt das Siegel der Nottingham.

Sie heißen MacKenzie, ihre Ledermappe hat die Initialen J.MacK. Also kombinierte ich, es ist ihr Vatersname. Als vorhin die Ambulanz vorbeiraste, haben sie sich bekreuzigt, das tun viele ehemalige Klosterschülerinnen, um für die Genesung der Verletzten zu beten. Sie können es einfach nicht ablegen, nicht wahr?"

Als er keine Antwort bekam, fuhr er fort.

„Trotzdem sind sie Amerikanerin, denn ihre Offenheit und ihre Art zu bestellen verrieten mir das sofort. Ihr Englisch ist das typische Oxfordenglisch, aber ein leichter Hauch lässt Harvard vermuten. Da ihre Vorfahren Schotten waren und irgendwann nach Amerika ausgewandert sind, sicher in Folge von Culloden, ist anzunehmen, dass sie sich, wie tausende ihrer Landsleute, im Osten der USA niederließen. Die Herrschaften, die sie vorhin verabschiedeten, waren augenscheinlich Amerikaner und sehr wohlhabende dazu. Mit Sicherheit suchen sie sich eine kompetente Beratung für ihre Suche nach ihren Wurzeln, also eine gut ausgebildete und bewanderte Historikerin. Sie sind keine übliche Fremdenführerin mit festem Vertrag. Da könnten sie ihre offensichtliche Schott-

11

landtreue nicht so deutlich zeigen. Außerdem haben sie es nicht nötig zu arbeiten, alle diese Gegenstände." Er wies auf Janes Tasche, ihr iPhone, ihre Rolex. „Sind nicht gerade preisgünstig."

Er lächelte sie an und fuhr fort.

„Sie tragen keinen Ehering, am Unterarm haben sie ältere und neuere Kratzer, die nur von einer Katze stammen können, mit der man öfters zusammen ist. Sie haben Schwielen an den Händen, wie jemand, der ein ziemlich wildes Pferd ohne Handschuhe geritten hat und das tut nur eine gute Reiterin."

Der Tee war kalt geworden, aber die junge Frau war fasziniert. Ein breites Grinsen erschien auf ihrem Gesicht.

„Das war einzigartig, Mr. Holmes."

In diesem Moment klingelte ihr iPhone und mit einem entschuldigenden Schulterzucken klemmte sie es sich ans Ohr.

„Hallo, Antony, mein Lieber, ich freue mich auf unseren Treff. Ja, lass mich schauen."

Sie warf einen Blick auf ihre Rolex.

„In einer halben Stunde, gut, der Pub nahe Eingang Hyde Park. Ich bin ja so gespannt, Tschau."

Sie legte das iPhone weg und strich sich eine Strähne ihres roten Haares, das sich fürwitzig aus dem langen Zopf gelöst hatte, über das rechte Ohr.

„Ein Studienfreund von mir. Er kam überraschend nach London, keine Ahnung warum. Aber er sagte, es sei eine tolle Überraschung."

Mit einer ausholenden Geste deutete sie den Kellner

das sie zahlen wollte und dieser kam auch sofort an den Tisch, wie der Professor schmunzelnd registrierte.

Nachdem sie das erledigt hatte und der junge Mann sich entfernte, sagte sie mit einem bezaubernden Lächeln.

„Im Übrigen, Mr. Holmes, mein Name ist Jane MacKenzie."

Sie biss noch einmal in ihr Sconnes und leckte sich ungeniert die Finger ihrer linken Hand ab.

„Oje, Großmama würde jetzt in Ohnmacht fallen, aber was soll`s."

Sie zuckte die Schultern.

„Ach und, Mr. Holmes, sie haben etwas vergessen...meinen ausgezeichneten Appetit."

Beide lachten und Jane lehnte sich zurück, ohne Zweifel sah man ihr ihre Freude am Essen an.

Sie war nicht sehr groß, aber wirkte insgesamt durchtrainiert und sportlich, sonst wäre sie wohl kaum so eine begeisterte Reiterin.

Aber dem gängigen Schönheitsideal entsprach sie in keinster Weise. Dazu war ihre frauliche Figur viel zu sehr gerundet.

Allein durch ihre Bewegungen und ihre offene Art strahlte sie eine ungeheurere Dynamik und Energie aus.

Mit einer fließenden Geste glättete sie ihr Plaid und nahm Tasche und Mappe vom Stuhl neben sich.

„Entschuldigen Sie mich bitte, Mr...."

Downsand erhob sich leicht.

„Verzeihen sie meine Unhöflichkeit, Miss MacKenzie, James Downsand."

Sie ergriff die dargebotene Hand.

„Angenehm, ich hoffe, wir treffen uns einmal wieder."

Mit einem Lächeln nickte sie ihm noch einmal zu und winkte ein Taxi heran.

Ihr Haar leuchtete in der Nachmittagssonne auf, als sie einstieg.

„Ich leuchte, aber verbrenne nicht", murmelte der Professor und klopfte seine Pfeife aus.

„Wie wahr, wie wahr."

Kapitel 2

Antony Dorsand stieg am Eingang Hyde Park aus dem Taxi, zahlte und ging mit festen Schritten auf das kunstvoll geschmiedete Gittertor zu.

Mit einem Lächeln sah er in den völlig wolkenlosen, azurblauen Himmel und genoss den leichten, angenehmen Wind, der ihm sein kurzes, dunkles Haar zerzauste.

Das allseits beschriebene neblige, verregnete London schien diesem Klischee heute keine Ehre machen zu wollen.

Gut so, denn er hatte schon befürchtet, bei gießendem Regen im Hydepark umherirren zu müssen.

Daher war er froh gewesen, seine Regenbekleidung im Hotel lassen zu können

Er trug ein helles Button-Up-Hemd unter einem marinefarbenen Jackett und die sandfarbene Hose passte farblich zu den leichten Wildlederslippern, die er ohne Strümpfe trug.

Trotz dieser bequemen Freizeitkleidung sah man ihm irgendwie immer den erfolgreichen Anwalt an.

Ein Freund hatte ihm einmal gesagt, er habe diesen gewissen Blick, was auch immer das sein mochte.

Beim Gedanken daran musste er wieder schmunzeln.

Aber es schien wirklich etwas dran zu sein, kaum tauchte er auf einer Party auf, wo ihn niemand kannte, irgendwo am Strand oder zu einer Bootstour im Freizeitlook, irgendjemand vermutet immer in ihm den Anwalt.

15

Ihm begegnete eine Gruppe japanischer Touristen, die mit ihren Videokameras jeden einzelnen Schritt zu filmen schienen.

Als sie auch ihn versehentlich filmten, verbeugten sie sich entschuldigend und als er leicht kopfschüttelnd abwinkte, verbeugten sie sich nochmals.

Eine Familie, allem Anschein nach Schotten oder Iren, mit drei rothaarigen Kindern lief an ihm vorbei und das älteste Mädchen mit dicken Zöpfen und einem wadenlangen Blümchenkleid blieb stehen und lächelte ihn an.

Antony lächelte zurück.

Vor seinem inneren Auge tauchte ein Bild aus der Vergangenheit auf, die kleine Jane MacKenzie.

Sie hatte genau so ausgesehen, damals in dem Feriencamp in Iowa.

Nur hatte sie nicht gelächelt und sie erzählte ihm nach einer Weile auch, warum.

Sie hatte gehofft die Sommerferien mit ihrem Vater in Schottland zu verbringen.

Aber dieser musste plötzlich geschäftlich nach Neuseeland und war der absurden Idee anheimgefallen, seiner Tochter würde ein Urlaub in einem Camp unter anderen, gleichaltrigen Kindern guttun.

Genau eine Woche war sie geblieben und er, Antony, hoffte täglich ihr zu begegnen.

Ihre Haare und die Sommersprossen auf ihrer Nase faszinierten ihn ebenso wie ihr hübsches, ernstes Gesicht.

Nach einer Woche war Jane abgereist, er brachte in

Erfahrung, dass ihre Tante sie nach Schottland geholt hatte.

Scheinbar war der Geschmack ihres Vaters von einem Ferienaufenthalt nicht der ihre gewesen.

Antony war sehr enttäuscht gewesen als sie weg war und ihm wollte der weitere Aufenthalt einfach keinen rechten Spaß mehr machen.

Auch nach den Ferien hatte er das Mädchen nicht vergessen, bis er ihr auf dem Studienball des ersten Semesters in Harvard wieder begegnete.

Er erkannte sie sofort, auch wenn über zehn Jahre inzwischen vergangen waren und er schwärmte noch immer für sie.

Er glaubte einfach an keinen Zufall, sondern daran, dass das Schicksal sie bewusst hier wieder zusammengeführt hatte.

Nur leider oder Gott sei Dank, das hatte ihn die Zeit gelehrt, zeigte Jane kein Interesse an ihm als Liebhaber oder gar Ehemann. Sie trug sich nicht einmal im Entferntesten mit dem Gedanken an eine Beziehung, und eine Affäre wäre für die streng katholisch erzogene junge Frau undenkbar.

So wurde sie aber über all die Jahre eine gute, eine sehr gute Freundin, die immer ein offenes Ohr für seine kleineren und größeren Probleme hatte und auch wenn sie häufig eine große Distanz trennte, da Jane sich meist in Europa aufhielt, war ihr Kontakt nie ganz abgebrochen.

Während er in einen der weit verzweigten Wege einbog, dachte er daran, dass er fast ein schlechtes

Gewissen hatte, sie nicht eher von seinem Besuch in England informiert zu haben.

Sicher hätte auch sie Interesse an dieser ganzen Geschichte gehabt und hätte ihm behilflich sein können, aber…

Er schüttelte, in Erinnerung an den Anfang eben dieser Geschichte, die ihn heute hierherführte, etwas den Kopf.

Diese ganze Geheimniskrämerei fand er zunehmend albern, aber seine Neugier war stärker.

Er hatte schon immer etwas für einen Hauch Abenteuer übriggehabt. Nur deshalb hatte er sich überhaupt auf diese Geschichte eingelassen, die verheißungsvoll klang und alles in allem sehr lukrativ zu werden schien.

Normalerweise war dies alles hier nicht sein Stil, aber wenn dabei wirklich so viel herauskommen würde, wie er in Aussicht gestellt bekommen hatte, war es doch keine so schlechte Sache.

In ein paar Minuten würde er nun endlich mehr wissen und danach Jane treffen und sie würden bei einem Bier in dem gemütlichen Pub über diese ganze Geschichte plaudern.

Das kleine Mädchen war ihrer Familie gefolgt und Antony ging etwas schneller den Weg hinunter und schaute nochmals auf seinen Plan, den er zusammen mit dem Brief in der Tasche seiner Jacke trug.

Nach ein paar Schritten war er in einem etwas entlegenen Teil des Hydeparks angekommen und hörte die Geräusche der draußen fahrenden Autos, aber auch die Stimmen der Spaziergänger im Park selbst, deutlich verhalten.

Noch einmal orientierte er sich an dem Plan und lächelte erneut etwas.

Auch das erinnerte ihn an die Schnitzeljagten aus Pfandfinderzeiten.

Schließlich blieb er vor einer Eiche stehen, dem vereinbarten Treffpunkt.

Er sah auf seine Rolex und holte hörbar Luft.

Er war pünktlich, sein neuer Partner scheinbar nicht.

Antony hasste Unpünktlichkeit, gerade im Geschäftsleben.

Plötzlich hörte er ein Rascheln und wandte sich um.

Ungläubiges Staunen trat in sein Gesicht, er wollte etwas sagen, aber er hörte nur noch ein hohes Pfeifen, sah eine blitzende, riesige Klinge auf sich zukommen, ohne nur die geringste Chance zu haben ihr auszuweichen.

In diesem Augenblick, dem Letzten seines Lebens, verwünschte er seine Fitness, die er in teuren Fitnessstudios sich tagtäglich antrainiert hatte und die ihm jetzt nichts mehr half.

Aber gnädigerweise spürte nicht einmal mehr einen Schmerz, als sein vom Rumpf abgetrennter Kopf gegen den Stamm der Eiche prallte.

Aus seiner Jackentasche wurden der Brief und die Karte entnommen und neben seine kopflose Leiche fast behutsam eine weiße, voll erblühte Rose gelegt.

Dann war nur noch das Knirschen der kleinen Wegkiesel unter einem festen Schritt zu hören, bis lange danach der hysterische Schrei einer älteren Frau die Stille zerriss und jede Menge Schaulustige auf den Plan rief.

Der schwarze, unauffällige BMW brauste in Richtung Hyde Park. Auf dem Rücksitz saßen Detective Inspektor Peter Brown und sein Assistent, Sergeant James Molder.

Letzterer, ein unscheinbarer, dünner Mann mittleren Alters, beobachtete seinen Chef aus dem Augenwinkel. Er ahnte, was in diesem gerade vorging.

Sie fuhren zum Schauplatz eines Verbrechens, nichts Ungewöhnliches in ihrem Beruf, aber dieser Fall sicher schon.

Es war vermutlich das dritte Opfer des Hyde Park Mörders, wie die Londoner Boulevardpresse ihn genannt hatte. Es war jederzeit zu befürchten gewesen, dass der Mörder wieder zuschlug, obwohl die Zeitabstände relativ groß waren.

Und das Interesse der Öffentlichkeit war entsprechend.

Wilde Spekulationen in der Presse, die den Mörder bereits zum *„Jack the Ripper des 21. Jahrhunderts"* ausriefen, aber auch der ständig wachsende Druck aus dem Buckingham Palast.

Und das alles lastete auf den Schultern von Detective Inspektor Peter Brown, den sein Vorgesetzter, Detective Chief Inspektor Lord Winslet, als seinen besten Mann im Yard bezeichnet hatte und das vor laufenden Kameras bei einer Pressekonferenz.

Das Auto fuhr jetzt deutlich langsamer und das Blitzlichtgewitter der Presse begann.

„Verdammte Aasgeier", brummte Molder leise und zuckte dann leicht mit den Schultern.

„Entschuldigung", murmelte er in die Richtung seines Chefs, obwohl er sich nicht im Klaren darüber war, ob dieser ihn gehört hatte.

Hatte er aber. Langsam wandte er den Kopf in seine Richtung und zog eine Braue nach oben.

„Ein wahres Wort, aber es hilft nichts."

Er gab dem Fahrer ein Zeichen und der Wagen hielt.

Kaum hatte er die Tür geöffnet, brach die Hölle los.

Die Nachricht von diesem neuerlichen Mord musste sich in Windeseile herumgesprochen haben, denn die gesamte Presse Londons war anwesend, ebenso wie einige der wichtigsten Fernsehsender, die mit ihren Übertragungswagen die Zufahrten fast komplett zugeparkt hatten.

Um das Chaos vollständig zu machen, hatten viele vorüberfahrende Berufspendler angehalten, um zu schauen und so war die gesamte Straße hoffnungslos verstopft.

Als der Detective Inspektor das Auto verließ, prasselten die Fragen auf ihn herab.

„SIR, IST DAS EIN NEUES OPFER DES HYDE-PARKMÖRDERS?"

„SIND JETZT AUCH AMERIKANER NICHT MEHR SICHER IN UNSERER HAUPTSTADT?"

„IST JACK THE RIPPER ZURÜCKGEKEHRT?"

Die Journalisten drängten näher heran und nur mit Mühe konnten die wenigen uniformierten Beamten sie zurückhalten.

Einer jungen Journalistin gelang es, unbemerkt die menschliche Absperrungskette zu durchbrechen.

Sie rannte mit ihrem Mikrofon bewaffnet auf Brown zu. Kurz vor ihm blieb sie stehen, strich ihr Haar zurück und legte mit einem sinnlichen Lächeln den Kopf zur Seite.

Sergeant Molder seufzte innerlich auf.

Nicht nur im ganzen Yard, scheinbar auch bei der Presse war bekannt, dass der - „bestaussehendster Polizist des Yard aller Zeiten"- wie ein Boulevardblättchen Brown einmal getitelt hatte, auf hochgewachsene Blondinen stand.

Aber eines musste man ihm lassen, er konnte immer Dienst und Privates teilen. So auch heute.

Er erwiderte das Lächeln prompt und winkte einen der Uniformierten herbei, der unter Protestrufen der übrigen Journalisten, die Blondine hinter die Absperrung zurückzerrte, denn sie wehrte sich vehement und ihr Abgang war alles andere als professionell.

Das eiserne Tor zum Hyde Park wurde von einem Polizisten geöffnet.

„Guten Tag, Sir. Da entlang."

Er deutete auf einen leicht abfallenden Weg.

Schweigend gingen Brown und Molder den Weg hinunter, bis auf einmal eine Schar merkwürdig weiß gekleideter Menschen sichtbar wurden.

In den weißen Anzügen und den Brillen wirkten sie wie Außerirdische, die durch die Büsche schlichen.

Bei ihrem Eintreffen näherte sich einer der „Aliens" und nahm seine Brille ab.

Es war Jeffreys Raymond, der Leiter der Spurensicherung.

„Hallo, Peter, sie können ran, wir haben soweit alles. Er ist auch schon da."

Mit einer kurzen Kopfbewegung deutete er nach rechts, wo ein kleiner, untersetzter Mann mit Smoking und Lackschuhen stand.

Als Brown sich näherte, sagte dieser: „Tot, und zwar mausetot."

Brown rollte leicht die Augen nach oben.

„Sehr gut erkannt, Doc."

Lex Brechner, der Chefpathologe des Yard, war als Sonderling und Zyniker bekannt, aber heute schien er sich selbst zu übertreffen.

Er starrte mit seinen stahlblauen Augen zu Brown auf und fuhr sich durch sein, schon jetzt in Büscheln abstehendes, rotes Kraushaar.

„Ja, und da jeder Kanalarbeiter feststellen kann, dass ein Mann, dessen Kopf gut fünf Meter von ihm entfernt liegt, tot sein muss, frage ich mich, welcher Idiot mich aus der Royal Music Hall hier herzerren lassen musste?"

Dabei starrte er jetzt auf die lange, dünne Gestalt des Chefs der Spurensicherung, der nur lakonisch die Schultern zuckte.

„Es ist Vorschrift, Lex", versuchte Brown ihn zu beruhigen, aber der Arzt wandte sich zum Gehen.

„Packt ihn ein und fahrt ihn in mein Institut. Natürlich falls er nicht doch noch leben sollte. Dann holt einen Notarztwagen, sicher wird er reanimiert werden müssen."

Wutentbrannt stampfte er den Weg hinan.

Jeden anderen hätte Brown zurechtgewiesen, aber er wusste, dass Lex Brechner zwar ein Sonderling, aber auch ein Arbeitstier und Genie war und nicht lockerließ, bis er nicht die kleinste Kleinigkeit ans Licht gebracht hatte.

Er wandte sich wieder an Jeffreys Raimund, der dem Arzt hinterher starrte.

„Der wird auch immer bizarrer", sagte dieser.

„Was halten sie davon?"

Brown deutet auf die kopflose Leiche, die noch nicht abgedeckt war, der Kopf lag, etwas unsichtbar, einige Meter entfernt, unter einen Busch gerollt.

„Amerikaner, weiß, männlich…"

„Und woher weiß das schon alles die Presse?", fragte Molder ärgerlich, was ihm einen tadelnden Blick des Spurensicheres einbrachte.

„Weil die alte Dame, die über die Leiche gestolpert ist, so laut geschrien hat, das sämtliche Besucher des Parks, die in unmittelbarer Nähe waren, herbeigerannt kamen. Darunter war ein junger Kerl mit einem Blackberry und einem guten Gespür fürs Geschäft. Er hat ein paar Fotos gemacht, die Identitäten des Toten gecheckt und die Presse informiert. Dann hat er das Foto bei einigen Zeitungen und Fernsehsendern angeboten, hochgeladen und wahrscheinlich das Geschäft seines Lebens gemacht. Immerhin hat er anschließend noch die Polizei angerufen. Jetzt sitzt er dort, hört sich eine Standpauke an und lacht sich ins Fäustchen."

Der schlaksige Raimond deutete etwas weiter links

zu einem Polizeiwagen, wo alle Zeugen vernommen worden.

„Gut, wieder zurück. Also weiß, männlich und Amerikaner, dazu wohlhabend. Vierhundert US-Dollar in bar, dreihundert Pfund sowie drei Kreditkarten und eine Hotelkarte vom Ritz. Kein Raubmord."

Obwohl solche Schlüsse zu ziehen eigentlich Sache des leitenden Ermittlers war, wusste Raimond, dass Brown, bei allen Schwächen, die er hatte, ein Teamplayer war, der allen am Fall beteiligten das Recht einräumte, ihre Meinung und ihre Wahrnehmungen kund zu tun.

„Handy, iPhone, Blackberry?" fragte dieser.

Raimond seufzte.

Er winkte eine Mitarbeiterin herbei, die eine Tüte hochhielt.

Sie enthielt die Einzelteile eines iPhone.

„Die alte Dame ist darüber gestolpert und hat es zertreten. Aber wir kriegen es schon irgendwie gangbar, es dauert eben. Vielleicht kriegen wir auch etwas über seinen Provider heraus. Aber bei den Amis ist das immer etwas schwierig."

Dann winkte er Brown an die Leiche heran. Es wies auf eine Stelle, die sich rechts neben dem Kopf befunden hätte, wäre dieser noch da gewesen.

Eine weiße, zartblättrige Rose.

Er wechselte mit Raimond einen Blick und dieser nickte.

„Mit Sicherheit wieder ein sehr scharfes, sehr breites Schwert, ein Einhänder, vermute ich mal."

Brown ging etwas in die Hocke und besah sich den Toten. Dieser war sportlich, aber elegant gekleidet.

Raimond reichte ihm eine Visitenkarte.

„Er war Anwalt und ich nehme stark an, ein erfolgreicher", sagte er.

Der Detective Inspektor nickte und erhob sich langsam.

„Und was hat er mit einem Brauereibesitzer und einem Studenten gemeinsam?"

„Weiß und männlich", wiederholte Sergeant Molder den Chef der Spurensicherung und die beiden Männer sahen ihn an.

„Tja, aber das scheint kein Grund zu sein, drei Männer in den Hyde Park zu locken und zu enthaupten und ihnen dann eine Rose hinzulegen."

Detective Inspektor Peter Brown fuhr sich über die Stirn.

„Jetzt wird uns auch noch der CIA im Nacken sitzen, der Innenminister, die Presse und wer nicht alles was. Wir brauchen ein paar brauchbare Ergebnisse, und zwar bald. Jeffreys, wir sehen uns um sieben in meinem Büro. Teambesprechung, es geht wieder los."

Er nickte den Umsehenden zu und entfernte sich in Richtung Ausgang.

Molder, der ihm folgte, sagte leise:

„Vielleicht, Sir, wäre ein anderer Ausgang besser."

Aber Brown schien nicht zu hören oder wollte es nicht.

Er stürzte sich erneut in das Blitzlichtgewitter der

Presse, aber diesmal brach niemand durch die Absperrung.
Die Uniformierten hatten Verstärkung von der Polizeiakademie bekommen.

Kapitel 3

Am nächsten Morgen saß Professor James Downsand im Wintergarten seines kleinen Hauses in Windsor und genoss ein ausgezeichnetes Frühstück.

Missis Nowland, seine Haushälterin, war die beste Köchin weit und breit und dessen war nicht nur er sich bewusst, sondern auch die energische, stattliche Dame selbst.

Mit liebevoller Strenge regierte sie seit gut fünfundzwanzig Jahren seinen Haushalt und seit seiner Pensionierung vor zwei Jahren regierte sie ihn auch selbst, wie er öfters scherzend bemerkte.

Der gestrige, schöne Herbsttag war scheinbar der Letzte gewesen. Heute regnete es fast pausenlos.

Es war zudem empfindlich kühl und die Rosen, Professor Downsand ganze Leidenschaft, verloren ihre samtenen Blätter.

Wenigstens hatte er gestern noch die Schönsten abgeschnitten und so stand ein Strauß herrlich duftender, gelber Teerosen auf einer Wandablage neben der Tür.

Der Duft nahm das ganze Zimmer ein und verbreitete, zusammen mit dem Geruch nach dem harzigen Holz, das im Kamin knackte, eine heimelige Atmosphäre.

Seufzend stopfte er sich seine morgendliche Pfeife und öffnete die Times, die Missis Nowland immer auf den kleinen Beistelltisch in der Ecke legte, denn bei ihrem erlesenen Frühstück duldete sie weder Pfeife noch Zeitung.

Die erste Schlagzeile: *„ERNEUTER MORD DES RO-SENMÖRDERS IM HYDE-PARK!"*, lies ihm die Pfeife aus dem Mund fallen.

Diese fiel auf den hellen orientalischen Teppich.

Erschrocken hob er sie auf und trat heftig auf die Funken, die sich überall verstreut hatten.

Dann öffnete er die Zeitung weiter.

„Junger amerikanischer Anwalt brutal enthauptet."

In diesem Moment läutete es Sturm an der Haustür.

Downsand hörte Missis Nowlands energische Stimme, aber auch eine deutlich jüngere, noch energischere Stimme, die näher zu kommen schien.

„Entschuldigen sie, Herr Professor, aber…"

Missis Nowland breites, gutmütiges Gesicht war gerötet vor Zorn, als sie von einer jungen Frau förmlich zur Seite gedrängt wurde.

Der Professor sah das dunkelgrüne Karo des Plaids und unter einer gleichfarbigen Kappe einen dicken, roten Zopf.

„Guten Morgen, Miss MacKenzie."

Die Haushälterin starrte beide leicht entgeistert an.

„Ja, aber…"

Der Professor lächelte.

„Danke, Missis Nowland, es ist in Ordnung und bringen sie bitte noch eine Tasse und Gebäck."

Schulterzuckend zog sich diese zurück, nicht ohne noch einen kritischen und missbilligenden Blick auf die junge Frau geworfen zu haben.

Diese öffnete ihr Plaid, einige Regentropfen stiebten durch den gemütlichen, warmen Raum, warf es auf einen der hellen Sessel und setze sich schließlich, wobei sie die Times in die Höhe hielt.

„Sie haben es gelesen, nicht wahr? Antony Dorsand war mein Schulfreund. Wir wollten uns gestern treffen, sie haben das Telefonat doch mitgehört? Aber er kam nicht zum verabredeten Termin und das passte so gar nicht zu Antony, so korrekt und pünktlich wie er immer ist. Ich meine, wie er immer war. Er ging auch nicht an sein Handy und heute früh habe ich das gelesen. Ich habe mich dann mit Jack Davids vom *Star* in Verbindung gesetzt und er erwähnte ihren Namen, Professor. Ich glaube nicht an einen Zufall. Er konnte mir sie gut beschreiben, deswegen bin ich hier."

Sie unterbrach sich, als Missis Nowland die Tasse und das verlangte Gebäck brachte.

„Sie waren damals bei den beiden anderen Toten mit im Ermittlerteam, als Profiler, nicht wahr?", fuhr Jane MacKenzie fort, als sie wieder allein waren.

Missis Nowland hatte mit einem tadelnden Blick ihr Plaid genommen und ordentlich an einen gusseiserenen Garderobenhaken neben dem Kamin gehängt, schließlich missbilligend mit der Zunge geschnalzt und war mit festen Schritten aus dem Zimmer marschiert.

Der Professor schenkte seinem Gast und dann sich selbst Tee ein und nahm seine Pfeife wieder auf.

Er mochte die amerikanische Bezeichnung Profiler nicht besonders, aber wie man es auch nennen wollte, Jane hatte recht.

31

Einige Information konnte er ihr also geben.

„Der erste Mord geschah vor fünf Jahren.

Der zweite vor drei Jahren, kurz vor meiner Pensionierung. Immer eine Enthauptung, immer eine weiße Rose neben der Leiche. Tatort ebenfalls immer der Hyde Park und nie gab es Zeugen für die Tat."

Er strich sich über die Stirn, als ihm etwas einfiel.

Er warf einen prüfenden Blick auf die junge Frau und fragte: „Aber sie waren sicher schon beim Yard, Miss MacKenzie?"

Mit einer Handbewegung tat sie das ab.

„Aber warum tut jemand so etwas?"

„Es sieht aus wie Ritualmorde, immer nach dem gleichen Schema. Der Täter ist ein äußerst präziser Mensch, der nichts dem Zufall überlässt. Er hat seine Taten exakt geplant und ausgeführt. Das macht es so schwer für die Ermittler."

Jane nippte an ihrem Tee und nahm ein Gebäckstück.

„Antony war nur einmal vorher in London und das war eine Zwischenlandung. Ich verstehe das nicht. Was hat er mit den beiden anderen Opfern gemeinsam?"

Ihre Hände zitterten und sie stellte ihre Tasse vorsichtig ab.

„Mein Gott, seine Eltern. Ich weiß gar nicht, ob man sie schon benachrichtigt hat."

Der Professor wollte etwas erwidern, überlegte es sich dann aber anders.

„Miss MacKenzie, sie waren doch beim Yard?"

Sie fuhr sich mit der rechten Hand an ihren dicken, dunkelroten Zopf, warf ihn mit einer resoluten Geste über die Schulter nach hinten und schüttelte stumm den Kopf.

„Dann sollten wir dort schleunigst anrufen. Ich kenne den ermittelnden Beamten gut."

Jane griff nach ihrem Handy.

„Gut, dann werde ich meinen Anwalt kontaktieren."

Als sie Downsand entsetztes Gesicht sah, drehte sie das iPhone in ihrer Hand hin und her, ohne es zu benutzen und lächelte verlegen

„Ich dachte, das sei besser, man weiß ja nie."

Auch der Professor zog die Lippen leicht nach oben.

„Typisch Amerikanerin. Immer den Anwalt zur Hand. Ich schlage vor, ich bitte Detective Inspektor Brown hier her und bin bei dem Gespräch dabei. Ist ihnen das Schutz genug?"

Jane nickte, klappte das iPhone zu und schob es in die Tasche zurück.

„Okay."

Der Professor ging hinaus, um zu telefonieren.

Er wollte das Telefon im Flur nutzen, damit Jane nicht den genauen Wortlaut seines Gespräches mitbekam, aber er hatte Pech und wurde nur mit der Zentrale verbunden, die ihm versprach, Detective Inspektor Brown sofort zu benachrichtigen und zu ihm nach Windsor zu schicken.

Er war im Yard noch immer bekannt genug, um unnötige Fragen und Dienstwege zu vermeiden.

Jane nahm inzwischen noch einen Schluck von dem heißen, starken Tee.

Dann sah sich in dem hellen Wintergarten um.

Was sie sah, gefiel ihr ausnahmslos. Es dauerte eine Weile, bis Downsand zurückkam.

„Er ist in spätestens einer Stunde hier, Miss MacKenzie", sagte er und ließ sich in seinem Sessel nieder.

„Jane, bitte nennen sie mich Jane", verlangte diese.

Der Professor nickte.

„Gut. Sie sind also Lady Doras Enkeltochter?"

Jane sah ihn erstaunt an.

„Sie kennen Großmama?"

„Flüchtig, ich glaube, wir sind uns zwei, drei Mal begegnet. Eine sehr agile Dame."

Jane lächelte bei seinen Worten.

„Oh ja, das ist Großmama. Sie hat viel Energie und Kraft. Mama war ihre einzige Tochter und ich glaube, tief in ihrem Inneren, hat sie es ihr nie verziehen, dass sie einen Amerikaner geheiratet hat, der noch dazu bekennender Schotte war. Meine Eltern führten eine sehr gute Ehe, auch wenn meine Mutter, seit ich fünf Jahre alt war, in einem Schweizer Sanatorium leben musste. Dort ging ich auch in die Klosterschule, wie sie so scharfsinnig erwähnten. Sie wollte mich in ihrer Nähe haben und Papa gab schweren Herzens nach. Als ich fünfzehn war, starb Mama und Papa holte mich sofort zurück in die Staaten. Ich machte meinen High-School-Abschluss, studierte und dann stürzte Papas Jet ab. Plötzlich war ich Vollwaise. Es war Großmama, die mir so viel von ihrer Energie und Kraft gab."

Jane senkte den Kopf und faltete ihre Hände im Schoß.

Der Professor schenkte Tee nach und stellte ihr Fragen, zu ihrem Studium, zu ihrer Großmutter. Geschickt lenkte er sie damit von den Verlusterlebnissen ihrer Familie und dem Hyde Park Mord ab. Gerade lachten sie herzlich über eine von Janes Studienerlebnissen, als Missis Nowland Detective Inspektor Brown hereinführte.

„Hallo, Peter, setzen sie sich zu uns, Detective Inspektor Brown, Miss Jane MacKenzie."

Jane musterte den überaus gutaussehenden, großen Mann in elegantem Outfit, der eher einem Modejournal zu entstammen schien, als einer Dienststelle bei Scotland Yard.

Er hatte kurzes, dichtes schwarzes Haar und verwirrend blaue Augen, mit denen er abschätzend die junge Frau musterte und schließlich seine Stirn leicht in Falten legte.

„Guten Tag, Miss MacKenzie. Professor?"

Fragend blickte er diesen an und nahm Platz.

„Mich würde interessieren, was sie über den neuen Hyde Park Mord denken, Peter? Gibt es schon neue Erkenntnisse?"

Erstaunt sah dieser den Professor an. Erwartete der allen Ernstes, dass er hier, in Gegenwart einer völlig fremden Person, vertrauliche Informationen preisgab?

Schließlich hatte Downsand selbst der Sonderkommission angehört bis zu seiner Pensionierung, er kannte ja wohl die Spielregeln.

Daher glaubte Peter Brown, dass er gute Gründe für die Fragen hatte.

„Wir tappen weitgehend im Dunklen, wie die anderen beiden Male auch. Es scheint mit ziemlicher Gewissheit unser Mann zu sein, einen Trittbrettfahrer schließen wir aus. Aber diesmal haben wir zwei Anhaltspunkte", begann er zögerlich.

„Zum einen hat sich eine japanische Familie gemeldet, als sie das Foto des Ermordeten im Fernsehen in ihrem Hotel sahen. Durch Zufall begegneten sie ihm im Hyde Park und filmten ihn versehentlich, zu unserem Glück. Sie haben uns heute Morgen die Kamera in den Yard gebracht, und so wissen wir jetzt fast genau den Todeszeitpunkt, aber auch, dass Mister Dorsand allein und scheinbar freiwillig in den Hyde Park kam, um sich mit seinem Mörder zu treffen. Er wirkt auf dem Clip sehr entspannt und lächelte sogar, als er merkte, dass er gefilmt wurde."

Der Detective Inspektor warf einen Blick auf die junge Frau, die ihn sprachlos musterte und verstand den Professor immer weniger, als dieser ihm zunickte, fortzufahren.

Nun, er war ein exzellenter Psychologe, er musste es wisse, was immer das alles zu bedeuten hatte.

Also fuhr Brown, wenn auch irritiert, fort.

„Zum Zweiten haben wir diesmal das iPhone des Toten, während es die vergangenen Male fehlte. Der Mörder hatte scheinbar keine Zeit mehr, es zu entfernen. Leider war es komplett zerstört. Die alte Dame, die den Toten fand, ist in Panik darauf getreten."

„Er hat nie mit dem Täter telefoniert, sonst hätte er es mitgenommen", wandte der Professor ein.

Nach seinem Täterprofil leistete sich der Täter keine solchen Leichtsinnsfehler.

„Wir hatten aber Glück und konnten über den Anbieter des Toten die letzten Gespräche zurückverfolgen. Der Tote hat kurz vor der Tat mit der Nummer eines anderen Teilnehmers, hier in London telefoniert und wurde von der gleichen Nummer mehrmals zurückgerufen. Das ist vielleicht genau die Spur, die uns helfen könnte. Unsere Techniker checken das gerade ab."

„Er hat mit mir telefoniert", ließ sich Jane vernehmen, während ihr der Detective Inspektor einen ärgerlichen Blick zuwarf.

„Und dann..."

Verdattert hielt er inne und starrt erst sie, dann den Professor an.

Aber er fasste sich schnell und sein Gesicht nahm die übliche kühl-beherrschte Miene an.

„So", sagte er nur.

„Ja, Antony war ein alter Schulfreund von mir. Er kam kurzfristig nach London und verabredete sich mit mir. Er wollte sechs Uhr abends in einem Pub am Hyde Park sein, aber er kam nicht. Ich glaube fest, zu dieser Zeit war er schon tot."

Sie schluckte und griff sich unwillkürlich an die Kehle.

„Ob es schnell ging?", fragte sie leise und sah der
Professor an.

Dieser legte beruhigend seine Hand auf die ihre.

„Der Täter ist bekannt für seine ungeheure Schlag-
kraft. Die Waffe ist ein Schwert und er brauchte immer nur einen einzigen Hieb, um den Kopf vom Hals
zu trennen. Entschuldigung Jane, es klingt brutal,
aber keines der Opfer musste lange leiden. Es ging
mit Sicherheit blitzschnell. Keines der Opfer trug
Kampfspuren oder sonstige Anzeichen der Gegenwehr."

Dankbar nickte Jane dem Professor zu, der seine Pfeife wiederergriffen hatte und daran zog.

Inzwischen hatte sich auch Detective Inspektor
Brown gefasst.

„Sie hätten sofort zu uns kommen müssen, Miss MacKenzie", sagte er, in dem bekannt tadelnden Polizei-
tonfall.

Jane warf ihm einen langen Blick zu.

„Ich weiß sehr gut, was ich zu tun habe. Aber da ich
das Vergnügen genieße, den Herrn Professor persönlich zu kennen, wandte ich mich als erstes an ihn. Ist
das so schwer zu verstehen?"

Peter Brown war bei dem herablassenden Tonfall
leicht blass geworden.

Noch ehe er etwas erwidern konnte, war Jane aufge-
standen und ging im Raum auf und ab.

Professor Downsand sah auch in ihrer Haltung die
typische Klosterschülerin. Kerzengerader Oberkörper, die Hände leicht vor dem Unterbauch gekreuzt.

In dieser Haltung musste sie auf jeden anderen, der nicht ihren Hintergrund kannte, ausgesprochen arrogant wirken.

Zumal sie jetzt mit dozierender Stimme sagte:

„Neben allen drei Opfern lag eine weiße Rose und von Antony weiß ich, dass er morgen nach York weiterreisen wollte. Er war zuvor nie in England und hätte er hier geschäftlich zu tun, wüsste ich das. Aber ich werde mich für alle Fälle nochmals bei seinen Eltern rückversichern, oder haben sie das bereits getan?"

Sie unterbrach ihre Wanderung durch das Zimmer und sah den Detective Inspektor fragend an.

„Natürlich, Miss MacKenzie, stellen sie sich vor, wir arbeiten auch und haben auch hin und wieder eine gute Idee", quetschte er zwischen den Zähnen hervor.

„Und?", fragten Jane und der Professor gleichzeitig. Erstaunt sah Peter Brown Letzteren an und seufzte dann resigniert auf.

„Seine Eltern bestätigten, dass die Reise nicht geschäftlich war. Ebenso sagte das seine Sekretärin. Überhaupt schien diese ganze Reise etwas mysteriös zu sein."

Jane hatte ihren Rundgang im Zimmer beendet und war an das bodentiefe Fenster mit Blick auf den weiten Garten getreten.

Sie trommelte leise mit den Fingern an die Glasscheibe, an der außen die Regentropfen entlang glitten.

„York, die weiße Rose von York. Man sollte unbedingt herausfinden, ob die beiden anderen Opfer auch eine Verbindung nach York hatten."

Peter Brown schüttelte den Kopf.

„Weiße Rose von York, was soll das? Ich verstehe nicht."

Jane stieß einen unwilligen Laut aus, ohne sich zu ihm umzuwenden.

„Vielleicht sagen ihnen ja die Rosenkriege etwas? York und Lancaster, die weiße und die rote Rose."

„Natürlich weiß ich das, aber das ist fünfhundert Jahre her und was soll das mit unserem Fall zu tun haben?", erwiderte der Detective Inspektor mit unüberhörbarer Schärfe in seiner Stimme.

Langsam verlor er die Geduld mit dieser Person, die neben ihrer verrückten Kleidung und ihren verdrehten Ideen im gespreizten Upper-Class- Englisch historische Vorträge hielt.

Lächerlich, einfach lächerlich.

Er fühlte eine unüberwindbare Abneigung gegen sie in sich aufsteigen und hätte gerne den Raum verlassen, um diesem unerträglichen Frauenzimmer zu entrinnen.

Was hatte sich Professor Downsand nur dabei gedacht, in Anwesenheit dieser Frau den ganzen Fall zu diskutieren?

Sie konnte ja vielleicht den Professor, aber sicherlich nicht ihn beeindrucken mit ihrem geschichtlichen Wissen und dieser unsinnigen Kombination zwischen den Morden und den Rosenkriegen.

Das konnte doch wohl unmöglich ihr Ernst sein.

„Aber es wäre eine Spur."

Jane war nicht gewillt klein bei zu geben.

Sie hatte sich jetzt dem Detective Inspektor zuge-
wandt, ihre grünen Augen funkelten und ihre bisher
entspannten Hände ballten sich leicht.

„Miss MacKenzie ist Historikerin", lenkte der Professor ein, um die Situation etwas zu entspannen.

Er spürte sowohl Peter Browns steigende Abneigung
gegen die junge Frau, die so gar nicht seinem Typ
entsprach, als auch Janes immer stärker werdende
Ungeduld mit diesem Mann.

„Schön", knurrte Brown.

Der Professor stopfte gemächlich seine Pfeife.

„Vielleicht ist die Überlegung nicht einmal so
schlecht."

Er sah in Peter Browns Gesicht, das allmählich eine
leicht rote Farbe annahm.

„Der Mann ist ein Psychopath, darin sind wir uns
wohl einig. Was geht in seinem Kopf vor? Wir wissen
es nicht. Wir sollten jedem Hinweis nachgehen, Peter."

Dieser wohlgemeinte Rat, den Peter Brown sonst
kontrovers diskutiert hätte, brachte heute das Fass
zum überlaufen.

„Ich weigere mich zu glauben, dass jemand drei
Menschen umbringt, einer alten Sache wegen, die vor
fünfhundert Jahren Recht oder Unrecht war."

Der Detective Inspektor war aufgesprungen und
funkelte Jane wütend an, die ihm die Ursache für
diese ganze verzwickte Diskussion schien.

„Und sie kommen jetzt zum Yard wegen des Protokolls", fuhr er sie an und erntete einen eisigen Blick.

„Nicht in diesem Ton, Detective Inspektor Brown. Meine Tante Betty wäre nicht begeistert, wenn sie hörte, wie sie mit unschuldigen Bürgern umgehen." Ihre Stimme war leise und ihr Tonfall so unerträglich herablassend, als spräche eine viktorianische Lady mit einem unbotmäßigen Diener.

Er konnte seine mühsame Beherrschung fast nicht mehr aufrechterhalten und Professor Downsand beobachtete amüsiert seinen inneren Kampf.

„Ihre Tante kann mich mal", stieß der Detective Inspektor zwischen den Zähnen hervor und sah verwundert auf den Professor, der einen plötzlichen Hustenanfall zu haben schien.

Jane musterte ihn mit einem eisigen Blick.

Dann nahm sie ihr Plaid vom Haken und warf es in einem Ruck über die Schulter, so dass ein Zipfel den Detective Inspektor hart im Gesicht traf.

Sie hielt es nicht für nötig, sich zu entschuldigen, sondern richtete ihre kleine Gestalt noch kerzengerader auf als bisher und wandte sich mit einem entzückenden Lächeln an Professor Downsand.

„Auf Wiedersehen, Herr Professor, ich komme am Nachmittag noch einmal vorbei".

Sicher hätte sie gerne ergänzt: „Wenn dieser Schnösel weg ist".

Sie sagte es nicht, aber jeder im Raum wusste es.

Dann verschwand das Lächeln so schnell von ihrem Gesicht wie es gekommen war und sie wandte sich wieder um.

„Detective Inspektor."

Sie schenkte ihm ein kühles Kopfnicken und rauschte aus dem Raum.

Als die Tür hinter ihr ins Schloss fiel, stieß Detective Inspektor Brown erleichtert den Atem aus und ließ sich in den Sessel zurückfallen.

„Wer, um Gottes Willen, war denn das?"

Der Professor, den Janes Abgang sehr amüsiert hatte, goss sich eine neue Tasse Tee ein.

„Jane Elisabeth Elinor Dora MacKenzie. Haben sie nie von dem bekannten amerikanischen Baumagnaten James MacKenzie gehört? Vor ein paar Jahren stürzte er mit seinem Privatjet ab. Die Sache machte weltweit Schlagzeilen. Jane ist seine einzige Tochter."

Der Detective Inspektor machte ein reichlich gelangweiltes Gesicht.

„Wahnsinnig interessant. Haben sie mich deswegen hergerufen, dass ich mit einer übergewichtigen Millionärstochter, die zu ihrem Zeitvertreib ein bisschen Historie betreibt, über die Rosenkriege und ihre Tante Betty plaudere?"

Ihm war anzumerken, dass er diese Art von Bekanntschaft keinesfalls schätzte und er auch nicht verstand, warum Downsand so einen Rummel um diese exzentrische junge Frau, mit ihren verdrehten Ansichten, machte.

Der Professor lachte laut, er verschluckte sich sogar am Rauch seiner Pfeife und es dauerte eine Weile, bis er sich beruhigt hatte.

„Peter, sie tun Miss MacKenzie Unrecht. Sie ist eine ausgezeichnete und international beachtete, promovierte Historikerin. Sie hat sich schon einen wissenschaftlichen Namen gemacht, trotz ihres jugendlichen Alters. Und was ihre Bemerkung zu ihrer Tante Betty betrifft, im Übrigen ihre Patentante, war nicht sehr klug von ihnen, Peter."

Er setzte eine Weile aus und musterte Peter Browns gelangweiltes Gesicht, mit dem dieser auf das prasselnde Kaminfeuer starrte.

„Nun, die Patentante von Miss MacKenzie ist niemand anderes als ihre Majestät, die Königin."

Nun sah der Professor, wie Detective Inspektor Peter Brown endlich völlig seine, bisher mühsam aufrecht erhaltene Fassung, verlor. Er wandte sich ruckartig zu Downsand um, wurde blass und musste seine Teetasse abstellen.

„Mein Gott, warum haben sie mir das nicht eher gesagt? Ich, ähm…"

Er brach ab und errötete leicht.

Downsand zuckte mit den Schultern.

„Sie waren so schön in Fahrt, ich brachte es einfach nicht übers Herz."

Mit Genugtuung sah er, wie sich Peter Browns Röte verstärkte und ließ ihn noch eine Weile zappeln.

Er fand, dass Jane MacKenzie eine solche Behandlung einfach nicht verdiente und Peter etwas gut zu machen hatte.

Als er dessen stärker werdende Unruhe bemerkte, meinte er lächelnd: „Falls sie künftig nicht wieder in

Uniform alten Damen über die Straße helfen möchten, sollten sie alles daransetzten, ihren Fauxpas wieder auszugleichen. Und zwar, noch ehe Miss MacKenzie ihre Tante Betty informiert. Also, wenn Jane nachher zu ihnen in den Yard kommt, sind sie einfach zu ihr einmal so charmant, wie sie es sonst zu diesen gutaussehenden Blondinen sind."

Der folgende Hustenanfall und das Funkeln in Peter Browns Augen brachten den Professor erneut zum Lächeln, genauso wie der Ausdruck im Gesicht des Detective Inspektor, als habe er vor, in eine Zitrone zu beißen.

Aber dann brachte er das Gespräch zurück auf den Fall.

Das Team von Detective Inspektor Brown traf sich, nach dessen Rückkehr von Windsor, in dem kleinen Besprechungsraum am Ende des Flurs.

Der Raum war nur künstlich beleuchtet und spärlich eingerichtet, verfügte aber über die neuste Technik. Gerade warf der Leiter der Spurensicherung einige Tatortbilder mit sehr guter Qualität an die gespannte Leinwand, als die Tür einen Spalt geöffnet wurde.

Unwillig fuhr der Detective Inspektor herum, erkannte aber im Gegenlicht die massige Gestalt seines Vorgesetzten.

Er erhob sich und wollte dem Leiter der Spurensicherung ein Zeichen geben, seinen Vortrag zu unterbrechen, aber Lord Winslet deutete ihm, nach draußen zu kommen.

Auf dem schwach beleuchteten Flur lehnte sich der Detective Chief Inspektor etwas gegen die hell getünchte Wand.

„Und, gibt es schon Ergebnisse?"

„Sir, wir haben…"

Winslet winkte ab und fuhr sich durch die kurzen, grauen Haare. Er wirkte müde und abgespannt, aber das waren sie wohl alle hier.

„Ja, ich weiß, sie tun alles, Brown, aber der CIA ist schon im Anflug. Sie wollen natürlich eigene Leute herschicken, dieser Dorset war nicht nur ein angesehener Anwalt. Sein Vater hat in New York zweimal für den Senat kandidiert und scheint sehr einflussreich zu sein. Der macht denen da drüber die Hölle heiß und die jetzt auch uns."

Er deutete auf die verschlossene Tür, aus der die dozierende Stimme von Jeffreys Raymond zu hören war.

„Haben sie Downsand mit ins Boot geholt?"

„Er ist pensioniert, Sir, ich war zwar vorhin bei ihm, aber."

Winslet schüttelte den massigen Kopf.

„In diesen Zeiten gelten keine Pensionierungen. Er ist der Beste und er wartet darauf, dass wir ihn holen. Mein Gott, James würde zu Fuß von Windsor nach London laufen, wenn es sein muss für diesen Fall. Also, in einer Stunde sitzt er hier. Schicken sie ihm einen Wagen."

Peter nickte, er war froh wieder mit dem Professor arbeiten zu können, auch wenn die meisten im Yard ihn für hoffnungslos altmodisch hielten, weil er auf moderne Technik weitgehend verzichtete.

Der Detective Chief Inspektor nickte ihm kurz, aber aufmunternd zu, als ein Sergeant die Treppe heraufkam. Er wandte sich an den Detective Inspektor.

„Sir, eine Miss Jane MacKenzie für sie."

Brown zog die Augenbrauen fast schmerzvoll zusammen.

„Soll warten", knurrte er und wollte zurück in das Besprechungszimmer.

Als der Sergeant gegangen war, hielt Winslet Peter zurück.

„Brown, da ist noch etwas. Wissen sie, wer diese junge Dame ist, die sie da warten lassen?"

Peter war froh, *dass* er es wusste und sagte so ruhig

als möglich.

„Ja, das Patenkind ihrer Majestät und außerdem eine maßlos arrogante junge…"

Der Detective Chief Inspektor ließ ein Knurren hören.

„Brown, verdammt, sie sind mein bester Mann, auch wenn ihre Manieren manchmal zu wünschen übriglassen. Jane MacKenzie ist nicht nur das Patenkind ihrer Majestät, sondern über ihre Großmutter, Lady Dora Nottingham, praktisch mit dem gesamten Hochadel verwandt. Außerdem väterlicherseits, ihr Onkel ist John MacKenzie, der Baumagnat, ein milliardenschwerer Mann mit großem, sehr großem Einfluss. Er ist mit Donald Dorset, dem Vater des Opfers, gut befreundet."

Peter hatte mit wachsender Abneigung zugehört. Mein Gott, diese unmögliche Person schien wirklich den gesamten Einfluss ihrer Familie geltend machen zu wollen.

„Natürlich Sir, aber."

Winslet schlug mit seiner großen Hand flach gegen die Wand.

„Kein Aber, Brown, sie gehen jetzt da hinunter und werden so nett zu dieser Frau sein, wie sie es verdammt noch mal können, klar?"

Ohne eine Antwort abzuwarten, stampfte er, mit hochgezogenen Schultern wie ein Stier, davon und Peter Brown stieß den angehaltenen Atem aus.

„Danke, Miss MacKenzie", stieß er zwischen den zusammengebissenen Zähnen hervor und begab sich in sein Zimmer, um die junge Frau zu empfangen.

Kapitel 4

Am Nachmittag kam Jane, wie abgesprochen, wieder nach Windsor.

Als Missis Nowland ihr die Haustür öffnete, wurde ihr ein riesiger Blumenstrauß in die Hand gedrückt.

„Bitte entschuldigen Sie meinen Überfall heute Morgen, ich weiß, ich war schrecklich unhöflich, aber vielleicht wissen sie ja, was passiert ist?"

Missis Nowland strahlte über ihr ganzes, breites Gesicht, aber dann wurde sie ernst.

„Ich habe es gehört, es ist schrecklich."

Behutsam legte sie den herrlichen Strauß auf einen Tisch im Eingangsbereich.

„Nein, so etwas Hübsches habe ich noch nicht gesehen."

Jane legte ihr Plaid ab.

„Und ich habe noch nie so vorzügliches Gebäck gegessen wie heute Morgen."

Die Haushälterin winkte ab.

„Ach nein, Miss MacKenzie. Sie haben bestimmt schon bessere Sachen gegessen als mein Gebäck."

Natürlich hatte Missis Nowland nach Janes Weggang den Professor über die junge Frau ausgefragt und wusste jetzt alles, einschließlich der Geschichte von der berühmten Patentante.

Janes große, grüne Augen wurden rund.

„Aber nein, Missis Nowland, ich liebe gutes Gebäck und ihres ist...unschlagbar."

Ein zufriedenes Lächeln erschien, zusammen mit

einer leichten Rötung, im Gesicht der Haushälterin.

„Na, dann gehen sie mal rein. Ich habe frische Cremeschnittchen gemacht und Kressesandwichs, die liebt der Professor."

Was Jane bezweckt hatte, war in diesem Moment geschehen. Sie hatte einen unverrückbaren Platz im Herzen der Haushälterin erhalten. Nichts liebte Missis Nowland mehr als Menschen, die ihre gute Küche zu schätzen wussten und dass besonders eine junge Frau ihr Gebäck lobte, erfreute sie umso mehr, denn in ihren Augen waren die meisten jungen Frauen hoffnungslos unterernährt und geschmacksnervlich degeneriert.

Als Jane in Professor Downsand Bibliothek geführt wurde, traf sie ihn dort mit seiner unvermeidlichen Pfeife an.

Er saß an seinem Schreibtisch, der von Unterlagen fast überquoll. An den vier Wänden reichten massive, dunkle Bücherregale bis unter die Decke, die mit Büchern prall gefüllt waren. Weitere Bücher bedeckten jede freie Fläche des Bodens und zwei kleinere Tische.

Der Professor sah kurz auf und deutete auf einen schweren Ledersessel.

Jane schob die Blätter zur Seite und setze sich.

Missis Nowland stand schon mit einem Tablett, Tee und den Cremeschnittchen in der Tür, runzelte die Stirn, gab einem Buchstapel auf dem Tisch einen Stoß und diese donnerten auf den Fußboden.

Ohne auf Professor Downsands ärgerliches Schnauben zu achten, stellte die Haushälterin das Tablett auf den nun frei gewordenen Tisch. Verschwörerisch lächelte sie Jane zu und zog die Tür leise hinter sich ins Schloss.

Der Professor kam um den Tisch herum, warf einen gequälten Blick auf seine heillos in Unordnung geratenen Bücher und setzte sich Jane gegenüber.

Er hielt Jane mit einer Geste davon ab, aufzuspringen und die Bücher aufzuheben.

Das musste er selbst machen, sonst würde er mit Sicherheit nichts mehr wiederfinden in seinem sehr eigenen System.

„Als Kind, wenn ich bei Großpapa in der Bibliothek saß, hat er mir oft vorgelesen und erzählt. Nach meinem Vater und Onkel Ather war er wohl der beste Geschichtenerzähler, den ich kannte. Kein Wunder, das ich unbedingt Historikerin werden wollte und das, solange ich denken konnte."

„Die Bibliothek von Warren-Manor ist berühmt, sie werden sie wohl kaum mit meiner bescheidenen Sammlung vergleichen."

Janes Blicke glitten erst an den Regalen entlang und dann irgendwo ins Nichts. Schließlich gab sie sich einen kleinen Ruck und lächelte etwas.

„Das gehört seit zwölf Jahren dem National Trust. Was Großmama an Büchern mitgenommen hat, ist nur ein Bruchteil der alten Sammlung."

„Aber was noch da ist, wird einmal ihnen gehören, Jane."

Diese schob ihren festgeflochtenen Zopf über die
Schulter zurück und setzte sich auf recht hin.

„Ich hoffe das >eines Tages< noch sehr lange ist.
Aber jetzt geht es um Antony."

Der Professor spürte, dass sie das bisherige Thema
nicht weiterverfolgen wollte. Sie nahm sich ein zwei-
tes Cremeschnittchen.

„Im Übrigen war ich im Yard und habe brav meine
Aussage gemacht. Dieser aufgeblasene Macho von
Detective Inspektor war von auffallender Höflichkeit.
Es war fast schon etwas peinlich. Haben Sie ihm etwa
die Identität meiner lieben Patentante gelüftet?"

Lachend nickte der Professor.

Janes Grinsen wurde breiter.

„Sehr gut. So hat er wenigstens etwas Respekt, wenn
schon nicht vor mir, dann vor seiner Königin", sagte
sie genüsslich in Gedanken an die Mühe, die sich der
Detective Inspektor zähneknirschend hatte machen
müssen, um freundlich zu ihr zu sein.

Dann wurde sie wieder ernst.

„Ich fliege in drei Stunden in die Staaten. Ich will bei
Anthonys Eltern sein, wenn der Sarg überführt und
er beerdigt wird. Wissen sie, ich war für sie fast wie
eine Tochter. Sie hatten immer gehofft, Antony und
ich würden einmal heiraten. Für sie war es eine
scheinbar ideale Verbindung. Zwei katholische Familien und gerade mein englischer Stammbaum war
der Familie sehr angenehm."

Jane sagte das ganz pragmatisch, denn sie wusste,
dass auch heute noch Ehen nach solchen Gesichts-

punkten geschlossen wurden, auch wenn sie das für sich nie in Erwägung ziehen würde.

„Aber wir sind immer nur gute Freunde geblieben, obwohl wir uns in den letzten Jahren wenig gesehen haben. Ich komme selten in die Staaten und dann meist nur für kurze Zeit. Aber wir haben immer voneinander gehörten, haben uns ab und zu angerufen, geskypt oder gemailt. Oh, Gott, er war ihr einziges Kind, es muss grauenvoll für sie sein", fuhr sie fort, schwieg eine Weile und starrte vor sich hin.

Dann hob sie den Blick und der Professor sah in zwei faszinierend grüne Augen.

„Ich möchte wissen, was er wirklich in England wollte und was seine Eltern den Behörden nicht erzählt haben. Sein Vater hat für den Senat kandidiert, er ist ein Mann der Öffentlichkeit. Glauben sie, er erzählt irgendetwas der Presse, das ihm schaden oder ein negatives Licht auf seine Familie werfen könnte?"

Dem Professor war klar, dass niemand diese Lage so gut einschätzen konnte wie Jane.

Auch ihrem Vater, einem Mann der amerikanischen Öffentlichkeit, war es immer gelungen, seine Familie weitgehend aus der Publicity herauszuhalten, etwas, was ihm nicht immer leichtgefallen sein musste.

Schließlich gehörte er zu den reichsten Männern Amerikas und die Medien waren ihm permanent auf den Fersen.

„Welche Verbindung gibt es zwischen ihm und dem Mörder und vor allem, zwischen den Opfern?", fragte Jane und schaute den Professor erwartungsvoll an.

Dieser hatte schon lange entschieden, dass es gut war, sie zumindest punktuell mit in die Ermittlungen einzubeziehen. Nicht nur, dass sie das letzte Opfer sehr gut kannte, sie hatte einen wachen Verstand, eine gute Theorie ausgearbeitet und Verbindungen in England und Amerika, die sich ermittlungstechnisch als günstig erweisen könnten.

Der Professor erhob sich und holte ein paar Zettel.

„Die einzige Verbindung, die zwischen allen drei Männern besteht, ist: sie sind weiß und männlich. Antony ist das dritte Opfer. Das erste Opfer, Paul Klausner, deutscher Student, ledig, 22 Jahre. Das zweite Opfer, Asthley Hallington, 52 Jahre, verheiratet, vier Kinder, Besitzer einer Brauerei in Birmingham. Damit haben wir also einen Deutschen, einen Engländer und einen Amerikaner."

Jane drehte ihren Siegelring aufgeregt hin und her.

„Und was noch?"

„Alle drei wurden im Hyde Park enthauptet, nicht an der gleichen Stelle, aber unter Bäumen."

„Welche?", unterbrach Jane ihn.

Der Professor wühlte in den Blättern.

„Ah, hier. Eichen ja, es waren immer Eichen. Dann die weiße Rose, immer neben dem Körper. Es wurden alle Geheimorganisationen, Satanistische Gruppen und so weiter durchforstet. Dieses Ritual ist bisher unbekannt. Es gab auch nie ein Bekennerschreiben oder irgendeine andere brauchbare Spur."

Jane zappelte in ihrem Sessel hin und her. Dann sah sie auf die Uhr.

Viel Zeit blieb ihr nicht mehr, wollte sie pünktlich am Flughafen sein.

„Was halten sie von meiner Rosenkrieg-Theorie?"

„Ich bin ehrlich, Jane. Natürlich klingt es etwas weit hergeholt, aber vielleicht nicht unmöglich. Das würde aber bedeuten, dass es in dieser Hinsicht einen konkreten Bezug zwischen den drei Männern und ihrem Mörder geben muss."

Jane schüttelte den Kopf.

„Den Vorfahren der Männer und der des Mörders. Es muss irgendwo uralte Unterlagen geben, die von einer solchen schweren Schuld sprechen, dass sie so furchtbar geahndet wird, wie der Mörder es tut. Denn er muss ja auch irgendwoher seine Informationen haben. Und wenn er sie gefunden hat, warum sollte ich sie nicht auch finden?"

Sie reckte angriffslustig ihr Kinn nach vorn und sah ihn an.

Der Professor blätterte seine Unterlagen durch und legte sie fast sanft auf den Tisch, genau neben die Teekanne. Dann sah er seinen Gast an.

„Wenn sie recht haben, Jane, ich sage, wenn, dann müssten wir in einem endlosen Gewirr von fast fünfhundert Jahren einen roten Faden finden."

Seine Stimme klang pessimistisch und seine Miene unterstrich die Aussage noch.

So sehr er die Fähigkeiten von Jane als Historikerin schätzte, so war ihm doch klar, dass diese Suche der berühmten Suche nach der Nadel im Heuhaufen gleichen musste.

Andererseits, wenn er die junge Frau, die mit leicht geröteten Wangen und blitzenden, grünen Augen vor ihm saß, so ansah, glaubte er wider aller Logik, dass, wenn es jemand schaffen könnte, in dieser Suche erfolgreich zu sein, dieser jemand Jane MacKenzie heißen könnte.

Diese lehnte sich gerade zurück und glättete mechanisch die Falten ihres Rockes.

„Ich denke, unsere Chancen sind gar nicht so schlecht. Zumindest nicht für einen Historiker. Die Rosenkriege sind zwar nicht meine Zeit, aber ich kenne ein paar ausgezeichnete Leute, die mir Informationen geben könnten. Glauben sie mir, Professor, der Schlüssel liegt in der Vergangenheit. Der nette Detective Inspektor glaubt nur an die Gegenwart und das ihm der Mörder irgendwann einmal in die Hände läuft oder einen Fehler macht. Lächerlich. Ein Mann, der mit einem Breitschwert unerkannt durch den Hyde Park laufen kann, kommt kaum im Yard vorbei."

Der Professor starrte sie an.

„Woher wissen sie, dass es sich um ein Breitschwert handelt?"

Jane drehte die Augen nach oben.

„Sie vergessen, dass ich Historikerin bin. Wenn man einem erwachsenen Mann den Kopf mit einem einzigen Hieb vom Körper trennen will, braucht man ein großes, scharfes Schwert. Und außerdem", fügten sie etwas kleinlaut hinzu. „Kenne ich Jack Davids vom *Star*. *Er* hat mir alte Artikel versorgt und dort wurde diese Sache mehrfach diskutiert. Das sagt uns auch, dass wir einen großen, kräftigen Mann suchen. Ein Breitschwert kann nicht jeder halten, geschweige damit umgehen."

Sie erhob sich.

„Ich danke ihnen Professor. Ich muss jetzt los, ich werde versuchen, die einzelnen Zusammenhänge etwas zu entwirren. Dann melde ich mich bei Ihnen."

Draußen hörte der Professor sie noch mit Missis Nowland scherzen, dann fuhr das Taxi vor.

Downsand erhob sich, schlenderte zum Bücherregal und ließ sich mit einem Geschichtsband über die Rosenkriege am Schreibtisch nieder.

Kapitel 5

Jane saß genau zwei Monate nach diesem Gespräch
wieder bei Professor Downsand im Wintergarten.
Es war ein eisig kalter Tag und im Kamin prasselte
ein angenehmes Feuer.
Missis Nowland hatte sich mit ihrem Biskuit wieder
einmal selbst übertroffen und frischer, starker Tee
dampfte aus der Steingutkanne.
Jane sah blass und mitgenommen aus.
„Es war schrecklich. Die Beerdigung und dann
Anthonys Eltern. Ihr Schmerz ist einfach unbe-
schreibbar. Aber was genau so schlimm ist, sie wissen nichts, ja sie ahnen nicht einmal etwas. Ich habe
seinem Vater meine Theorie erzählt, er war nicht
gerade höflich in seiner Antwort. Aber dann meinte
er, ich solle alles versuchen. Nach meiner Rückkehr
nach Europa habe ich die Angehörigen der anderen
Opfer aufgesucht. Dort genau das gleiche, niemand
hat eine Ahnung, warum der Sohn oder der Ehemann so plötzlich nach London reiste. Mrs. Hallington sagte, ihr Mann habe ihr gesagt, er würde wahrscheinlich ein gutes Geschäft mit einer Londoner
Brauerei abschließen und wolle zu Verhandlungen
herfliegen. Der Yard hat herausgefunden, das er zwar
mit zahlreichen Brauereien hier im Süden in Verbindung stand, aber keinen konkreten Termin mit einer
hatte. In Berlin habe ich mit den Eltern von Paul gesprochen. Der Medizinstudent wollte, laut seiner
Eltern, in einer englischen Klinik ein Praktikum ma-

chen, etwas, was sie überhaupt nicht verstanden, zumal sein Vater ausgezeichnete Beziehungen in eine Norddeutsche Klinik hatte. Die Nachforschungen ergaben, er hatte sich in einigen Kliniken beworben und auch Vorstellungsgespräche absolviert, aber nicht am letzten Tag vor und am Tag des Mordes. Niemand konnte dazu eine Aussage machen, weder in der Londoner Pension, wo er wohnte, noch seine Eltern. Paul hatte scheinbar nichts Konkretes hier geplant. Er hatte einfach ein paar Tage Urlaub, niemand hat sich Gedanken gemacht, da er gerne etwas spontan unternahm. Es wurden alle Handys, alles PCs gecheckt, negativ. Ich habe auch deshalb noch einmal mit den anderen Angehörigen gesprochen, weil ich hoffte, sie würden mir etwas erzählen, was sie vielleicht der Polizei verschwiegen hatten. Aber auch das brachte nichts."

Jane schüttelte betrübt den Kopf, dann hob sie den Blick und sah den Professor an.

„Jane, ich wusste nicht, dass sie Deutsch sprechen."

Sie lächelte etwas, wurde aber dann wieder ernst.

„Ich habe ein Schweizer Internat besucht."

Der Professor schüttelte den Kopf und seufzte leise.

„Sie haben ihr Möglichstes versucht."

Er drückte ihre Hand, die neben der Teetasse verkrampft die Tischdecke festhielt.

„Warum lässt sich jemand so einfach hierherlocken, willigt in einen Treff im Hyde Park ein und kann dort, ohne Kampfspuren, überwältigt werden? Und wie erfolgte die Kontaktaufnahme?"

Der Professor zog seine Hand zurück und ergriff erneut seine Pfeife.

„Mit Sicherheit wurde der einfachste Weg gewählt, die Post. Wenn der Schreiber ein so interessantes Angebot unterbreitet hat, dass die Ermordeten sich darauf einließen, zu ihm in den Hyde Park zu kommen, ist es wahrscheinlich, dass er sie auch dazu bringen konnte, die Briefe zu vernichten. Ein Telefonat kann man zurückverfolgen, ebenso eine E-Mail, aber wie wollen sie einen vernichteten Brief zurückverfolgen? Der Briefverkehr muss auch sehr glaubhaft gewesen sein, vielleicht über eine Kanzlei, ein Anwaltsbüro, ein Notariat, so etwas in dieser Richtung und es muss auch über das jeweilige Land, ja, sogar die Stadt gelaufen sein. Die Angehörigen oder ein Sekretariat hätten sich mit Sicherheit an einen Brief aus London erinnert. Clever, sehr clever. Die weitere Kontaktaufnahme erfolgte dann sicherlich persönlich, aber durch wen? Und nun bleibt noch die Frage, womit hat er seine Opfer nach London und in den Hyde Park gelockt?"

Jane nickte.

„Ich glaube, es ging um eine Menge Geld. Aber was kann es sein, was drei Männer unterschiedlichsten Alters und Herkunft verbindet?"

Der Professor zog sinnend an seiner Pfeife.

„Eine imaginäre Erbschaft?"

Janes Hand lag jetzt lockerer neben der Teetasse und ihre Wangen bekamen etwas Farbe.

„Klingt nicht schlecht. Aber beauftragt man da nicht

einen Anwalt damit?"

„Dann muss es sich um etwas Illegales handeln."

Jane schüttelte den Kopf.

„Nein, dazu kenne ich Antony zu gut. Seine Kanzlei lief topp. Er würde keine illegalen Geschäfte machen, das glaube ich einfach nicht."

Sie sah, dass der Professor die Augenbrauen in die Höhe zog.

„Ja, ich weiß, jeder hat seinen Preis, aber bei Antony müsste er verdammt hoch liegen. Entschuldigung."

Betreten schaute sie ihn an, immer noch die brave Klosterschülerin.

„Vielleicht haben sie Recht, Jane. Aber was ist mit etwas Abenteuerlichen, halb Illegalem? Etwas, was noch innerhalb der gesetzlichen Grauzone liegt?"

„Das könnte ich mir vorstellen, besonders wenn die Sache so abgewickelt wurde, dass der Betroffene glaubte, es wäre nur etwas...nun sagen wir, heikel, ohne juristische Folgen", sagte Jane spontan und nahm noch eine Tasse Tee.

„Mein Gott, die habe ich vermisst in den Staaten, eine gute, heiße Tasse englischen Tee."

Sie warf ihren Zopf zurück auf den Rücken und beugte sich etwas vor.

„Ist es wahr, dass der Yard jetzt sie wieder als Profiler ins Boot geholt hat?"

Der Professor rollte leicht die Augen nach oben und seufzte.

„Geholt ist wohl untertrieben, aber ich war einfach zu sehr mit in die beiden ersten Fälle involviert, da zählt keine Pensionierung. Auch wenn meine Methoden nach heutigem Technikstand etwas veraltet sind, scheint man doch anzunehmen, sie sind effektiv."

Er lächelte etwas selbstgefällig und musterte Jane aus einem Augenwinkel.

„Und, woher haben sie diese Information?"

Sie lächelte ihn mit ihrem bezaubernden Lächeln an.

„Wie werde ich denn meine Informationsquelle preisgeben?" fragte sie kokett und nahm einen Schluck Tee.

Zufrieden nahm der Professor wahr, dass sich ihre Wangen wieder zu röten begannen und sich ihre Stimmungslage etwas besserte.

„Wo werden sie beginnen mit ihrem Täterprofil?"

Sie beugte sich interessiert über den Tisch, ohne dabei zu beachten, dass ihr Blusenärmel mit Sahne beschmiert wurde.

„Ich wette, es war dieser Reporter vom *Star*, nicht wahr?", sagte der Professor und ignorierte einfach ihre Frage.

Mit einem wissenden Lächeln nickte Jane.

Dann lehnte sie sich etwas zurück und legte die Hände ordentlich rechts und links neben ihre Tasse.

„Ich werde heute Abend zu Großmama gehen. Meinen Recherchen zufolge gibt es nur eine Familie, die ein riesiges Familienarchiv aus der Zeit der Rosenkriege hat. Der Besitzer ist der Earl of Ballingham, Lord Livingston. Er lebt noch immer auf seinem Familiensitz in...." Sie machte eine effekthaschende Pause, und fuhr fort: „York. Ein kauziger alter Herr, aber Großmama kennt ihn und wird mich dort sicher einführen können. Ich werde ihm eine nette Geschichte zwecks Forschungszwecke erzählen und aus Gründen der Höflichkeit wird er schwer ablehnen können, zumal gegenüber Großmama. Und vielleicht ist er ja ganz froh, wenn eine Historikerin ihm nebenher sein Archiv ein bisschen auf Vordermann bringt?"

Der Professor schüttelte leicht den Kopf.

„Glauben sie wirklich an den berühmten roten Faden?"

Als sie nickte, seufzte er leicht.

„Ich werde mich wieder auf Gemeinsamkeiten konzentrieren und nochmals dieser Briefgeschichte nachgehen. Vielleicht kann sich einer der Angehörigen an einen Brief aus London erinnern. Dazu werde ich die amerikanischen und deutschen Kollegen um Hilfe bitten, aber das ist schließlich keine große Sache. Viel Hoffnungen mache ich mir diesbezüglich allerdingst nicht. Da haben sie ganz Recht, Jane. Der Täter wird die Briefe nicht hier abgeschickt haben. Was derzeit also einzig und allein für mich Priorität hat, ist die Suche nach einer Gemeinsamkeit der Opfer, die die Tat rechtfertigt und zum anderen die Frage, warum der Hyde Park? Ein bizarrer Ort für einen Mord, zumal hier immer die Gefahr besteht, entdeckt zu werden. Dann die Symbolik. Die Rose und die Waffe, ein Breitschwert."

Damit beantwortete er Janes Frage ausführlicher, als sie es zu hoffen gewagt hatte.

Schließlich erhob sie sich.

„Und ich werde meinen roten Faden suchen, oder kennen sie einen vernünftigen Historiker, der das nicht tun würde?"

„Und Lady Dora?"

Noch immer schien sich der Professor nicht ganz sicher zu sein.

„Ich weiß, wie ich Großmama beeindrucken kann", sagte sie und ein schelmisches Leuchten trat in ihre Augen.

Kapitel 6

Jane wirkte wie eine echte junge Lady auf dem Weg
zu einer gesellschaftlichen Einladung. Das hellgrüne
Kostüm aus Wildseide war diskret elegant, aber
gleichzeitig apart geschnitten und der farblich passende Hut war so groß, dass bei jeder Bewegung des
Wagens eine der Federn gegen Lady Doras ebenfalls
üppigen Hut wippte.

Die Schuhe waren ebenfalls hellgrün und so schmal,
dass sie wahnsinnig unbequem wirkten.

Das herrliche Ensemble wurde nur durch einen riesigen, schwarz-weißen Kater gestört, der auf Janes
Schoß saß und interessiert aus dem Wagenfenster
starrte.

„Er hätte doch im Hotel bleiben können", ließ sich
Lady Dora vernehmen und warf dem Kater einen
Blick zu, den dieser kurz erwiderte, um sich dann
tiefer in den Schoß seiner Besitzerin zu graben.

Die Wildseide wies schon einige Knitterspuren auf.

„Du kennst ihn doch. Er würde das Hotelzimmer
auseinandernehmen und wir brauchten uns dort nie
wieder sehen zu lassen."

„Dann wäre er wohl besser in London geblieben."
Jane zuckte ganz undamenhaft die Schultern und
streichelte den Kater.

„Hieronymus bleibt nur bei mir, bei Tante Marcie,
oder bei dir. Solange er niemand anderen akzeptiert,
muss er mit."

Lady Dora seufzte und lehnte sich etwas zurück. Was in aller Welt hatte sie nur dazu gebracht, dem Drängen ihrer Enkeltochter nachzugeben und sie mit dem Earl of Ballingham bekannt zu machen?

Sie kannte Henry noch aus seiner Zeit in Indien. Er war ein ganz reizender junger Offizier gewesen und im Gedanken daran verzogen sich ihre schmalen Lippen zu einem Lächeln.

Aber jetzt war er ein einsamer, verbitterter, alter Mann im Rollstuhl, der erst seine Frau und dann den einzigen Sohn verloren hatte.

Das war sicher auch der Grund, warum er, der sonst wenig Besucher empfing, in Lady Doras Besuch eingewilligt hatte. Auch sie hatte ihr einziges Kind verloren.

Mit einem Seitenblick streifte sie Jane, die in der vornehmen Haltung einer echten Dame neben ihr saß und genau das war so beunruhigend.

Obwohl ihre Enkeltochter eine erstklassische Erziehung genossen hatte, war ihre jetzige Lebensweise so gar nicht nach Lady Doras Vorstellungen.

Es wurde Zeit, sich nach einem passenden Ehemann umzusehen, aber Jane lachte sie nur aus.

„Ich habe andere Sachen im Kopf, Großmama", pflege sie auf jede Frage und Andeutung dahingehend zu erwidern.

Und dann diese außergewöhnlich exzentrische Kleidung, die sie für gewöhnlich trug.

Karierte Röcke, festes, derbes Schuhwerk, weiße Bluse, dieses unsägliche Plaid und meist noch ein kariertes Barett auf dem straff geflochtenen Haar. Statt Golf liebe sie lange, ausgedehnte Wanderungen, lediglich ihre Liebe zum Pferdesport teilte sie mit ihrer Großmutter.

Sehr gesellig war ihre Enkeltochter ebenfalls nicht. Partys langweilten sie und Freundschaften hielt sie meist zu Leuten, die Lady Dora gesellschaftlich nur schwer akzeptieren konnte.

Nun ja, immerhin hatte Jane auch ein paar gute Seiten, zu denen ihr Sinn für Humor und ihr Ehrgeiz gehörten, wenn sie diesen nicht nur, nach Lady Doras Meinung, häufig in der falschen Richtung einsetzen würde.

Dann hatte Jane einen ausgesprochenen Familiensinn und erwies sich in Konfliktsituationen pragmatisch und kühl denkend, ein durchaus positiver Wesenszug in Lady Doras Augen.

Sie warf einen Blick auf den Kater, der sich noch immer sehr wohl auf dem Schoss seiner Herrin zu fühlen schien und zog die Stirn etwas kraus.

Nun, man hatte in der Familie immer Jagdhunde besessen, aber ein Kater, der seine Besitzerin auf Schritt und Tritt begleitete, einfach lächerlich.

„Großmama, ist das Ballingham Manor?"

Lady Dora wurde aus ihren Überlegungen gerissen und sah aus dem Fester.

„Ja, das ist es."

Sie sah Jane an und lächelte.

Sie wusste, dass Jane solche Häuser liebte, mindestens drei Stilepochen miteinander vereint und seit

den letzten dreihundert Jahren nahezu unverändert.
Es war ein beeindruckender Bau mit einem Haupt-
teil, dem ältesten Teil des Hauses, was unschwer an
den verarbeiteten Steinen erkennbar war, obwohl
diese teilweise unter einer dichten Efeu- und Rosen-
schicht kaum erkennbar waren.
Aber was Jane davon sah, ließ ihr Herz höherschla-
gen.
An dem imposanten Mittelteil des Hauses waren
zwei Flügel angebaut worden. Mit Sicherheit erst im
späten sechzehnten Jahrhundert. Die kleinen Türmchen und Zinnen waren typisch für den Tudorstil.
Das Portal an der Mittelfront war irgendwann erneu-
ert worden und elisabethanisch, was aber den Ge-
samteindruck nicht störte.
Alles in allem wirkte der monumentale Bau seltsam
harmonisch gegliedert, trotz der unterschiedlichen
Bauepochen, den er vereinte.
Die Herren von Ballingham Manor schienen immer
über gute Bauplaner verfügt zu haben und waren bis
heute ihrem Stil treu geblieben.
Als der Wagen auf dem Kiesweg stoppte, wurde das
riesige Portal von einem Butler geöffnet, der sehr
indigniert auf die schwarz-weiße Katze starrte, die
wie selbstverständlich die breiten Stufen hinanstieg
und sich nach seiner Herrin umschaute.
„Warte, Hieronymus", sagte diese nur und strich
ihren Rock glatt und dabei ein paar der Katzenhaare
herunter.

Inzwischen hatte sich auch der Butler wieder gefasst.

„Sie werden bereits erwartet, M`lady."

Lady Dora nickte leicht und ging voran, gefolgt von Jane, die in der riesigen Eingangshalle wie angewurzelt stehen blieb und den Fußboden betrachtete, den ein großer Teppich freiließ. Letzterer war zweifelsohne dazu da, dass niemand den Boden betrat und beschädigte.

„Das ist doch."

Ungeniert ließ sie sich auf die Knie, direkt am Teppichrand, nieder und inspizierte die Steine.

„Jane, um Gottes Willen."

 Lady Dora starrte ihre Enkeltochter an, die ihren Hut achtlos vom Kopf gerissen hatte, um besser sehen zu können. Dabei wurde sie von ihrem Kater flankiert, der ebenfalls interessiert den Boden betrachtete.

„Meine liebe Dora, lassen sie sie."

Ein Rollstuhl bewegte sich auf dem Teppich heran und als Jane den Kopf etwas hob, sah sie darin einen der beeindruckendsten Männer sitzen, den sie je gesehen hatte.

Obwohl Lord Livingston, Earl of Ballingham die achtzig bereits überschritten hatte, war er ein großer, kräftiger Mann mit einem hageren, ausdrucksstarken Gesicht.

Das schlohweiße Haar war dicht und musste früher schwarz gewesen sein, wie man an seinen Augenbrauen und Wimpern sah. Zwei stahlgraue Augen musterten die junge Frau am Boden.

Jane raffte sich zu einem höflichen „Guten Tag,

M`lord" auf, ohne ihre Haltung zu verändern.

Sie hörte nur einen kleinen, zischenden Laut ihrer Großmutter.

„Normannisch", sagte der Earl mit seiner markanten, dunklen Stimme.

Jane schüttelte langsam den Kopf.

„Unglaublich, ich hätte nie gedacht, dass es so etwas im Privatbesitz noch gibt."

Jetzt schien sie sich daran zu erinnern, wie unhöflich und undamenhaft sie sich verhielt.

Mit einer einzigen Bewegung sprang sie auf und drückte den Hut zurück auf ihren Kopf, was diesen völlig aus der Form brachte. Die Federn hingen ihr in die Augen und wippten auf und ab.

Der Earl of Ballingham, Lord Livingston, zog eine Braue leicht nach oben und musterte den Kater, der sich neben Jane gestellt hatte. Seinen buschigen Schwanz akkurat um die Vorderpfoten gelegt, schwenkte er interessiert seinen massigen Kopf hin und her, als taxiere er den Wert dieses Hauses.

„Nun, mag eigentlich keine Katzen, aber."

Der Earl verschluckte den Rest des Satzes sicher als zu unhöflich und rollte seinen Rollstuhl auf Janes Großmutter zu. Galant küsste er ihre behandschuhte Rechte.

„Ich freue mich, meine liebe Dora. Das ist also ihre Enkeltochter, die Historikerin."

Jane nickte höflich- zurückhaltend lächelnd mit dem Kopf und folgte den beiden in den Salon, nicht ohne noch einen sehnsüchtigen Blick auf den Boden in der

Halle zu werfen.

Gerne hätte sie den Fußboden noch genauer inspiziert und günstiger Weise einige Aufnahmen davongemacht, aber vielleicht hatte sie in den nächsten Tagen noch Gelegenheit dazu.

Vorausgesetzt, der Earl ließ sich von ihrer Großmutter überzeugen, sie in seinem Familienarchiv forschen zu lassen.

Lord Livingston bot den beiden Damen einen Platz an und eine ältere Frau in einem dunkelgrünen Kleid mit gestärkter Schürze brachte ein Teetablett.

Jane hatte ihrer Großmutter nichts von den Morden erzählt. Sie hatte lediglich um ihre Unterstützung bei Lord Livingston gebeten, ihn zu überreden, sie in seiner Bibliothek und dem umfangreichen Archiv einige Recherchen anstellen zu lassen.

Dabei war sie so clever gewesen, sich vorher umfassend mit der Familiengeschichte der Ballinghams zu beschäftigen, um nicht in Schwierigkeiten zu geraten.

Immerhin zählten die Rosenkriege nicht zu ihrem Spezialgebiet, aber es bereitete ihr keine Probleme, entsprechend zu recherchieren.

„Nun, junge Frau, was interessiert sie so an meiner Familie?", fragte der Earl auch prompt und seine grauen Augen musterten sie so intensiv, dass Jane den Blick etwas senkte.

Aber sie hatte sich eine sehr glaubwürdige Geschichte zurechtgelegt und als Historikerin natürlich auch die entsprechenden Hintergründe akribig recherchiert, um keinen Anlass zu Misstrauen zu geben.

„Soviel ich weiß, M`lord, hat der 12.Earl of Balling-
ham von seiner Majestät, König Heinrich VII, eine
größere Schenkung an Land in den Highlands erhalten. Über die Nutzung des Landes in den folgenden
Jahrzehnten gibt es recht unterschiedliche Unterlagen
und ihre Familie dürfte zweifelsohne in ihrem Archiv
die genauen Unterlagen, Nutzungsrechte und weiteres haben. Also bat ich Großmama, mich bei ihnen
vorzustellen."

Janes grüne Augen konnten sehr gewinnend blicken.
Lord Livingston nahm einen Schluck von seinem Tee.
„Ach ja, sie sind ja Schottin, zu Hälfte."

Die Art, wie er das sagte, behagte Jane überhaupt
nicht, aber es machte keinen Sinn darauf zu reagieren
und den Hausherrn schon jetzt gegen sich aufzubrin-
gen.

Also schenkte sie ihm ein strahlendes Lächeln.

„Ich bin Amerikanerin, M`lord", sagte sie und wusste
nicht, ob das nicht in seinen Augen nicht noch
schlimmer war, als eine Schottin in seinem Salon
sitzen zu haben.

Seltsamerweise war dies nicht so, denn sein Gesicht
entspannte sich leicht.

„Ah, gut. Mein Enkelsohn war auch ein paar Jahre
drüben, Studium und so. Ist jetzt wieder hier und
will heiraten, die Tochter Lord Grovers."

Dies sagte er mehr zu Lady Dora, die interessiert
nickte. Dann stellte er die Tasse geräuschvoll auf den
Tisch zurück.

„Nun, und was werden sie mit den Informationen tun, so sie fündig werden?"

Jane merkte, dass es nicht einfach sein würde, den Earl von ihren wahren Ambitionen abzulenken. Aber darauf war sie schließlich vorbereitet gewesen.

„Ich arbeite zurzeit an einer wissenschaftlichen Publikation über Landaufteilungen und Nutzung in den spätmittelalterlichen Highlands. Dabei erweist es sich als zunehmend schwierig, Originalquellen zu finden. Deshalb wurde mir von Kennern ihr Familienarchiv empfohlen, das noch einige sehr gut erhaltene Faksimile enthalten soll."

Lord Livingston warf Jane einen prüfenden Blick zu, den sie erwiderte. Schließlich lehnte er sich in seinem Rollstuhl zurück und nickte etwas.

„Wenn sie möchten, können sie hier wohnen, Platz ist genügend vorhanden. Missis Morden, die Haushälterin, wohnt ebenfalls hier. Natürlich, wenn ihre Großmutter nichts dagegen hat."

Er wandte sich an Lady Dora.

Diese nickte, lächelnd zustimmend, auch wenn sie im Inneren ihre Bedenken nicht gänzlich ausräumen konnte.

Jane ihrerseits musste fast lachen über diesen Hinweis auf sittliche Anwesenheit der Haushälterin.

So unbewegt wie möglich fragte die schließlich:

„Und ihr Enkelsohn?"

Der Earl runzelte leicht die hohe Stirn, musterte die junge Frau nachdenklich und sagte schließlich kurz:

„Hm, der auch, natürlich."

Er betätigte eine sehr antiquar aussehende Glocke.

Jane schätzte sie auf spätes siebzehntes Jahrhundert und eine schlanke, kleine Frau in einem Tweedkostüm trat ein.

„Miss Jane wird einige Wochen bei uns verbringen. Bringen Sie sie bitte in eines der Gästezimmer, Missis Morden."

Jane blieb nichts weiter übrig, als der Haushälterin zu folgen und war sich sicher, dass Lord Livingston noch ein paar private Erinnerungen mit ihrer Großmutter austauschen wollte.

Durch die große Halle wurde sie die breite Treppe aus massivem Eichenholz hinaufgeführt.

Oben schloss sich eine Galerie an und Jane konnte nur schnell die vielen Porträts der Ballinghams sehen. Sicher würde sie noch genügend Zeit finden diese ausführlich zu betrachten.

„Die Gästezimmer sind im Westflügel untergebracht, Miss Jane."

Die Stimme der Haushälterin war so leise und diskret wie ihre ganze Erscheinung.

Jane fragte sich, wie lange sie wohl schon für die Familie tätig war. Unbeirrt schritt die sich sehr gerade haltende, kleine Gestalt vor ihr entlang, allerdings hatte die sportliche Jane MacKenzie keine Mühe, ihr zu folgen.

Der Gang zum Westflügel war lang, dunkel und verwinkelt.

Überall standen oder hingen Waffen und Ritterrüstungen aus unterschiedlichen Epochen.

Schwere Gobelins hingen an den Wänden und ein leichter Windhauch fegte am Boden entlang.

„Ich hoffe, sie fürchten sich nicht, Miss Jane?"

Missis Morden hatte kurz innegehalten und Jane sah ihr blasses Gesicht, dass sich aus dem schummrigen Dunkel abhob.

Gewiss war die Frage berechtigt und Jane fragte sich, ob nicht zahlreiche Gäste allein beim Gang zum Gästezimmer den Besuch beendet hatten.

„Nein, machen sie sich keine Sorgen um mich.
Als Historikerin sollte man einen guten Draht zu allen Hausgeistern haben."

Missis Morden antwortete nicht und Jane glaubte schon fast, ihr kleiner Scherz sei nicht verstanden worden. Schließlich stoppte sie so abrupt vor einer hohen, dunklen Eichentüre ihren Lauf, das Jane fast über sie gestürzt wäre.

Nach einer hastig gemurmelten Entschuldigung legte sie die Hand auf die Türklinke und sah Jane forschend an.

„Dann kennen sie die Geschichte des toten Ritters?"
Fast hätte Jane laut losgelacht, beherrschte sich aber.
Schließlich verfügte jedes Schloss oder Herrenhaus über einen entsprechenden Geist.

„Nein, ich kenne sie nicht, aber werde sie wohl noch erfahren."

Sie hatte keine Lust, länger in dem zugigen Gang Missis Mordens Geistergeschichten zu lauschen.

Diese öffnete die Türe mit einem Ruck und was immer Jane auch erwartet hatte, sie wurde angenehm überrascht.

Das Zimmer war hell und freundlich, eine Vase mit frischen Blumen stand auf dem kleinen Rauchtisch. Ein großer Schreibtisch, ausgestattet mit Computer, hatte seinen Platz unter den beiden, breiten Fenstern, die einen unverhüllten Blick auf den herrlichen Park gestatteten.

Missis Morden öffnete die Türe zum Nachbarzimmer.

„Hier ist das Schlafzimmer, dahinter das Bad. Ich bringe ihnen das Frühstück herauf. Seine Lordschaft pflegt derzeit allein zu frühstücken. Lunch gegen zwei, der Tee wird im Salon genommen, Dinner gegen neun Uhr."

Jane nickte gehorsam.

„Seine Lordschaft hat mir gestattet das Familienarchiv zu nutzen. Wo befindet es sich?"

Die Haushälterin warf Jane einen kurzen Blick zu, dann senkte sie den Kopf.

„Ich zeigte ihnen den Weg, bitte."

Sie deutete nach draußen und sie gingen den Weg zurück, kreuzten die breite Aufgangstreppe und durchquerten einen weiteren Gang, bis sie eine steinerne Wendeltreppe erreichten.

Jane wusste sofort, dass sie sich wieder im Mittelteil und damit im ältesten Teil des Hauses befinden mussten.

Die Treppe war außerordentlich schmal und steil, und wies nur kleine, sehr hohe Schießscharten auf, die zweifellos noch immer der Beleuchtung als Fens-

terersatz, aber auch der Belüftung dienten. Sonst
wäre die Luft hier sicher unerträglich, denn ein Geruch nach Moder und Staub, wie er in so alten Ge-
bäuden stets zu finden ist, war auch hier deutlich
wahrnehmbar.

Nachdem sie alle Stufen erklommen hatten, die nach
oben immer schmaler und steiler wurden, war Jane
zu ihrer eigenen Verärgerung etwas kurzatmig.

Missis Morden öffnete, ohne ein Zeichen der Er-
schöpfung, mit einem riesigen Schlüssel eine massive
Eichentür, deren dunkles Holz die Zeichen der Zeit
trug.

Trotz der schlechten Lichtverhältnisse hätte Jane eine
Wette abgeschlossen, dass es sich ebenfalls um ein
Relikt aus der Normannenzeit handelte.

Der Raum dahinter war größer als erwartet, aber
schlecht beleuchtet, da er nur ein winziges bleiver-
glastes Fenster besaß.

Die künstliche Beleuchtung in Form von zwei Lampen, die noch aus der Zeit des zweiten Weltkriegs
stammen mussten, war absolut unzureichend.

Überall lagen dicker Staub und die alte Holzvitrine,
die mit Sicherheit die kostbarsten Dokumente der
Familie enthielt, war zwar verschlossen, aber das
Glas trüb und glanzlos.

„Hier hat seit Jahren niemand mehr gearbeitet", sagte
die Haushälterin entschuldigend, als habe sie Janes
Gedanken erraten.

„Dann haben nur sie einen Schlüssel?", fragte Jane
ganz nebenbei und Missis Morden schüttelte den

wohlfrisierten Kopf.

„Und seine Lordschaft selbstverständlich."

Sie beendete den Satz nicht, denn es war klar, dass dieser seit Jahrzehnten nicht hier oben gewesen sein konnte.

„Ich werde natürlich saubermachen, bis sie einziehen, Miss Jane."

Diese winkte ab.

„Aber nein, ich bin es gewohnt in so einer Umgebung zu arbeiten. Ein paar der Dokumente, die nicht ganz so sorgfältig behandelt werden müssen, kann ich mir ja mit in meine Räume nehmen."

Erleichterte atmete die Haushälterin auf und stand schon wieder draußen, als Jane eine flüchtige Entdeckung machte.

Zwar war alles staubig und verschmutzt, aber das Schloss zu Vitrine blank und erst vor wenigen Tagen benutzt.

Kapitel 7

Genau zwei Tage nach ihrem Besuch zog Jane mit
Hieronymus in Ballingham Manor ein.

Von Hausherren war nichts zu sehen und der Butler
brachte sie in ihre Räume.

Missis Morden hatte wieder für frische Blumen ge-
sorgt und im Kamin brannte ein gemütliches Feuer.

Der Butler deutete auf den großen Schlüssel, der neben der Blumenvase lag.

„M`lord lässt ihnen ausrichten, dass sie das Archiv
benutzen können, wann immer sie es wünschen. Die
Bibliothek in den unteren Räumen allerdings nur in
den Vormittagsstunden."

„Natürlich. Richten sie seiner Lordschaft meinen
Dank aus. Ist er im Haus?"

Ein erstaunter Blick traf sie. Dann faste sich der Butler.

„Natürlich, aber er pflegt, um diese Zeit, keine Besuche zu empfangen."

Der Tonfall des Butlers sprach Bände. Scheinbar führte man auf Ballingham Manor ein geregeltes, geruh-
sames Leben und Jane wurde von den Bediensteten
als Eindringling betrachtet.

Hieronymus, der sich im Raum neugierig umgesehen
hatte, war der Ton ebenfalls nicht entgangen.

Er drehte seinen imposanten Kopf herum, fixierte
den Butler und fauchte ihn sehr geräuschvoll an.

Entsetzt trat dieser zwei Schritte zurück und stieß
dabei gegen die geschlossene Türe.

„Ist er...gefährlich?"

Jane sah auf Hieronymus herunter und dann in Richtung Tür.

„Katzen sind schwer einzuschätzen, Jeffkins. Veranlassen sie, dass niemand diesen Raum betritt, wenn ich nicht anwesend bin. Ich kann sonst nicht garantieren, dass Hieronymus zubeißt oder kratzt."

Wie verabredet gähnte dieser und zeigte den Anwesenden sein ausgeprägtes Gebiss.

Jeffkins wurde noch einen Schein blasser, murmelte: „Natürlich, Miss Jane."

Danach verließ er das Zimmer ungewöhnlich schnell.

Jane lächelte Hieronymus zu.

„Gut gemacht", lobte sie ihn.

Sie wusste, dass ihr Kater eigentlich gerne reiste, aber auf fremde Umgebung häufig unwillig und gereizt reagierte. Hier würde sich das allerdings als Vorteil erweisen.

Sicherlich war man im Haus jetzt vorsichtig im Umgang mit dem Kater und vor allem, mit diesem Zimmer. Nur jemand mit besonders guten Nerven würde in Anwesenheit eines fauchenden, beißenden und kratzenden Katers ihre Sachen durchwühlen.

Daher ließ sie Hieronymus mit ruhigem Gewissen auf dem Fenstersims zurück und machte sich auf den Weg hinauf in das Archiv. Schließlich musste sie so schnell wie irgend möglich mit den Recherchen beginnen.

In der Galerie, wo immer ein leichter Hauch entlang des Fußbodens zu wehen schien, betrachtete sie mehr oder wenig eingehend die Familienporträts derer von Ballingham.

Sie zeigten die Ahnen der Ballinghams bis ins dreizehnte Jahrhundert zurück. Teilweise waren die Porträts stilisiert, schließlich waren nur zwei Originale erhalten, die anderen waren von Malern im sechszehnten Jahrhundert angefertigt worden.

Da diese Maler der späteren Generation, die die Bilder anfertigten, wohl keine genauen Vorstellungen hatten, wie die Vorfahren der Herrn von Ballingham Manor wohl ausgesehen hatten, orientierten sich an den Porträts der späteren Generationen.

So ähnelten sich die Männer und Frauen auf den Bildern geradezu lächerlich frappierend von Generation zu Generation.

Die Frauen, nun ja, damit konnte die Familie wirklich nicht glänzen.

„Die Schönheit ist immer auf uns Männer gefallen, aber irgendwie tragen wir es tapfer."

Jane fuhr zusammen.

„Mein Gott, haben sie mich erschreckt."

Das jungenhafte Gesicht neben ihr nahm einen betroffenen Ausdruck an.

„Verzeihen Sie, aber das wollte ich nicht. Ich sah sie so in den Bildern versunken und dachte."

„Sie müssten sich selbst loben," ergänzte sie.

Lächelnd maß sie ihn mit seinen imposanten knapp einsfünfundneunzig Körpergröße.

Er war noch keine dreißig, hellblond, durchtrainiert mit der Figur eines amerikanischen Profifootballers,

ausgestattet mit jungenhaftem Charme und unge-
bremstem Ego.

Jane kannte diesen Typ Mann.

Er zog die Braunen leicht in die Höhe.

„Man tun was man kann. Ich bin Jonathan, der Enkel
des Hauses. Meine Freunde nennen mich Jo und ich
bitte sie, tun sie es auch. Was haben sich meine Eltern
nur bei diesem scheußlichen Namen gedacht?"

Er hielt Jane seine Hand hin und sie ergriff sie, ohne
zu zögern.

„Hallo, ich bin Jane und wohne ein paar Wochen
hier."

„Großvater hat es erwähnt. Sie sind die Enkeltochter
von Lady Dora Nottingham? Und sie wollen hier
arbeiten?"

Er sprach das letzte Wort so gedehnt britisch konser-
vativ aus, dass Jane nicht wusste, ob sie belustigt
oder verärgert sein sollte.

„Oh ja, ich arbeite, um genau zu sein, ich bin Historikerin."

Scheinbar schien sich der junge Lord auf seine Erziehung zu besinnen und deutete nach unten.

„Wollen wir nicht eine Tasse Tee zusammen trinken
oder etwas Härteres? Sie sollten nicht so lange hier
im zugigen Flur herumstehen. Außerdem soll es hier
spuken", fügte er mit Grabesstimme hinzu.

Jane zuckte leicht die Schultern.

„Das stört mich alles ziemlich wenig, als Schottin bin
ich so etwas gewöhnt, die Kälter und die Geister."

„Ich dachte, sie sind Amerikanerin?"

Jane war einen Augenblick verblüfft, dann lächelten sie.

„Natürlich, aber meine Wurzeln sind schottisch und englisch und ich denke manchmal, erstere sind die stärkeren. Aber bitte entschuldigen sie mich jetzt. Ich muss arbeiten, wie sie so schön feststellten. Die Einladung zum Tee nehme ich gerne an, in zwei Stunden, vorausgesetzt, die Hausgeister haben mich bis dahin nicht gemeuchelt."

Mit einem bezaubernden Lächeln ließ sie ihn stehen und eilte über den Gang und die steile Treppe hinauf in das Archiv.

Oben angekommen, schloss sie auf und schaltete die Lampen an.

Mein Gott, sie musste den Earl dringend um eine andere Lichtquelle bitten, sonst wäre sie nach einem Monat blind.

Nach ungefähr einer Viertelstunde stellte Jane fest, dass das Familienarchiv in einem desolaten Zustand war und ihre Suche einer Sisyphusarbeit gleichen würde.

Nun, es war kein Wunder, das sich das Archiv in einem solchen Zustand befand, denn unter solchen Bedingungen würde wohl kein normaler Mensch freiwillig über eine längere Zeit arbeiten

Aber welche Historikerin, die vom Jagdfieber gepackt wurde, konnte diesem Chaos widerstehen?

Nach genau zwei Stunden hatte sie ein paar Urkunden aus der Zeit der Rosenkriege gefunden.

Mit weißen Handschuhen bewaffnet, faltete sie diese

vorsichtig auseinander und nahm ihre Lupe zu Hilfe.
Sie war von den noch intakten Farben der Siegel
ebenso beeindruckt wie von dem gestochen scharfen
Schriftbild, das sie dank ihrer Studien mühelos ent-
ziffern konnte.

Eine der Urkunden beschäftigte sich mit einer größe-
ren Stiftung an ein damals bekanntes Kloster mit der
Auflage, für das Seelenheil des Schenkers und seiner
Familie Messen lesen zu lassen.

Bei der anderen, deutlich kleineren Urkunde, ging es
um ein Urteil zu einer Grenzsetzung. Auch sie war
erstaunlich gut erhalten.

Scheinbar hatte das Chaos hier auch sein Gutes.

Weil einfach nicht viele Menschen hier hereinkamen,
war der Raum trocken. Gut, er war nicht gut belüftet
und somit hatte der Sauerstoff bisher wenig Schaden
anrichten können.

Der Raum war von stetig gleichbleibender Kühle und
es herrschten fast Laborbedingungen.

Und da auch niemand aus der Familie das Bedürfnis
zu haben schien, größere Ahnenforschung hier zu
betreiben, waren die Rollen unbenutzt und daher
nicht vom vielen Gebrauch brüchig oder gar zerfal-
len.

Jane dehnte sich und blinzelte etwas, um ihre Augen
zu erholen.

Trotz allem, was immer Lord Livingston in dieser
vermaledeiten Vitrine hatte, diese kostbaren Dokumente gehörten zweifelsohne hinter Glas, noch besser
in Spezialvitrinen.

„Denken Sie noch an unseren Tee, Jane?"

Diese fuhr mit einem Aufschrei hoch.

„Sie haben mich schon das zweite Mal so erschreckt, sie schleichen wie eine Katze."

Jane wusste nicht, ob sie ernsthaft böse sein konnte, als sie in das verlegene, jungenhafte Gesicht schaute. Jo schaute so betroffen drein, dass sie lachen musste.

„Also gut, ich komme."

Sie sah seinen Blick auf den Tisch geheftet und schob sich etwas davor.

„Ach, sagen Sie Jo, was hat ihr Großvater in dieser Vitrine?"

Dieser hob die Schultern.

„Keine Ahnung, sicher mehr von diesem alten Krempel, entschuldigen Sie, aber ich nenne es so. Ich war seit Jahren nicht hier oben, mein Gott, es ist immer noch so kalt und muffig hier."

Jane griff zum Lichtschalter.

„Eine gute Tasse Tee ist jetzt genau das Richtige."

Sie schloss die Türe, drehte den Schlüssel im Schloss herum und ließ ihn in ihre Rocktasche gleiten. Dann lief hinter ihrem Begleiter die steile Treppe hinunter.

„Wer hat eigentlich einen Schlüssel zu dieser Vitrine?"

Eine Sekunde zögerte Jo, dann lief er weiter.

„Ich vermute Großvater und Missis Morden, die Haushälterin. Habe mich nie dafür interessiert", sagte er über die Schulter und sprang dynamisch die letzten drei Stufen hinunter.

Jane lächelte in sich hinein und folgte ihm.

85

Im Salon brannte der Kamin, ein kleiner Tisch war direkt davorgeschoben und liebevoll eingedeckt.

Jetzt erst merkte Jane, dass sie Hunger hatte und warf einen Blick auf die frischen Sconnes und die Kresse Sandwichs.

Galant hielt Jo ihren Stuhl und nahm dann auf seinem Platz.

„Sagen sie Jo, was haben sie eigentlich studiert?", fragte Jane, nachdem dieser den Tee eingegossen hatte und ihr den Teller mit den Sconnes hinhielt, von dem sie sich ungeniert bediente.

„Naja, ich habe ein bisschen Jura studiert, aber dann gemerkt, dass das nicht so meine Sache ist. Lauter trockene Gesetze, brr."

Er zog eine Grimasse.

„Großvater war mächtig wütend und drohte mit Enterbung und schlimmeren Dingen, naja, also schlage ich mich jetzt mit Wirtschaftswissenschaften durch."

Er verdrehte die Augen und brachte Jane zum Lachen. Es war ihm anzumerken, dass ein Studium so gar nicht seine Sache war und er sich sicher erfolglos von Semester zu Semester hangelte.

Jane kannte mindestens ein Dutzend solcher Typen, die mit ihr zusammen studiert hatten.

Irgendwann hatten sie eingesehen oder einsehen müssen, dass sie das Studium abbrechen sollten.

„Warum tun sie nicht einfach etwas anderes?"

Jo rollte wieder die Augen.

„Was denn? Als Enkelsohn und der einzige Enkelsohn eines nicht unvermögenden alten Herrn und diesem Stammbaum."

Er wies mit einer theatralischen Geste in Richtung Galerie.

„Muss ich wohl irgendeinen Abschluss machen. Großvater hatte mich eigentlich für die militärische Laufbahn vorgesehen, aber ich musste ihm klarmachen, dass die glorreichen Zeiten des Empire vorbei sind und ich dazu überhaupt keine Ambitionen habe, zumal mein Vater..."

Er brach ab und wurde ernst.

Jane setze ihre Tasse langsam zurück.

„Was war mit ihrem Vater?", fragte sie leise.

„Falklandkrieg. Er wurde abgeschossen. Großvater hat sich davon nie mehr erholt. Und mir fehlt er auch. Meine Mutter habe ich nie kennen gelernt, sie starb unmittelbar nach meiner Geburt, durch einen Autounfall. Ein Betrunkener hat unten in York ihr die Vorfahrt genommen. Sie lag eine Woche im Koma, bedingt durch schwere Schädelverletzungen. Dann endlich starb sie."

Als er Janes Blick sah, zog er resignierend die Schultern nach oben.

„Die Ärzte haben meinem Vater gesagt, dass sie, sollte sie je wieder aufwachen, für immer ein Pflegefall wäre, körperlich und geistig schwer behindert. Vater sagte oft, das hätte sie nie gewollt. Darum war es sicher besser für sie, dass sie starb. Nun ja, ich war ja noch ein Säugling, also zog eine Tante mich auf, bis ich soweit war, hier unter Männern leben zu können."

Er nahm einen kräftigen Schluck vom Tee und räusperte sich.

„Ich habe mich nie wohl gefühlt in diesem riesigen Haus, mit all den alten Sachen, seinen Geschichten und Geistern. Ich kann nicht verstehen, wie sich jemand hier überhaupt wohl fühlen kann."

Er erschauerte effektvoll und lächelte Jane an die zurücklächelte. Sie war froh, dass er zu seiner leichten Schnodderigkeit zurückgefunden und damit seine Fassung wiedergewonnen hatte.

„Ich habe mich immer in alten Häusern wohl gefühlt, solange ich denken kann. Darum habe ich es bestimmt auch zu meinem Beruf gemacht. Papa hätte es gern gesehen, wenn ich in seine Firma eingestiegen wäre, aber er hat, glaube ich, schon früh die Hoffnung mit mir verloren. Ich glaube, man hat so etwas oder nicht, es…"

Ein diskretes Klopfen unterbrach sie und der Butler erschien mit ungerührter Miene.

„Miss Gloria Grover, Sir."

Ehe sich Jo erheben konnte, stand eine junge Frau im Raum und musterte schweigend Jane und dann ihren Verlobten.

„Guten Tag, Jonathan."

Sie trat näher und küsste ihn mit spitzen Lippen auf die Wange.

Dann drehte sie sich langsam zu Jane um.

Jo hatte sich inzwischen gefasst und lächelte.

Jane fand nicht nur sein Lächeln etwas eingefroren,

sein ganzer Körper schien plötzlich unter Spannung zu stehen, als habe er das Bedürfnis, die junge Frau von sich zu stoßen.

Im gleichen Moment war es vorbei und Jane glaubte, sich das alles nur eingebildet zu haben.

Ein bezauberndes Lächeln erschien auf Jo`s Gesicht und er legte zärtlich die Hand auf die Schulter seiner Verlobten. Mit einem Nicken deutete er auf Jane.

„Gloria, das ist Miss Jane MacKenzie, Jane, meine Verlobte."

Jane erhob sich und reichte der jungen Dame die Hand, welche diese mit einem affektiert hochmütigen Blick übersah und stattdessen Jane von Kopf bis Fuß musterte.

„Ach, sie sind die junge Dame, die seine Lordschaft zur Ordnung seiner Papiere eingestellt hat."

Die Herablassung in ihre Stimme war nicht zu überhören. Sie versuchte wie eine viktorianische Lady zu klingen, die eine Dienstbotin im Salon beim Tee vorfindet.

Dabei war ihre Stimme unangenehm hoch und die hellen, blassblauen Augen blickten ihr Gegenüber kühl an.

Jane merkte, wie die Situation für Jo unangenehm wurde. Aber sie traute ihm durchaus zu dieser Situation souverän zu meistern, Charmeur der er war.

Was sie selbst betraf, nun, es sollte ihr nicht schwerfallen, diese viktorianisch anmutende Landlady in ihre Schranken zu weisen.

Mit einem belustigten Blick maß sie die dünne, blasse

Gestalt in einem lächerlich rosa Kostüm, das für einen Nachmittagsbesuch hier auf dem Land bei ihrem Verlobten nicht passend war.

Ebenso wenig wie der rosa, mit Blumen und Vögeln geradezu erdrückend schlecht garnierte Seidenhut billigster Verarbeitung, der besser nach Ascot gepasst hätte, vorausgesetzt, man wollte dort negativ auffallen.

Schließlich entdeckte sie den Verlobungsring, ein riesiges, protziges Exemplar, das Jo sicher nur auf Verlangen seiner Verlobten herausgesucht hatte. Ihm selbst traute sie einen derart schlechten Geschmack nicht zu.

Dann holte Jane mit einem zuckersüßen Lächeln zum Verbalschlag aus.

„Oh, einen bezaubernden Verlobungsring haben sie. Ich erinnere mich, ein ganz ähnliches Exemplar bei Lady Dorset gesehen zu haben."

Das anfangs huldvolle Lächeln Gloria Grovers verschwand und wich einer fast beängstigenden Blässe. Jo schaute zwischen den beiden Frauen ratlos hin und her und verstand die Bemerkung in keiner Weise.

Aber Jane und Gloria wussten, dass Lady Dorset in ganz London für ihren protzigen, geschmacklosen Schmuck bekannt war.

„Im Übrigen", fuhr Jane nach einer kleinen Pause fort. „Seine Lordschaft hat mir netterweise einige Recherchen in seinem Archiv gestattet. Er ist sehr gut mit meiner Großmutter, Lady Dora Nottingham, bekannt. Sie haben gemeinsame Erinnerungen an Indien, wo seine Lordschaft stationiert war und meine Großmutter aufwuchs, als Nichte des Vizekönigs, Lord Mountbatten."

Glorias Gesichtsfarbe erholte sich nicht mehr, zumal noch Jo, mit einem sanften Lächeln ergänzte.

„Jane ist das Patenkind ihrer Majestät, der Königin."

Jane konnte sich eine kleine hämische Freude nicht darüber verkneifen, als sie Glorias erstarrte Gesichtszüge sah. Dieser war jetzt eindeutig klar, wie weit unten sie auf der gesellschaftlichen Leiter stand.

Die Tochter eines kleinen Landlords konnte mit dem Patenkind der Königin wohl kaum konkurrieren.

Jane setzte sich wieder und wies mit einer lässigen Handbewegung auf einen der mit floralem Dekor bezogenen Sessel, ganz so, als sei sie hier die Hausherrin und biete einem Gast einen Platz an.

Ganz gleich, ob Gloria das richtig interpretierte oder überhaupt bemerkt hatte, sie ließ sich in den Sessel gleiten und wirkte mit dem rosa Kostüm und dem Hut in dem Meer aus aufgestickten Tulpen, Rosen und Hyazinthen wie eine skurrile Zuckergusskreation.

Jane hatte kein gesteigertes Interesse an einer Konversation, zumal Gloria Grover verstummt war und Jo etwas ratlos von einer der Frauen zur anderen blickte, unschlüssig, wie er seinerseits ein Gespräch beginnen und in Gang halten sollte.

Schließlich befreite ihn Jane aus dieser Lage und erhob sich wieder.

„Ich gehe wieder an meine Arbeit. Vielleicht sehen wir uns beim Dinner?"

Ohne eine Antwort abzuwarten ging sie hinaus.

Draußen, vor der Tür, stand der Butler und Jane war überzeugt, dass er das Gespräch mit angehört hatte.

„Wünschen sie noch etwas, M`lady?"

In seiner Stimme klang deutliche Bewunderung. Jane verkniff sich ein Lächeln.

„Nein, danke. Und Jeffkins, ein einfaches Miss Jane genügt."

Dieser verbeugte sich leicht und Jane lief die breite Treppe hinauf. In der Mitte zögerte sie eine Weile und drehte sich um.

„Jeffkins?" Dieser kam zurück.

„Ja, Miss Jane?"

„Ist seine Lordschaft zu sprechen?"

Der Butler zögerte eine Weile, dann nickte er etwas.

„Um diese Zeit pflegt seine Lordschaft im Herrenzimmer eine Partie Schach zu spielen."

Jane winkte ab.

„Dann will ich nicht stören."

„Allein", ergänzte der Butler und näherte sich dem Herrenzimmer.

Jane blieb auf der Treppe stehen und vernahm laute Stimmen aus dem Salon.

Glorias hohe Stimme war am besten zu hören.

Mit Jo hatte sie kein Mitleid. Ein Mann wie er würde sich zu wehren wissen, aber Gloria tat ihr fast leid.

Wie konnte sich ein Typ wie Jo mit einem so unscheinbaren, unsympathischen, hohlen Mädchen wie

Gloria verloben und sie ernsthaft heiraten wollen?
Wie viel Geld mochte da im Spiel sein?

Aber die Ballingham waren selbst so reich, dass dies
wohl nicht die entscheidende Rolle spielen konnte.
Vielleicht war aber wirklich echte Zuneigung im
Spiel und Jane schämte sich ihrer Gedanken.

Aber glaubte ein Mädchen wie Gloria ernsthaft, Jo
würde sie lieben, wenn sie keifte wie ein Marktweib?
Seine Zuneigung durch solche Szenen wie eben zu
gewinnen, war wohl der falsche Weg.

Nicht dass Jane besonders viel Erfahrung auf diesem
Gebiet hatte, aber…

„Seine Lordschaft lässt bitten."

Jane schrak aus ihren Gedanken und folgte dem Butler in das Herrenzimmer.

Es war in dunklen Grüntönen gehalten, was den
Raum etwas Unheimliches, Finsteres gab. Ein Kaminfeuer flackerte leise.

Vor einem kleinen Messingtisch stand der Rollstuhl
mit Lord Livingston, der seinen Adlerblick auf Jane
heftete.

„Spielen sie Schach?", fragte er als Erstes.

„Ja, mein Vater spielte viel mit mir."

Er deutet auf den freien Stuhl.

„Nehmen sie Weiß."

Jane überschaute die Züge, zog sich den Stuhl heran
und überlegte eine Weile. Dann nahm sie die weiße
Dame und setzte sie.

Lord Livingston hob seine linke Braue etwas an.

„Ein guter Zug", murmelte er und setze sich etwas

aufrechter hin.

„Aber warum wollten sie mich sprechen?"

„Es geht um die Vitrine, M`lord. Ich bin überzeugt, dass einige der Dokumente, die mir in die Hände fielen, besser in einer Vitrine aufgehoben wären als in den Schränken. Abgesehen davon, dass sie von unschätzbarem Wert sind, sie könnten brüchig werden. Glücklicherweise ist die Temperatur in dem Raum sehr gut und scheinbar haben noch nicht viele Menschen in den letzten Jahren die Dokumente berührt."

Jane zog ihre Handschuhe aus der Rocktasche.

„Ich versuche so professionell wie möglich vorzugehen, aber langfristig sind die Dokumente dem Verfall ausgesetzt."

Interessiert hatte der Lord zugehört.

„Mein seliger Vater hatte vor ungefähr fünfzig Jahren einen Archivar. Er war wohl der letzte auf Ballingham Manor, der sich professionell mit den Dokumenten auseinandersetzte. Ich wollte später auch wieder jemand einstellen, aber, naja."

Er brach ab und setzte seinen schwarzen Läufer, starrte nach dem Zug noch eine Weile auf das Schachbrett, eine kunstvolle Intarsienarbeit aus dem 17.Jahrhundert, nach Janes vorsichtiger Schätzung, und schwieg.

Schließlich hob er den Kopf und fixierte Jane mit seinen faszinierenden Augen.

„Sie vermuten also in der Vitrine kostbare Dokumente?"

Jane schüttelte langsam den Kopf.

„Ich kann mir kaum vorstellen, dass sie über noch kostbarere Dokumente verfügen, wie die über zwei Schenkungsurkunden und eine Lehensurkunde aus der Zeit der Rosenkriege. Letztere ist schon leicht beschädigt und sollte fachgerecht konserviert werden."

Nun, wenn vor fünfzig Jahren der letzte Archivar hier tätig war, konnte sie sich wenigstens die mangelhaften Beleuchtungsmöglichkeiten erklären.

Sie nahm ihren Läufer, lehnte sich etwas über das Brett und setzte ihn.

„Matt."

Der Lord schnellte nach vorn, starrte auf das Schachbrett und warf schließlich seinen König um.

„Brillant, in zwei Zügen matt. Scheinbar sind sie eine ebenso gute Schachspielerin wie Historikerin, Miss Jane."

Diese senkte bescheiden den Kopf.

„Wissen sie, Jane, ich möchte ihnen etwas zeigen, aber ich muss auf ihrer Verschwiegenheit bestehen."

„Selbstverständlich."

Er musterte sie eine Weile, dann traf er eine Entscheidung und fuhr mit seinem Rollstuhl in die Nähe des Kamins. Dort schob er einen Stein zur Seite und nahm einen Schlüssel, den er an einer Kette am Hals befestigt hatte.

Er öffnete einen kleinen Safe, tief im meterdicken Gestein.

Jane kannte solche Verstecke, fast jedes Castle und jedes Gutshaus in England und Schottland verfügte darüber, in den unterschiedlichen Größen, von einem verrückbaren Stein bis hin zu massiven Geheimgängen, die oft seit Generationen in Vergessenheit geraten waren.

Der Earl holte ein dickes Buch heraus und erst als er es auf den Tisch legte, sah Jane, dass es eine Lederkassette war und kein Buch, wie sie erst vermutet hatte.

Die Kassette schien über einen besonderen Mechanismus zu verfügen, denn plötzlich sprang der Deckel auf.

Schon die Kassette allein war ein Meisterwerk, hellbraunes, feinstes Kalbsleder mit goldenen, verzierten Beschlägen, denen die Zeit in dem Steinsafe nichts anzuhaben schien.

Obwohl sie wie neu aussah, schätzte Jane ihr Alter grob auf mindestens dreihundert Jahre.

In der Mitte der Kassette war das Wappen derer von Ballingham eingearbeitet, ein Löwe im Kampf mit einem Bären, der aufrecht mit der Tatze auf einen lateinischen Spruch deutete.

„Ich weiche nicht", lautete dieser übersetzt und stellte wohl das Motto der Familie dar.

„Ziehen sie ihre Handschuhe an", raunte Lord Livingsston und deutete dann auf ein Dokument, das er herausgezogen hatte und vorsichtig auf den Tisch legte.

Es war braun verfärbtes Pergament, sorgsam zusammengerollt, mit goldenen Schnüren verschlossen, an denen unzählige verschieden große Siegel hingen.

Eines kam Jane bekannt vor, allerdings nur aus vagen Abbildungen. Sollte das etwa?

Sie spürte, wie ihr Puls schneller schlug. Hastig streifte sie sich die Handschuhe über, die sie aus ihrer Rocktasche gezogen hatte.

Mit trockenem Mund öffnete sie das Dokument und stieß alle Luft, die sie in sich hatte, aus.

„Mein Gott", raunte sie nur und fuhr andächtig über das Dokument.

Die Historikerin in ihr war stärker als alle anerzogene Höflichkeit. Sie zog ihre kleine Lupe aus der Tasche und kauerte eine Weile über dem Papier wie ein Geier über der Beute.

„Echt?" fragte sie, geradezu unhöflich knapp.

Lord Livingston stieß ein kurzes bellenartiges Lachen aus.

„Glauben sie, ich zeige ihnen eine Fälschung?"

Jane richtete sich auf und errötete leicht. Jetzt wurde sie sich ihrer Unhöflichkeit bewusst. Sie hatte sich von ihren Emotionen hinreißen lassen.

„Entschuldigen sie, ich war wie besessen davon."

Der Lord nickte.

„Ja, sie sind eine echte Historikerin, sonst hätte ich es ihnen nicht gezeigt."

Jane setzte sich wieder hin, ohne das Dokument aus den Augen zu lassen.

„Das ist eine wissenschaftliche Sensation. Eine Urkunde Wilhelm des Eroberers, mein Gott, keiner glaubt, dass so etwas in Privatbesitz noch existiert. Seine Unterschrift, seine Siegel. Es ist nur seltsam, dass ich davon noch nichts gehört habe. Zwar ist das nicht mein Spezialgebiet, aber…"

Der Lord fuhr mit dem Rollstuhl noch näher heran und unterbrach sie schroff: „Was glauben sie, was ein Sammler dafür zahlen würde?"

Jane schloss entsetzt ihren Mund und starrte ihr Gegenüber an. Erst nach einer Weile schien sie ihre Sprache wiederzufinden.

„Verkaufen? Sie würden dieses Dokument an einen Privatsammler verkaufen?"

Ihre Stimme wies jetzt beachtliche Ähnlichkeit mit der von Gloria Grover auf.

„Was glauben Sie, Jane? Sie sind Historikerin und eine Tochter aus reichem Haus. Ich habe mich erkundigt. Ihre Familie verfügt über ein riesiges Vermögen. Was würden sie zahlen?"

Jane schüttelte fassungslos den Kopf.

„Sie bieten mir das Dokument an? M`lord, ich würde es nicht kaufen, nicht für eine Privatsammlung, so ich denn eine hätte. Es ist ein wissenschaftliches Dokument, das ihrer Familie gehört, aber auch eine wissenschaftliche Sensation. Sollten sie es wirklich weggeben wollen, dann einem Museum, einer wissenschaftlichen, historischen Einrichtung, aber nicht an einen privaten Sammler."

Der Lord brach in ein heiseres Lachen aus.

„Sie haben wirklich und wahrhaftig Skrupel, das haben nicht viele. Nein, Jane, ich hatte nicht ernsthaft vor es ihnen zu verkaufen, ich wollte nur wissen, ob auch eine Historikerin käuflich ist."

„Nein, nein", sagte er, als er Janes entsetztes Gesicht sah. „Ich habe es ihnen nicht einmal zugetraut, nicht Lady Doras Enkelin. Aber es gibt genügend Menschen, die nicht so sind wie sie. Sagen sie mir offen, wie viel würde ein Sammler dafür zahlen?"

Jane versuchte hinter die Gedankengänge ihres Gegenübers zu kommen, was ging hinter der gefurchten Stirn vor? Warum wollte er das wissen?

Sie fühlte, dass jeder Versuch, ihn danach zu fragen, zum Scheitern verurteilt war.

Gehorsam beugte sie sich wieder über das Dokument.

„Ich denke, ein wirklicher Sammler, der das Dokument unbedingt haben will, würde dafür mindestens eine halbe Million Pfund zahlen, ich sage mindestens!"

Lord Livingston schloss die Lederkassette wieder und fuhr zurück zum Safe.

Als er zurückkam, sah er Jane eine Weile an.

„In der Vitrine sind keine sonderlich kostbaren Dokumente, eher private. Sie würden sie nicht weiter interessieren. Über ihren Vorschlag, einige der Dokumente sicherer zu verwahren, denke ich nach. Ich danke ihnen für das Schachspiel."

Jane erhob sich.

Das Gespräch war beendet und sie hatte keinen Grund länger zu bleiben und doch zögerte sie, als die auf dem Weg zu Tür war.

„M`lord?"

„Ich werde nicht verkaufen, Jane, unter keinen Umständen."

„Einen schönen Tag noch."

Sie war sich sicher, dass er ihr Aufatmen gehört hatte.

Kapitel 8

In den nächsten Tagen fand Jane nichts Interessantes heraus, zwar waren einige der Dokumente, die sie sichtete, von hohem historischem Wert, aber bezüglich der Rosenkriege schien es keinerlei Hinweise auf den Hyde Park Mörder zu geben.

Die Ballinghams waren nicht, wie sie insgeheim gehofft hatte, in irgendwelche Fehden verwickelt gewesen. Es war ihnen immer gelungen, unparteiisch zu bleiben, was in dieser Epoche der englischen Geschichte sicherlich nicht einfach war.

Glücklicherweise waren sie in dieser unsicheren Zeit, in der eine falsche politische Entscheidung totbringend sein konnte, relativ unbedeutende Landedelleute, ohne größeren Einfluss.

Zu eben diesem großen Einfluss waren sie erst gekommen, als John, Earl of Ballingham, eine Cousine Elisabeths, der Tochter Eduards IV heiratete.

Danach hatten viele Ballinghams bedeutende Ämter der Krone inne, davon zeugten Ernennungs- und Bestallungsurkunden.

Es gab sogar eine genaue Ausgabenliste anlässlich eines Besuches von Elisabeth der Ersten, was deutlich machte, welchen Einfluss die Ballinghams zu diesem Zeitpunkt bereits hatten.

Dass sie sich damit auch Gegner gemacht hatten, war nur allzu klar, aber keiner der geschilderten Gerichtsprozesse schien eine Grundlage zu bilden für eine so späte Vergeltung.

So geriet nicht nur Janes Rosenkriegstheorie merklich ins Schwanken, auch für historisch gefärbte Morde aus späterer Sicht schien es keine ausreichenden Gründe zu geben.

Jo seinerseits versuchte Jane mit allen Mitteln vom Arbeiten abzuhalten, wie sie schmunzelnd bekennen musste und wenn sie ihm von ihren Entdeckungen im Archiv erzählte, rollte er die Augen nach oben und stöhnte.

„Jane, es ist schon hart genug auf eine Familienchronik zurückblicken zu müssen, die so alt wie dieses Königreich ist. Aber sich noch mit diesem Plunder auseinanderzusetzen, der dort oben vor sich hin staubt, Gott bewahre mich. Am besten ich mache einmal ein schönes Feuerchen im Kamin und werfe alles hinein."

Er freute sich dann über Janes entsetzte Miene und lachte herzhaft.

„Nein, nein, das tue ich nicht. Vielleicht habe ich einmal einen Sohn, der etwas mehr Respekt vor der Historie hat."

Das konnte Jane nur hoffen, zumal sie Jo auch nie in der Bibliothek von Ballingham Manor sah, diese war außergewöhnlich gut bestückt und sie selbst fand darin immer wieder etwas Interessantes.

Jo war ein ausgezeichneter Sportler, in Amerika spielte er recht erfolgreich Basketball und hier in England Polo, aber andere, besonders intellektuelle Interessen, schienen bei ihm nicht besonders ausgeprägt.

Jeden Morgen erwartete er Jane am Stall, um mit ihr auszureiten.

Er war ein wirklich guter Reiter, aber Jane konnte sich mit ihm messen und so kamen sie meist verschwitzt, aber gut gelaunt, zum Frühstück zurück ins Schloss.

An diesem Morgen wartete bereits Gloria Grover im Frühstückssalon, als sie noch immer lachend eintraten.

Jo hatte gerade einen seiner Professoren imitiert, eine Sache, die er hervorragend verstand und die näselnde Stimme reizten Janes Lachmuskeln.

„Guten Morgen."

Glorias Stimme war wieder unangenehm hoch und Jane sah, wie Jo einen kurzen Augenblick fast angewidert das Gesicht verzog.

Er fasste sich innerhalb von Sekunden, scheinbar glaubte er, dass keine der Beiden es bemerkt hatten und beugte sich zu einem leichten Kuss über Glorias Wange.

„Guten Morgen, meine Liebe, schon so zeitig wach?" Falls seine Stimme interessiert klingen sollte, so gelang ihm das ausgezeichnet.

Glorias helle Augen glitten von ihrem Verlobten zu Jane und zurück.

„Ich möchte dich sprechen", sagte sie, ohne von Jane Notiz zu nehmen und diese bemerkte, wie eine hektische Röte aus Glorias heller Kostümjacke aufstieg.

Sie schien eine Schwäche für helle Farben zu haben, die ihr so gar nicht standen, ebenso wie die Tatsache, dass ein Morgenbesuch wohl kaum ein so klassisch geschnittenes Kostüm rechtfertigte.

Glorias Atem ging schwer, wie von nur schlecht unterdrückbaren Emotionen.

„Oh je, daher weht der Wind", dachte Jane und ging zu der Anrichte, wo eine Reihe warm gehaltener Speisen standen.

„Hm, heiße Nierchen, also wirklich Jo, du solltest der Köchin ein Kompliment machen, die sind wirklich einzigartig", bemerkte sie, um die Situation, die fast die Luft im Raum knistern ließ, etwas zu entspannen und lud sich ein beachtliches Häufchen selbiger auf ihren Teller.

Gloria warf ihr einen missbilligen Blick zu, aber Jane nahm am Tisch Platz, schenkte Tee ein und bestrich sich seelenruhig ein Toast mit Butter.

„Jonathan, bitte."

Gloria legte ihre Hand auf den Ärmel seiner Tweedjacke.

Er entfernte mit einer liebenswürdigen Geste ihre Hand von seinem Arm und deutete auf den Tisch. Dann sprach er mit ihr in einem ruhigen, fast fürsorglichen Tonfall, wie mit einem bockigen Kind, der Jane sehr an sein Imitationstalent erinnerte und sie sah, wie er ebenfalls zur Anrichte ging.

„Komm, Liebes, nehme auch ein Toast und etwas Tee, ich sterbe vor Hunger."

Seine Verlobte starrte ihm nach und fast hatte es den Eindruck, als wolle sie mit dem Fuß aufstampfen.

„Jonathan."

Glorias Stimme hatte beträchtlich an Höhe gewonnen und Jane fürchtete, bei der nächsten Oktave würde das Glas zerspringen.

„Gloria, ich glaube, es reicht."

Die sonore Stimme ließ alle Anwesenden aufschauen und sie sahen Lord Livingston, der gerade mit seinem Rollstuhl hereinkam.

Gloria stand wie erstarrt, Jane erhob sich und begrüßte den Hausherren und Jo neigte etwas den Kopf.

„Guten Morgen, Großvater."

Dieser fuhr näher an den Tisch heran, lächelte Jane zu und betrachtete seine künftige Schwiegerenkelin mit einem Stirnrunzeln.

„Setz dich, Kind und iss etwas mit uns."

Gloria hatte scheinbar die ganze Zeit die Luft angehalten und war puterrot im Gesicht.

„Ich will mit meinem Verlobten sprechen, unter vier Augen", stieß sie, noch immer zornig, unbeherrscht hervor.

Lord Livingston sah Jane an und sagte.

„Würden sie mir bitte etwas Tee eingießen, Jane?"

Jane, die sich wieder gesetzt hatte, erhob sich erneut und kam seinem Wunsch nach. Für gewöhnlich nahm der Earl nicht am gemeinsamen Frühstück teil. Sie war sich sicher, dass Jeffkins ihm das Eintreffen der Verlobten seines Enkels hinterbracht hatte.

Jane wurde die Situation immer unangenehmer und sie hätte sich ihr gerne entzogen, wagte es aber nicht, da der Hausherr anwesend war und scheinbar zu verhindern versuchte, dass sie nach draußen ging.

Schließlich wandte dieser sich Gloria zu.

„Ich dulde in meinem Haus keine derartigen Auftritte, junge Dame, ein für alle Mal. Das ist billig und entwürdigend. Fahr nach Hause und fasse dich. Ich wünsche dir einen schönen Tag."

Gloria bebte am ganzen Körper, dann fuhr sie herum zu Jo, der wortlos seinen Teller auf den Tisch gestellt hatte und neben Jane Platz nahm.

„Jonathan, ich will jetzt mit dir sprechen, allein, ich…"

Obwohl Jane es nicht für möglich gehalten hätte, hatte Glorias Stimme tatsächlich noch weiter eine beängstigende Höhe und Lautstärke angenommen, so dass alle Anwesenden zusammenzuckten.

Lord Livingston setzte hart seine Teetasse ab und verhinderte einen weiteren Redefluss.

„Wenn du nicht willst, dass ich dich von Jeffkins entfernen lasse, gehe freiwillig."

Fast befürchtete Jane, Gloria werde weiter schreien, aber ihre Wut war bedeutend größer.

Sie nahm eine der großen, griechischen Vasen, die unter den Fenstern standen und mit ein paar Tannenzweigen und herbstlich verfärbten Blättern gefüllt waren, hob sie hoch und warf sie gegen die Anrichte.

Das silberne Geschirr fiel mit Poltern zu Boden und Gloria stürmte hinaus.

In der Tür stieß sie mit Jeffkins zusammen, brüllte ihn an. „Gehen sie zur Seite."

Dann rannte sie durch die Halle.

Es gab noch einen Knall, als die silberne Servierschüssel mit den Nierchen zu Boden rutschte und sich mit dem verstreuten Tannengrün vermischte. Zwar brannten noch die Flammen einen kurzen Augenblick unter dem Wärmehalter, aber der Orangensaft, der aus einer der zersplitterten Kristallkannen rann, löschte sie fast sofort.

Lord Livingston schloss die Augen für einige Sekunden, dann warf er einen Blick auf den Butler, der etwas fassungslos auf das Chaos starrte und sagte: „Es ist nichts von Bedeutung geschehen, Jeffkins. Wir ziehen uns in den Salon zurück. Bitte veranlassen sie, dass die hier beseitigt wird. Es war ein bedauerlicher Unfall."

Der Butler gewann seine Fassung wieder, nickte und hielt seinem Herrn die Tür auf, dass dieser sie mit seinem Rollstuhl passieren konnte.

Jo und Jane folgten ihm schweigend in den Salon. Nachdem sie Platz genommen hatten räusperte sich Lord Livingston etwas.

„Es ist mir unangenehm, dass sie diese Szene miterleben mussten, Jane, aber Gloria hat." Er stockte etwas, fuhr dann aber fort. „Nun, ich denke nach reiflicher Überlegung, hat sie wohl doch nicht das Zeug zu einer Lady auf Ballingham Manor."

Jo lief dunkelrot an und sah fast hilfesuchend Jane an. „Sie war vielleicht etwas aufgeregt."

„Aufgeregt ist wohl nicht das richtige Wort. Derartige Entgleisungen kann und werde ich nicht dulden, Jonathan. Von einer Lady und künftigen Hausherrin auf Ballingham Manor erwarte ich Contenance, in jeder Hinsicht."

Jane spürte, wie auch ihr die Röte in die Wangen stieg.

„Ach du lieber Gott", dachte sie, erinnerte sich aber im gleichen Moment daran, das Lord Livingston die gleiche Generation wie ihrer Großmutter war, die einfach noch andere Wertvorstellungen hatten.

„Ich bin sicher, M`lord, sie hat es nicht so gemeint", versuchte sie Jo zu Hilfe zu kommen, der ihr einen dankbaren Blick zuwarf.

Lord Livingston lächelte etwas.

„Jonathan, lasse doch bitte durch Jeffkins noch einen Imbiss richten und hierherbringen."

Dieser erhob sich eilig und schien mehr als froh, dieser peinlichen Situation zu entkommen.

Nachdem er die Türe geschlossen hatte, wandte Lord Livingston sich mit einem verbindlichen Lächeln an Jane.

„Ich bin kein Mann von großen Worten, Jane, kurzum, ich hatte ein paar Tage Zeit sie näher kennen zu lernen und sehe, wie gut sie sich mit Jonathan verstehen. Also, ich habe mit Lady Dora telefoniert und auch sie scheint der Idee nicht abgeneigt."

Jane starrte ihn an.

„Wovon nicht abgeneigt?", fragte sie leise und hatte plötzlich das Gefühl, Sandpapier wäre in den Nierchen gewesen.

„Das sie die neue Herrin auf Ballingham Manor werden, Jonathans Frau."

Kapitel 9

Jane eilte die Treppe hinauf in ihr Zimmer.
Ihr Gesicht wechselte zwischen Röte und Blässe und
fast hätte sie nach den Worten von Lord Livingston
einen ähnlich hysterischen Anfall erlitten wie Gloria
vor einer halben Stunde.
Glücklicherweise konnte sie sich zügeln und hatte
ihm mit einem sanften Lächeln, das weiß Gott nicht
zu ihrer inneren Einstellung passte, gesagt, sie müsse
erst über seine Worte nachdenken, was er mit einem
Stirnrunzeln akzeptierte.
Was hatte sich in Gottes Namen ihre Großmutter
dabei gedacht, hinter ihrem Rücken ein solches Arrangement mit Lord Livingston zu treffen?
Ihrem ersten Impuls folgend wollte sie sie anrufen,
atmete dann aber tief durch und ließ sich in einen
Sessel fallen.
Sie musste diese Situation allein klären.
Wäre es nicht so makaber gewesen, würde sie lauthals lachen.
Sie war hier, um die Hintergründe für die Hyde Park
Morde zu finden und ihre Großmutter nutzte die
Gelegenheit, um sie standesgemäß zu verkuppeln.
Ausgerechnet mit Jo.
Sie stieß ein leises Lachen aus und Hieronymus drehte langsam den Kopf.
Der Kater hatte Position auf dem breiten Fenstersims
bezogen und beobachtete fasziniert irgendetwas im
weitläufigen Gelände.

„Na, du siehst dich wohl auch schon als Herr auf Ballingham Manor?" fragte Jane ihn und erhielt lediglich einen vernichtenden Blick aus den jadegrünen Augen.

„Du hast Recht, das ist wohl nichts für uns", murmelte sie und streckte die Beine von sich.

Obwohl sie noch in ihrer Reitbekleidung war, konnte sie sich nicht aufraffen sich umzukleiden.

Sie fand die Sache so irrwitzig, dass sie sich noch immer nicht entscheiden konnte, ob sie ärgerlich oder belustigt sein sollte, wobei ihr Sinn für Humor langsam zu überwiegen schien.

Mein Gott, sie befanden sich im einundzwanzigsten Jahrhundert und niemand konnte sie oder Jo zu einer Heirat zwingen, so sehr ihre Großeltern diese auch begrüßen würden.

Davon abgesehen war Jo genau der Typ Mann, den Jane nie als Ehemann auswählen würde. Zwar war er gutaussehend und amüsant, aber unstet, leichtsinnig und mit Sicherheit wies sein Charakter noch andere erhebliche Schwächen auf, wie sie heute Morgen beim Eintreffen von Gloria bemerkt hatte.

Er war unehrlich, ein Charakterzug, den Jane zutiefst verabscheute.

Ein leises Klopfen riss sie aus ihren Gedanken.

„Ja, bitte."

Jo schob seinen Kopf langsam um die Ecke der Türfüllung und lächelte unsicher.

„Darf ich?" flüsterte er und Jane nickte.

Sehr leise schloss er hinter sich die Tür und blieb

verlegen mitten im Raum stehen.

Er sah zu Hieronymus und dieser fauchte ihn an, peitschte mit dem Schwanz und erhob sich blitzschnell.

Jo wurde blass.

„Puh", sagte er nur und Jane stand schnell auf.

„Hieronymus", rief sie, aber umsonst, der Kater sprang auf Jo zu und krallte sich in dessen grobe Reithose, die dieser glücklicherweise noch trug.

„Nicht anfassen", warnte Jane ihn noch schnell, als er instinktiv nach unten fassen wollte und packte den Kater mit beiden Händen.

Dieser versuchte die Krallen in ihre Hände zu schlagen.

„Versuch es", knurrte Jane ihn an und setzte ihn ziemlich unsanft auf den Boden.

Hieronymus, scheinbar verärgert über diese Behandlung, sah den scheinbaren Verursacher der Störung an und fauchte erneut, wobei Jo einen guten Blick auf die überaus beeindruckenden Zähne des Katers erhielt.

„Ähm, ja", sagte er und wurde noch einen Schein blasser.

Jane öffnete die Tür zu dem Schlafraum und machte eine Handbewegung.

„Komm, Hieronymus."

Der Kater maß Jane mit einem Blick aus seinen jadegrünen Augen, schien seine Chancen abzuwägen und verließ schließlich langsam die Bühne seines Schauspiels, nicht ohne Jo nochmals mit einem bedrohlichen Fauchen versorgt zu haben.

„Mein Gott", meinte dieser, also Jane die Tür ins Schloss gezogen hatte.

„Er ist überaus beeindruckend."

Jane lächelte. Zumindest hatte Hieronymus Auftritt die Situation etwas entspannt.

Sie deutete auf den Sessel und Jo nahm sehr langsam und bedächtig, entgegen seiner sonstigen Art, Platz und rieb seine Hände verlegen aneinander.

„Großvater hat mir gesagt…naja, was er dir gesagt hat."

Jane lächelte im Stillen über Jo, der sonst so redegewandte, smarte Draufgänger, der jetzt um Worte rang.

„So schlimm?" fragte sie.

Jo stieß einen Seufzer aus.

„Jane, ich weiß, welche Ehre es wäre, wenn du meine Frau… ich meine, es ist…"

Jane zog die Brauen nach unten, biß die Zähne aufeinander, stemmte ihre Hände in die Taille und baute sich vor ihm auf.

„Du meinst das doch wohl nicht ernst, oder? Meine Großmutter und dein Großvater spielen die viktorianische Upperclass und arrangieren eine Hochzeit? Das ist ja lächerlich."

Sie ließ sich in den freien Sessel fallen und schüttelte den Kopf.

Jo beobachtete sie eine Weile aus dem Augenwinkel. Dann beugte er sich etwas nach vorn.

„Gloria…", sagte er nach einer Weile und Jane winkte ab.

„Ihr Auftritt war ja wirklich sehr bizarr, aber das ist ja jetzt wohl gleichgültig. Wir beide müssen unsere Großeltern zur Vernunft bringen. Sonst packe ich meine Koffer und fliege sofort in die Staaten."

Jo ergriff ihre Hände. Jane wollte ihrem ersten Impuls folgen und sie ihm entziehen, unterließ es aber und sah ihn nur an.

„Jane, kannst du das mit Gloria irgendwie wiederhin bekommen, ich meine, sie versöhnen? Sie ist wahrscheinlich eifersüchtig auf dich und ich dachte, es wäre besser, wenn du mit ihr reden könntest."

Jane starrte ihn einen Augenblick mit leicht geöffnetem Mund völlig verständnislos an, bis in ihrem Bewusstsein ankam, was Jo eben gesagt hatte.

Sie hatte in keinem Moment daran gezweifelt das er eigentlich froh war, Gloria endlich los zu sein und dass er sich jetzt neu orientieren würde was das weibliche Geschlecht anging.

Schließlich schien er dabei eine Reihe an Erfahrungen zu besitzen, darüber war Jane sich klar. Aber dass er Gloria tatsächlich heiraten wollte, das überstieg ihren Verstand.

Schnell bekam sie ihre Gesichtszüge wieder unter Kontrolle und brachte sogar ein Lächeln zustande.

„Nun ja, wenn dir so viel daran liegt."

Sie brach ab und sah ihn prüfend an.

Sie hatte doch ganz deutlich einen kurzen Augenblick die tiefe Abneigung in seinen Zügen gesehen als Gloria ihren Auftritt hatte, auch hatten sich die beiden fast pausenlos gestritten, auch ohne ihre Anwesenheit.

So dick die Wände auf Ballingham Manor auch waren, Glorias Gekreische war zu hören.

Was in Gottes Namen fesselte jemanden wie Jo an so einer Frau? Ihr Gefühl sagte ihr, dass etwas nicht stimmte, aber sie konnte sich nicht, noch nicht, erklären was es war.

Er hielt noch immer ihrem Blick stand.

„Ja, es würde mir sehr viel bedeuten."

Jane zuckte resigniert die Schultern und warf ihm einen gequälten Blick zu

„Also gut, ich werde sie aufsuchen."

Er erhob sich und starrte sie fast hypnotisch an.

„Gleich?", fragte er drängend und stirnrunzelnd erhob sich Jane.

Immerhin hatten sie einen straffen Ausritt hinter sich, dann hatte sie kein ordentliches Frühstück gehabt, da dieses von Glorias Auftritt unterbrochen worden war und dann hatte sie noch die Sache mit der eigenen geplanten Hochzeit zu verdauen.

Sie sah langsam an sich herunter, die schmutzbespritzten Stiefel, ihre ebenfalls beschmutzten Hosen und einige Haarsträhnen hatten sich aus ihrem Zopf gelöst. Resigniert strich sie zumindest letzter zurück und erhob sich.

„Also gut, ich gehe."

Jo drückte ihr erneut fest die Hand.

Jane sah ihn noch einmal kurz an, dann ging sie mit einem leisen Seufzer aus dem Zimmer und nahm zwei Stufen auf einmal auf dem Weg nach unten.

Warum hatte sie sich in Gottes Namen bereit erklärt mit dieser Gloria zu sprechen?

Ein Ausflug in ein Haifischbecken erschien ihr reizvoller als diese Begegnung.

Naja, jedenfalls besser als mit Lord Livingston erneut über eine mögliche Hochzeit zwischen ihr und Jo diskutieren zu müssen.

Wenn es ihr gelang, die beiden wieder zu versöhnen, hatte sie dieses Problem zumindest gelöst.

Immer noch darüber nachdenkend näherte sich Jane schließlich dem Stall. Einer der Angestellten musterte sie und runzelte die Stirn.

„Wollen sie nochmal ausreiten, Ma`am?", fragte der ältere Mann und warf einen Blick nach draußen, wo ein feiner Nieselregen niederging und die Temperaturen zu sinken begannen.

Jane zuckte lakonisch die Schultern.

„Ja, dass bisschen Wetter wird mich wohl kaum abhalten."

Sie lächelte und der Mann lächelte zurück, aber so, wie man es bei einem geistig etwas minderbemittelten Menschen tun würde.

Als er schließlich merkte, dass es Jane ernst war, sattelte er ihr eines der Pferde und führte es an den Zügeln vor die Stalltür.

Behände schwang sich Jane in den Sattel und ließ sich noch die Steigbügel richten, dann gab sie der Stute sanft einen Schenkeldruck und diese galoppierte leicht an.

Der Mann sah ihr kopfschüttelnd nach.

„Scheinbar sind diese Schotten doch eine andere Spezies", murmelte er vor sich hin, als er Janes leuchtend rotes Haar im Nieselregen verschwinden sah.

Grover House lag ungefähr zwei Meilen von Ballingham Manor entfernt und Jane war ziemlich durchnässt, als sie das gepflegte Anwesen vor sich auftauchen sah.

Das Haus selbst war vielleicht hundert Jahre alt und kein herausragendes architektonisches Kleinod, zumal der damalige Bauherr vergeblich versucht hatte, durch angedeutete Säulen und Balkone einen griechischen Stil zu imitieren, der so gar nicht in die Grafschaft Yorkshire passte.

Aber der Garten machte einen sehr gepflegten Eindruck und war glücklicherweise typisch britisch, mit breitem Mixed-Borders, die eine üppige Herbstfärbung angenommen hatten.

Eine Stallanlage zeigte, dass auch Lord Grover dem Reitsport huldigte. Dorthin lenkte Jane ihre helle Stute und wurde bereits von einem Mitarbeiter empfangen.

„Das ist nicht gerade das beste Wetter für einen gemütlichen Ausritt, Miss", sagte er und warf einen Blick auf ihr Plaid, dann auf die Stute, die er zu erkennen schien und runzelte leicht die Stirn.

„Oh, kommen sie von Ballingham Manor, Miss…?"

Jane saß ab und reichte ihm die Zügel.

„MacKenzie", ergänzte sie und sah sich um.

„Ist Miss Grover zu Hause?"

Der junge Mann, kaum älter als Jane, strich der Stute geistesabwesend über die weichen Nüstern und sah Jane an.

„Naja, sie kam mit ihrem Wagen, vor knapp einer

Stunde und schien ziemlich…"

Er brach ab und nagte an der Unterlippe.

„Aufgewühlt?", half ihm Jane weiter und er nickte.

„Ja, sie ging gleich ins Haus und ließ den Wagen mitten auf dem Weg stehen. Ich glaube nicht, dass sie heute noch jemand sehen will."

Er musterte Jane wieder kurz und dieser war klar, dass sich bereits bei den gesamten Angestellten von Grover House herumgesprochen hatte, dass sie scheinbar der Stoß des Anstoßes gewesen war.

„Nun, ich möchte mit ihr sprechen", sagte Jane und sah in Richtung Haus.

„Läuten sie einfach. Missis Murrey, die Haushälterin ist da."

Jane nickte, strich der Stute noch einmal über die leicht schweißbedeckten Flanken und ging dann mit festem Schritt auf das Haus zu.

Naja, mehr als nicht hineingelassen konnte sie schwer werden. Sie läutete an der großen Glocke und eine hagere Mittsechzigerin riss förmlich die Tür auf. Scheinbar hatte sie Jane bereits beobachtet und maß sie jetzt von Kopf bis Fuß.

Anscheinend verwirrte sie das was sie sah, denn sie öffnete zweimal den Mund und schloss ihn wieder.

Jane neigte leicht den Kopf.

„Missis Murrey? Ich bin Jane MacKenzie und zurzeit Gast auf Ballingham Manor. Ich möchte Miss Grover sprechen."

Als die Haushälterin noch immer nichts sagte, ergänzte Jane etwas lauter. „Es ist dringend."

Missis Murrey räusperte sich und wurde sich jetzt scheinbar bewusst, wie unhöflich sie die junge Frau anstarrte.

„Guten Tag, Miss MacKenzie. Leider ist Miss Gloria indisponiert."

Jane lachte auf.

„Missis Murrey, vor nicht einmal einer Stunde hat Miss Glover Ballingham Manor in einem, nun recht wachem Zustand verlassen. Und zwar, nachdem sie eine sehr wertvolle griechische Vase in das Frühstücksbüfett befördert hat. Ich denke, wer so viel Energie hat, ist wohl kaum zu indisponiert, um mich zu empfangen."

Die Haushälterin war bei Janes Worten blass geworden, was dieser zeigte, dass Gloria wohl nicht die ganze Geschichte erzählt hatte.

Zumindest wurde ihr jetzt jede weitere Entscheidung abgenommen, als plötzlich Gloria Grover neben der Haushälterin auftauchte und Jane wütend anstarrte. Sie hatte in der Stunde nicht gerade an Attraktivität gewonnen, ihre etwas zu lange Nase war gerötet ebenso wie ihre Wangen und die Haut wies unregelmäßige Flecken auf.

„Was wollen sie?", fragte sie mit ihrer hohen Stimme, die bestimmt auf dem gesamten Anwesen zu hören war.

Richtig, bei den Stallungen tauchte der dunkle Haarschopf des jungen Mannes auf, der Janes Stute versorgte.

„Vielleicht sollten wir das drin besprechen", sagte

Jane leise und deutete mit einem Kopfnicken in den Flur.

Gloria Grover schien nicht gewillt nur eine Handbreit Boden zu weichen, aber Missis Murrey sah wohl ein, dass ein weiterer peinlicher Auftritt Glorias unmittelbar bevorstand und trat zur Seite.

„Bitte", sagte sie nur und ließ Jane in den weitläufigen Flur.

Gloria Grover hatte die Arme über der Brust verschränkt und starrte Jane herausfordernd an.

Diese ihrerseits hatte allerdings nicht vor, im Flur weiter zu diskutieren und ließ sich von der Haushälterin in einen gemütlich hellen Raum führen.

Erst jetzt fiel ihr ein, dass sie mit ihren schmutzigen Reitstiefeln Spuren hinterlassen musste, aber für diese Erkenntnis war es jetzt zu spät.

Sie legte ihr Plaid ab, reichte es mit einem Lächeln Missis Murrey und setzte sich in einen der Sessel, nahe an dem munter prasselnden Kaminfeuer.

„Also, was wollen sie?"

Gloria war scheinbar mit ihrer Geduld am Ende und starrte Jane von oben herab an, indem sie neben deren Sessel Stellung bezog.

„Was immer sie wegen mir und Jo denken, es ist falsch", fiel Jane mit der Tür ins Haus, denn sie spürte, wie Glorias Erregung von Minute zu Minute wuchs und sie keine Zeit für lange Vorreden hatte.

„Jo", sagte Gloria gedehnt und starrte sie weiterhin an.

Dass sie den Namen ihres Verlobten in der Koseform

benutzte, schien Gloria in ihrem Verdacht zu bestätigen.

„Ich bin in Amerika aufgewachsen, da ist es üblich sich beim Vornamen zu nennen. Ich finde Jo nett, das ist alles. Bitte glauben sie das. Ich bin auf Ballingham Manor, um Recherchen zu betreiben und hoffentlich in ein paar Wochen damit fertig und dann bin ich weg."

Sie machte eine unspezifische Handbewegung, um das Gesagte zu unterstreichen.

Gloria starrte sie noch immer prüfend an, dann entspannte sie sich ein kleines bisschen, gerade so viel, dass sie sich langsam in einen Sessel gleiten ließ.

Sie schlang die Hände ineinander, die rot und scheinbar eiskalt waren.

„Lord Livingston möchte sie als Frau für Jonathan", sagte sie nach einer Weile mit gepresster Stimme.

Jane seufzte auf.

„Ja, ich weiß, aber ich will nicht und Jo im Übrigen auch nicht."

In ihrer Ahnung bestätigt, fiel Glorias Kopf fast bis auf ihre magere Brust.

„Er bekommt immer was er will. Er konnte mich von Anfang an nicht leiden. Die Tochter eines kleinen Landedelmannes, das hat er gesagt. Und dann kommen sie, als Enkeltochter von Lady Dora und Patenkind der Königin, da war mir doch sofort klar, das."

Sie brach ab und schlug die Hände vor das Gesicht.

Jane hatte zuerst den Impuls zu lachen, das war ja schlimmer als in einem kitschigen Liebesroman und sie spielte diese Schnulze noch mit.

Aber als sie sah, dass Gloria tatsächlich weinte, hielt sie sich zurück.

„Sie lieben ihn wirklich, nicht wahr?", fragte sie nach einer Weile leise und Gloria hob den Kopf.

Diese sah jetzt noch schlimmer aus als vorher, die Flecken waren über ihr ganzes Gesicht verteilt und die leicht hervorstehenden Augen geschwollen.

„Ja", sagte sie schlicht und Jane wurde von einer Woge an Mitleid erfasst.

Impulsiv ergriff sie Glorias kalte Hand und drückte sie etwas.

„Es war Jo, der mich zu ihnen geschickt hat. Er wollte, dass ich diesen verrückten Irrtum aufkläre."

Eine wellenartige Röte überflog Glorias Gesicht und sie lächelte etwas.

„Wirklich?", fragte sie und Jane hatte plötzlich das Gefühl, mit einem kleinen Mädchen zusammen in diesem Raum zu sitzen.

„Ja, und es ist ihm ernst", bekräftigte Jane.

Sie ließ Glorias Hand los und lehnte sich bequem zurück.

„Wo haben sie ihn eigentlich kennengelernt?"

Auch Gloria lehnte sich etwas zurück. In diesem Moment trat nach einem zögerlichen Klopfen die Haushälterin mit einem Tablett ein.

„Oh, Tee", murmelte Jane und schloss verzückt die Augen.

Missis Murrey, scheinbar enorm erleichtert, die beiden Frauen so entspannte nebeneinander zu sehen, stellte das Tablett auf den Tisch zwischen ihnen und schenkte ein.

Jane sah auch noch frisches Gebäck und unwillkürlich begann ihr Magen sich regen.

Sie hasste es, nicht in Ruhe frühstücken zu können, und genau das hatte sie heute nicht getan.

Allerdings entschädigte sie der Anblick der Köstlichkeiten auf Missis Murreys Tablett dafür vollkommen. Nachdem sie einen Schluck Tee und ein Schinkensandwich genommen hatte, ging die Haushälterin hinaus und Jane sah Gloria an.

Diese schien sich an Janes Frage zu erinnern und lächelte etwas.

„Wir kennen uns seit ich denken kann. Schließlich sind Jonathan und ich beide hier aufgewachsen. Dann ging er auf College und zum Studium nach Amerika und wir verloren uns aus den Augen."

Sie nippte an ihrer Teetasse, während Jane bereits bei dem zweiten Sandwich angelangt war.

„Also waren sie schon vorher befreundet?"

Gloria schüttelte den Kopf.

„Ich glaube nicht, dass Jonathan ein dünnes Mädchen beachtet hat, das drei Jahre jünger war als er."

„Aber du ihn", dachte Jane.

„Und wann änderte sich das?", fragte sie laut.

„Vor einem reichlichen halben Jahr. Jonathan kam aus Amerika auf Semesterurlaub und stattete meinem Vater einen Besuch ab. Als er ging, stand ich im Flur und er fragte mich, ob ich ihn auf den Frühlingsball begleiten würde, den das Wentworth- College jedes Jahr veranstaltet. Ich dachte erst, er will mich veralbern, aber es war tatsächlich so."

Glorias Wangen begannen sich zu röten.

„Noch am gleichen Abend bat er mich um meine Hand", flüsterte sie.

„Ach du mein Gott", dachte Jane, gerührt über so viel Naivität und zwang sich zu einem Lächeln.

„Das ging ja schnell", sagte sie.

„Ja, der Meinung war mein Vater auch. Aber schließlich sagte er sich wohl, dass ich kaum eine bessere Partie machen könne."

„Und Lord Livingston?"

Gloria zuckte leicht die Schultern, man konnte richtig sehen, wie unangenehm ihr der Name war.

„Er war alles andere als begeistert. Ich glaube, Jonathan hat viele Auseinandersetzungen mit ihm gehabt, aber schließlich hat er mich geduldet, bis."

Sie ließ den Blick zu Jane schwenken und schwieg. Diese nickte.

„Naja, jedenfalls haben wir uns jetzt ausgesprochen und sie wissen, dass es nicht meine Absicht ist, ihnen Jo", sie zögerte und suchte nach dem passenden Wort, „wegzunehmen."

Jane sprach mit Absicht in aller Deutlichkeit, sie hatte sonst die Befürchtung, Gloria Grover in ihrer naiven Verliebtheit würde sie nicht verstehen.

„Ja, danke, ja, ich weiß es jetzt", stammelte diese jetzt prompt und Jane erhob sich.

„Das Wetter wird wohl kaum besser und ich werde besser wieder hinüberreiten."

Sie winkte ab, als Gloria sich erheben wollte.

„Lassen sie nur, ich finde schon hinaus. Auf Wiedersehen."

Sie zog die Tür hinter sich ins Schloss und war erstaunt über die angenehme Kühle, die sie im Flur empfing.

Missis Murrey schien sie erwartet zu haben, denn sie reichte ihr das feuchte Plaid.

„Danke", sagte sie schließlich und lächelte Jane an. Als diese etwas verständnislos schaute, ergänzte die Haushälterin.

„Ich habe Gloria aufgezogen, ihre Mutter…nun, sie ist weg."

Jane begann zu verstehen und musterte Missis Murrey langsam.

„Ähm, Missis Murrey, ich frage sie das jetzt geradeheraus, wie das so meine Art ist."

Jane zögerte einen kurzen Moment, dann sah sie der Haushälterin in die Augen.

„Glauben sie, das Gloria mit Jo, ich meine Jonathan, glücklich wird?"

Missis Murrey blinzelte verwirrt und schien nicht zu wissen, was sie auf diese sehr persönliche Frage antworten sollte. Dann sah sich im Flur um. Die Tür zu dem Raum, indem sich Gloria noch immer aufhielt war geschlossen.

„Um es ebenso direkt zu sagen, Miss MacKenzie, nein. Er ist ein Draufgänger, ein Weiberheld wie sein Vater, Gott sei seiner Seele gnädig."

Sie schlug schnell ein Kreuzeichen, rückte dann aber

etwas näher an Jane heran.

Diese nahm einen feinen Duft nach Lavendelseife wahr.

„Außerdem", ergänzte sie. „Ist Gloria das einzige Kind von Lord Grover und nicht gerade unvermögend. Vielleicht sieht es nicht so aus, aber seine Lordschaft hat in den letzten Jahren sehr erfolgreiche Börsengeschäfte abgeschlossen."

Jane spürte den Zorn von Missis Murrey auf Jo und das diese dabei sogar vergaß, dass sie eben eine ziemliche Indiskretion begangen hatte, als sie ihr über die finanziellen Obliegenheiten ihres Arbeitgebers Auskunft gab.

Jane zuckte leicht die Schultern.

„Nun, es wird ja wohl eine Weile dauern, bis Gloria von dem Erbe profitiert und damit auch Jo."

Missis Murrey schüttelte bedauernd den wohlfrisierten Kopf. Noch immer mit einem Blick auf die Tür beugte sie sich erneut ein paar Zentimeter weiter zu Jane hin.

„Eben nicht. Seine Lordschaft liegt in einer Klinik bei London. Es weiß inzwischen jeder hier, er hat nicht mehr lange zu leben. Und dann."

Sie hielt bedeutungsschwanger inne. Jane sah ihr in die Augen und nickte.

„Hm", sagte sie nur und reichte Missis Murrey die Hand.

„Ich danke ihnen."

Sie sah zu der Türe zurück, hinter der sich Gloria noch befand und schüttelte etwas den Kopf.

Dann ließ sie sich von der Haushälterin nach draußen begleiten.

Der Nieselregen war in grobkörnigen Schnee umgeschlagen und eine leichte, weiße Schicht bezog den Weg und die Beete.

„Oh, bei dem Wetter können sie doch nicht rüber reiten, sie holen sich den Tod. Soll ich ihnen ein Taxi rufen?"

Jane schüttelte den Kopf.

„Nein, danke. Es ist ja nicht weit. Trotzdem danke für das Angebot und auf Wiedersehen."

Als sie sich den Ställen näherte, kam der junge Mann von vorhin mit ihrem Pferd heraus.

Jane sah, dass es abgerieben war und gefressen hatte.

„Ich dachte erst, sie lassen es hier stehen, aber scheinbar sind sie von der harten Sorte", meinte er belustigt und Jane lächelte.

„Ja, von der schottischen, harten Sorte", sagte sie und ließ sich in den Sattel helfen. Sie hob die Hand und zog die Zügel leicht an.

Nach ein paar Metern spürte sie bereits, wie scharf der Wind ihr ins Gesicht blies.

Es schien von Minute zu Minute kälter zu werden.

Sie griff nach ihrem Plaid und zog es fester um ihre Schultern. Der Schneeregen wurde jetzt auch dichter und stärker.

Fast war der schmale Reitweg nicht mehr erkennbar, der hinunter nach Ballingham Manor führte.

Jane trieb ihre Stute etwas mehr an, die begeistert reagierte.

Scheinbar war auch sie froh, schnell in den warmen Stall zu kommen. Sie sah bereits die Zinnen und Türmchen von Ballingham Manor und atmete auf. Schottin hin oder her, das war heute definitiv kein Wetter für einen Ausritt.

Mit einem leisen Schnalzen und einem sanften Schenkeldruck gab sie dem Pferd das Signal, noch ein wenig mehr in den Trab zu fallen, aber plötzlich spürte sie, wie die Stute unvermittelt nach vorn schoss und stürzte.

Jane wurde in hohem Bogen aus dem Sattel geschleudert, ohne eine Chance sich festzuhalten. Geistesgegenwärtig versuchte sie, sich zur Seite zu rollen, um nicht unter den schweren Körper und die um sich schlagenden Hufe zu geraten.

Zumindest fiel der Körper des Pferdes nicht auf sie, nur ein Huf traf sie am Brustkorb und für einen Augenblick pressten ihre Lungen alle Luft aus ihr heraus. Sterne tanzten vor ihren Augen, dann versuchte sie, auf die Knie zu kommen und robbte langsam durch den aufgewühlten, schmutzigen Schneematsch aus dem Radius der, noch immer in bedrohlicher Nähe kreisenden, Hufe.

Sie wischte sich den Schlamm aus den Augen und bekam langsam wieder etwas Luft in ihre Brust.

Dann nahm eine schnelle Bestandsaufnahme ihres Körpers vor und stellte fest, dass sie, außer ein paar kleineren Prellungen, sicherlich nichts davongetragen hatte.

Inzwischen war auch ihre Stute wieder von allein auf

die Beine gekommen, sie warf den Kopf nach hinten, rollte die Augen und wieherte verstört.

Jane erhob sich langsam, noch etwas schwankend, griff sie nach den Zügeln, aber die Stute stieg auf die Hinterhand und schlug nach vorn aus.

„Gut, ist ja gut."

Jane nahm die Zügel etwas kürzer und tätschelte dem Pferd beruhigend den Kopf. Etwas ruhiger ließ dieses es sich gefallen.

„Na komm. Laufen wir den Rest des Weges", sagte Jane schließlich, denn sie hatte jetzt keine Lust, sich mit dem noch immer verstört Pferd anzulegen.

„Wollen wir mal schauen über was du gestolpert bist", murmelte Jane in noch immer ruhigen Ton und suchte den Boden ab.

Der Weg war zwar nicht gerade eben, aber hatte auch keine Wurzelausläufer oder anders, was zu dem Sturz geführt haben könnte.

Janes Blick schwenkte zu dem Baum rechts. Das Pferd hinter sich herführend, ging sie darauf zu und beugte sich etwas hinunter.

Sie zog eine durchsichtige, feste Angelschnur nach oben. Ihr Blick fiel auf die gegenüberliegende Seite, dort stand ein kleiner, aber kräftiger Busch.

„Na, da haben wir es doch", sagte sie.

Jemand hatte die Angelschnur so tief über den Weg gespannt, dass man sie nicht sah, aber ein Pferd stürzen musste.

Jane zog ihr Messer aus dem kleinen Lederschaft, den sie immer um ihre Taille geschlungen trug und schnitt die Schnur ab.

Sie besah sie sich noch einmal.

Ganz gewöhnliche Angelschnur, sicher überall zu haben.

Sie steckte sie in ihre Rocktasche, schob das Messer zurück in die Scheide und zog das Pferd langsam auf den Weg.

Stirnrunzelnd sah sie hinunter nach Ballingham Manor.

Noch heute Morgen war sie diesen Weg mit Jo hinauf und hinunter geritten und vorhin hinüber nach Grover House.

Wer immer diese Schnur gespannt hatte, er hatte es erst vor kurzer Zeit getan und er wusste, dass sie auf diesem Weg zurückkam.

Kapitel 10

Jane kam in einem furchtbaren Zustand in Ballingham Manor an. Sie übergab den aufgeregten Mitarbeitern der Stallungen die Stute und ging hinüber zum Haus.

Jo riss bereits die Tür auf und starrte sie an.

„Mein Gott, Jane, was ist passiert?"

Jetzt dämmerte es Jane erst, dass er ihren Aufzug vielleicht für das Resultat einer Auseinandersetzung mit Gloria hielt. Sie hob etwas die Hand.

„Keine Sorge, es sieht schlimmer aus als es ist. Das Pferd und ich sind gestürzt, aber es geht uns beiden gut. Der Stute etwas besser als mir, denn ich habe einen Hufabdruck auf dem Brustkorb."

Sie verzog schmerzhaft das Gesicht und grinste etwas. Jo kam ihr auf den Treppen entgegen und nahm ihren Arm.

Jeffkins, der Butler, erschien ebenfalls an der Tür und schrak zurück. Nun erst registrierte Jane, wie schlimm sie aussehen musste.

„Rufen sie den Arzt, Jeffkins", rief Jo dem Butler aufgeregt zu und stützte Jane, die sich aus dieser Umklammerung mühsam befreite.

„Nein, Jeffkins, mir fehlt nichts, es sieht schlimmer aus als es ist. Jo, lass mich."

Sie entwand sich einem neueren Versuch, sie zu stützen. Jo hob die Hände und schüttelte den Kopf.

„Wenn du also keinen Arzt willst…bitte."

Er gab Jeffkins ein Zeichen.

Dieser öffnete die große Tür in ihrer ganzen Breite und Jane musste unwillkürlich lächeln, was sie daran erinnerte, dass sie auch ein paar Prellungen im Gesicht hatte.

Durch die voll geöffnete Tür wären die Rettungssanitäter samt ihrem Rettungswagen gekommen.

Jetzt eilte auch Jeffkins die Treppen hinab.

„Bitte, Ma`am, lassen sie uns ihnen helfen", bat er mit gepresster Stimme und Janes Gegenwehr brach zusammen.

Sie nickte und obwohl ihr lediglich etwas schwindlig war, aber eher vor Kälte und Nässe als von dem Sturz, ließ sie zu, dass beide Männer sie am Arm unterhakten und wie eine Schwerverletzte ins Haus führten.

„Um Gottes Willen", hörte sie die Stimme von Lord Livingston, der gerade in die Halle gefahren war.

„Jane ist vom Pferd gestürzt, sie lehnt einen Arzt ab, obwohl ich glaube, sie würden einen benötigen."

Jane machte sich jetzt frei.

„M'lord, ich brauche nur ein Bad und etwas Ruhe, das ist alles", sagte sie mit lauter und fester Stimme.

Lord Livingston schmunzelte etwas.

„Nun, ich denke, Lady Doras Enkeltochter lässt sich nicht von einem wild gewordenen Pferd einschüchtern. Gehen sie nach oben, meine Liebe. Jeffkins, veranlassen sie, dass Miss Jane einen Tee erhält und einen Imbiss."

Er nickte Jane zu, die sich so würdig wie irgend möglich in ihrer Schlammverkrustung nach oben zurückzog.

Mitten auf dem oberen Absatz hielt sie inne und schaute zurück.

Lord Livingstons Rollstuhl stand in der Halle, genau neben dem herrlichen normannischen Muster des Fußbodens.

Er war in ein Gespräch mit Jo vertieft, aber dann spürte er wohl, dass Jane ihn von oben her ansah und hob die Augen.

Diese legte die Hände auf das breite Holzgeländer, und Jo machte instinktiv eine Bewegung, um ihr zu Hilfe zu eilen. Scheinbar dachte er, sie habe eine Schwindelattacke.

Sie schüttelte jedoch abwehrend den Kopf in seine Richtung und sah den Lord weiterhin fest an.

„Nicht die Stute war schuld, M'lord. Es war eine Angelschnur, quer über den Weg gespannt, genau an der Stelle oberhalb der Stallungen."

Sie zog die Reste der Schnur aus ihrer Rocktasche und zeigte sie über die Brüstung. Dann steckte sie sie wieder ein und ging hinauf.

Hieronymus war sehr ungehalten.

Einmal über die Tatsache, stundenlange Wartezeit im Schlafzimmer zubringen zu müssen, wo Jane ihn wegen Jo eingesperrt hatte.

Zum anderen scheinbar deswegen, seine Besitzerin derart schmutzverkrustet und zerzaust vor sich zu sehen.

Völlig indigniert musterte er sie von oben bis unten, dann drehte er fast angeekelt den massigen Kopf weg und sprang, recht behände für ein so schweres Tier, auf den gleichen Fenstersims, den er vor ein paar Stunden zwangsweise verlassen hatte.

Jane stellte ihre schlammverkrusteten Stiefel vor die Tür, legte ihre Sachen auf einen Stapel und ließ Wasser in die Badewanne ein.

Keine fünf Minuten später streckte sie sich mit einem leichten Stöhnen im Wasser aus.

Nach einer kurzen Inspektion im Spiegel hatte sie eine gehörige Prellung über dem rechten Auge, die sich bereits zu verfärben begann, eine Schramme über die Wange und einen sehr gut abgezeichneten Hufabdruck auf dem Brustkorb diagnostiziert.

Auch ihr Knie zeigte einige Abschürfungen, ebenso wie ihre rechte Handfläche.

Trotz allem war sie noch gut weggekommen.

Es hätte schlimmer kommen können, für sie und die Stute, die das Abenteuer gänzlich unverletzt überstanden hatte.

Jane hielt es nicht lange in der Badewanne, die Schrammen brannten im warmen Wasser, also spülte sie gründlich ihr verkrustetes Haar und schlang sich das große Badetuch um den Körper.

Gerade als sie über die Angelschnur nachdenken wollte, klopfte es leise und Missis Mordens Stimme rief: „Ich bringe ihren Tee, Miss Jane."

Jane öffnete die Tür und ließ sie eintreten.

Die Hausdame stellte das Tablett auf einen kleinen Tisch nahe dem kräftig prasselnden Kamin und starrte Jane eine kurze Weile entsetzt an, dann senke sie den Blick.

„Wir sind ja alle sehr froh, dass ihnen nichts Schlimmeres passiert ist, Miss Jane", sagte sie und versuchte ein Lächeln.

„Danke."

Jane nahm die Kanne und schenkte sich mit leicht zitternder Hand Tee ein. Das war gerade das was sie jetzt brauchte.

Der Imbiss, den Missis Morden angerichtet hatte, sah sehr lecker aus und Jane nahm eines der Sandwiches in die Hand.

„Wenn sie heute auf das Dinner verzichten möchten, dann."

Jane schüttelte den Kopf, ehe die Hausdame ihren Satz beenden konnte.

„Nein, nein, es sieht gefährlicher aus als es ist, wirklich. Sagen sie seiner Lordschaft, selbstverständlich nehme ich am Dinner teil."

Hieronymus drehte seinen Kopf, beschloss aber scheinbar, dass Missis Morden harmlos war und nahm seine Beobachtungen durch die Fensterscheibe

135

wieder auf.

Auch Jane glaubte, dass Missis Morden wieder gehen würde, aber scheinbar hatte sie etwas auf dem Herzen. Also warf sie ihr einen aufmunternden Blick zu und die kleine Gestalt straffte sich etwas.

„Missis Jane, ist es wahr, dass es wegen einer Angelschnur war, ich meine, ihr Sturz?"

Jane nickte kauend und legte den Rest ihres Sandwiches zurück auf den Teller.

„Ja, eine gewöhnliche Angelschnur, direkt über den Weg gespannt. Nun, das werden ein paar Jungs aus der Nachbarschaft gewesen sein und irgendjemand einen Streich zu spielen", sagte sie möglichst leicht hin und behielt Missis Morden dabei im Auge.

Diese wurde noch einen Schein blasser.

„Ein sehr schlechter Scherz", sagte sie leise und räusperte sich.

„Wissen Sie, Missis Jane, ich habe ihnen doch vom toten Ritter erzählt, der in diesem Gemäuer spuken soll."

Jane schluckte unwillkürlich, um nicht laut loszulachen.

„Nun, spannt der auch Angelschnüre?", fragte sie mit unterdrückter Heiterkeit und sah, wie Missis Morden die Augenbrauen hob.

„Gewiss nicht. Aber ich habe ihn gesehen, drei Mal bisher, nachts, hier auf diesem Flur."

Jane ließ sich im Sessel zurückfallen und deutete auf den anderen ihr gegenüber.

Missis Morden setzte sich auf die vordere Kante und

strich ihren dunkelblauen Faltenrock glatt.

Auf Jane machte sie einen sehr tüchtigen, bodenständigen Eindruck und keinesfalls den einer esoterischen Spinnerin, die an Geistergeschichten glaubte.

„Was ist denn das für eine Geschichte und wie sieht er aus, dieser tote Ritter?", fragte sie schließlich und Missis Morden rückte etwas weiter im Sessel nach hinten.

„Nun, es soll ein Urahn der Earls of Ballingham sein, aus dem 14. Jahrhundert. Er hat seine Frau der Untreue bezichtigt und sie und ihren vermeidlichen Liebhaber umgebracht. Später stellte sich die Unschuld der beiden heraus, aber zu spät. Der Ritter aber wurde dazu verdammt, für alle Zeiten in diesem Haus keine Ruhe zu finden und sein Geist geht bis heute hier um."

In Jane kämpften zwei Seelen.

Auf der einen Seite war sie Wissenschaftlerin und sollte für derartige Geschichten nur ein kühles Lächeln haben. Aber ihr schottisches Blut war ebenso stark und sie liebte, wie alle Schotten, gute Geistergeschichten und glaubte auch ein bisschen daran.

„Wann haben sie ihn gesehen?", fragte sie schließlich.

„Das erste Mal vor vielleicht drei Jahren. Er lief, in voller Rüstung, über diesen Flur und verschwand in einem Gang. Das nächste Mal im Sommer, wieder nachts, wieder die gleiche Strecke und dann…"

Sie schwieg und holte Luft. „Und dann gestern Abend."

Jane fuhr etwas aus ihrem Sessel auf.

„Beschreiben sie ihn", forderte sie Missis Morden energisch auf.

„Nun, er trug eine komplette Rüstung, sie glänzte, aber…"

„Ja?"

Jane hatte den Kopf ganz nach vorn gestreckt und zitterte fast vor Anspannung.

„Die Rüstung müsste doch einen Heidenlärm in der Nacht machen? Aber es war nichts zu hören, gar nichts. Er glitt fast dahin."

Jane sank im Sessel wieder nach hinten und musterte Missis Morden.

Diese lehnte sich etwas vor, die Hände noch immer im Schoß gefaltete.

„Jetzt denken sie von mir, dass ich eine verrückte alte Schachtel bin, nicht wahr?"

Ihre Stimme hatte einen belustigten Unterton und Jane war für eine Minute sprachlos.

Schließlich schüttelte ihr Gegenüber sanft den Kopf.

„Ich weiß was ich gesehen habe, Miss Jane und es war definitiv kein Geist, es war ein Mensch aus Fleisch und Blut. In einer Rüstung, die nicht klapperte wie sie es sollte."

Jane überlegte blitzschnell.

Wer käme auf die Idee eine solche Scharade aufzuführen und vor allen Dingen, warum?

Das alles war mehr als seltsam. Vor allen Dingen war sie fest davon überzeugt, dass Missis Morden die Wahrheit sagte.

Die Hausdame schien eine resolute Dame zu sein,

auch wenn sie so zart und zerbrechlich wirkte in ihrem dunklen Wollrock und dem Twinset aus heller Wolle.

„Haben sie jemand im Haus davon erzählt?", fragte Jane neugierig und erhielt ein weiteres, feines Lächeln.

„Natürlich nicht. Was denken sie, wer hätte mir geglaubt? Jeder hätte genau das gleiche gedacht wie sie noch vor einer Weile, nicht wahr?"

Jane beschloss, zum Thema zurückzukehren.

„Wie sah der sogenannte tote Ritter aus?"

Missis Morden schloss die Augen und zog die Stirn konzentriert in Falten.

„Nun, sein Gesicht war ja durch das Visier bedeckt, aber sehr groß und sehr kräftig, ein richtiger Hüne von Mann."

Jane dachte an Professor Downsand Worte.

Der Hyde Park Mörder musste ein Mann von großer Körperkraft sein, um mit dem Breitschwert einem anderen den Kopf mit einem Schlag abzutrennen.

„Sagen sie, Missis Morden, wie tötete denn dieser Ritter seine Frau und deren vermeidlichen Liebhaber? Gibt es darüber eine Aussage in der Legende?"

Auch hier nickte die Angesprochene eifrig mit dem frisch frisierten Kopf.

„Sie wurden von ihm enthauptet, mit dem Schwert, das unten über dem großen Kamin in der Halle hängt."

Jane fuhr unwillkürlich ein heftiger Schauer über den Rücken.

Sie hatte das Schwert schon mehrfach bewundert. Es war sehr solide gearbeitet und sehr alt und es war…ein Breitschwert.

Kapitel 11

„Jane, sie müssen Ballingham Manor augenblicklich
verlassen."

Professor Downsand musterte besorgt sein Gegenüber, die gerade ein frisches Sahnebisset verzehrte.
Ihre Prellungen im Gesicht waren inzwischen in
gelbgrünen Farben erblüht und gaben ihr ein fast
verwegenes Aussehen.

Sie hatte sich mit dem Professor in einem kleinen
Café in York getroffen, und zwar unbemerkt von den
Bewohnern von Ballingham Manor.

Sie hatte ihn gestern telefonisch benachrichtigt und
heute Morgen festgestellt, dass auch Jo das Haus
verlassen hatte.

Um unauffällig zu erscheinen, hatte sie sich witte-
rungsgerecht gekleidet, Wollrock, Stiefel, Jacke und
Plaid und war zu einem scheinbaren Spaziergang
aufgebrochen.

Per iPhone hatte sie ein Taxi an das obere Eingangstor bestellt und hatte sich nach York bringen lassen.

„Warum? Gerade habe ich so etwas wie eine Spur
und jetzt soll ich abreisen. Unmöglich."

Jane nahm einen Schluck von dem ausgezeichneten
Olong und lehnte sich auf der flauschigen, kleinen
Couch zurück, mit denen das Café seine Gäste ver-
wöhnte.

Sie warf einen Blick auf das York Münster, das genau
neben dem Café in der hellen, aber kalten Mittags-
sonne aufragte.

Immer wieder war sie von der Schönheit dieser, im 12. Jahrhundert erbauten, Kathedrale fasziniert, besonders jetzt, als sich die Sonne in dem zahlreichen eindrucksvollen Glasfenster spiegelte.

Sie riss sich mit einem leichten Seufzer von dem wundervollen Anblick los und erzählte dem Professor, der sich bereits die zweite Pfeife stopfte, von den morgendlichen Ereignissen.

Jane war, wie jeden Morgen, pünktlich beim Frühstück, allerdings hatte sie ihren Ausritt heute weggelassen, da ihre Prellungen doch mehr schmerzten, als sie noch am Abend vorher vermutet hatte.

Lord Livingston saß bereits an der langen Tafel und hob bei Janes Eintritt den Kopf.

„Guten Morgen, meine Liebe. Wie geht es Ihnen heute Morgen? Ihre Prellungen sehen ja sehr, ähm, beeindruckend aus", fragte er, nachdem er sie prüfend betrachtet hatte.

„Danke, es ist erträglich."

Jane nickte ihm lächelnd zu und nahm sich vom gegenüberliegenden Büfett etwas Porright und Obst.

Noch ehe sie das Gespräch vertiefen konnten, trat Jo ein.

Er war auffallend blass, Augenringe zeichneten sich unter seinen Augen ab und sein Haar wirkte zerzaust und ungekämmt.

Eher zerstreut begrüßt er seinen Großvater und Jane und ließ sich von Jeffkins Kaffee einschenken.

Als er die Blicke der beiden anderen Tischgäste auf sich ruhen sah, hob er den Kopf und fuhr sich über sein Gesicht.

„Mein Gott, ich habe kein Auge zugetan."

Jane zog die Augenbrauen in die Höhe, ergriff einen Apfel und ehe sie hineinbiss, fragte sie: „Hat dich der tote Ritter um den Schlaf gebracht? Er geistert ja hier herum."

Jeffkins hielt die Kaffeekanne, die er gerade abstellen wollte, eine Sekunde zu lange in der Luft, seine Hand zitterte und sie stürzte auf die Tischdecke.

Ein Schwall heißen Kaffees ergoss sich über die Tischdecke und Jo rettet sich vor der Flut mit einem kühnen Sprung, der sehr gezielt war für jemand, der eine solche Nacht hinter sich hatte.

„Oh, Sir, entschuldigen sie, ich…"

Jeffkins war um Schadensbegrenzung bemüht, als Jane plötzlich aufsprang und ihm die leere Kanne aus der Hand nahm.

„Sie haben ihn auch gesehen, nicht wahr Jeffkins? Den toten Ritter?"

Lord Livingston schlug mit der Faust leicht auf den Tisch.

„Was soll denn dieser Unsinn? Das ist eine Sage, nichts weiter. Davon gibt es einige auf Ballingham Manor. Jeffkins, reißen sie sich zusammen", fuhr er den Butler an, der nach Janes Worten weiß wie eine Wand geworden war.

„Missis Morden ist ihm drei Mal begegnet", ergänzte Jane ruhig.

„Ja, aber", hub Lord Livingston verärgert an, aber Jeffkins ließ in seiner Erregung seine sonst tadellosen Manieren beiseite und unterbrach seinen Dienstherren.

„Ich habe ihn nur einmal gesehen, oben im Flur", murmelte er und ergriff die Kanne, die Jane noch in der Hand hatte.

„Schluss jetzt mit diesem Unsinn", donnerte der Lord und fuhr mit seinem Rollstuhl hinaus.

Jeffkins fasste sich wieder, lief ihm nach und Jane setzte sich.

„Hmm", murmelte Jo und suchte sich einen anderen Platz, da der Kaffee unbeachtete auf den Boden tropfte. Dann musterte er Jane eine Weile schweigend und schien schließlich einen Entschluss zu fassen.

„Glaubst du daran, ich meine, an die Sache mit dem toten Ritter?"

Jane sah ihn an und lächelte.

„Frage zurück. Du?"

Jo fuhr mit dem Fingernagel über das Tischtuch.

„Ich habe ihn auch gesehen, vor einem Monat, nur ganz kurz. Versteh mich mal, es ist mir peinlich das einzugestehen, aber ich hatte Angst, wirklich. Ich dachte." Er brach ab.

„Es ist ein Geist?", ergänzte Jane.

Jo hob den Kopf, aber sie lächelte nicht.

„Ja, mein Vater hatte mir so viel solcher Geschichten erzählt, und ich glaubte wirklich daran, als Kind, meine ich."

Etwas lachend schüttelte er den Kopf.

„Und was hältst du davon?"

Jo zuckte die Schultern.

„Nun, nachdem wohl ausgeschlossen ist, dass es ein Geist ist und er scheinbar schon ein paar Mal hier im Haus war, vermute ich jemand wollte hier einbrechen."

Jane sah auf.

„Ein Einbrecher?"

„Was denn sonst? Du hast selbst gesagt, Großvater hat einige kostbare Sachen in diesen ganzen Dokumenten", er machte eine vage Bewegung nach oben.

„Wenn sich da nun jemand bedient und die Dinger verkauft?"

Jane senkte den Kopf. Dieser Gedanke war ihr auch schon gekommen, gleich am Anfang ihres Aufenthaltes hier, als sie die Spuren am Schrank entdeckt hatte. Jo hob die Schultern etwas.

„Ich denke, der Dieb macht sich nicht umsonst so viel Arbeit. Er sucht etwas Bestimmtes. Großvater deutet mal etwas an, er habe noch ein besonders Exemplar." Er schwieg und sah Jane kurz an, die allerdings nichts erwiderte.

Sie hatte Lord Livingston versprochen, über die Existenz des Dokumentes zu schweigen und sie hatte nicht vor, das Versprechen zu brechen, auch nicht seinem Enkelsohn gegenüber.

Jo wandte den Blick wieder ab.

„Wie dem auch sei, irgendetwas ist hier im Argen und dein Sturz war kein Zufall. Wir müssen etwas unternehmen, Jane, aber was?"

„Nun zur Polizei können wir kaum gehen und ihr etwas über spukende, tote Ritter erzählen."

Jo lachte auf.

„Das ist der sichere Weg in die Klapsmühle. Nein, uns muss etwas anderes einfallen."

Er schwieg, weil Jeffkins wieder den Raum betrat und ganz zerknirscht auf die, noch immer tropfende, Tischdecke starrte, die er vergessen hatte.

„Oh, entschuldigen sie."

Jane erhob sich.

„Ich bin fertig mit dem Frühstück und mache einen Spaziergang, begleitest du mich, Jo?"

Dieser schüttelte den Kopf.

„Nein, leider, ich muss etwas Dringendes erledigen. Bis Mittag." sagte er und nickte Jane zu.

Er ging mit schnellem Schritt in Richtung seiner Räume und verschwand dort.

„Was halten sie davon, Professor?", meinte Jane, nachdem sie ihre Schilderung beendet hatte.

Dieser schüttelte den Kopf.

„Irgendwie klingt das alles sehr weit hergeholt, Jane. Da spukt jemand in dem Hause herum, um alte Dokumente zu stehlen und dann in so einer Aufmachung? Also, ich weiß ja nicht."

Jane spielte mit der Teetasse, die aus feinem, geblümtem Porzellan war und stellte sie vorsichtig auf den Tisch zurück.

„Ich denke, wir sind dem Hyde Park Mörder direkt auf den Fersen", murmelte sie und hob ihre Augen zu ihrem Gegenüber auf, der sich abrupt aufrichtete.

„Umso schlimmer Jane. Wenn ihre Vermutung stimmen sollte, ich sage, wenn, dann sind sie in ernster Gefahr."

Jane schüttelte den Kopf.

„Übertreiben sie nicht, Professor. Sagen sie mir lieber, habe sie etwas über ein eventuelles Motiv herausgefunden? Warum kamen die drei Toten nach London, warum trafen sie sich mit diesem Menschen?"

Der Professor durchschaute ihr Ablenkungsmanöver und wiegte bedächtig den Kopf.

„Nun, wir haben uns immer und immer wieder das Muster angesehen und ich dachte auch an ihre Worte, Jane, dass es keine kriminelle Sache gewesen sein kann. Schließlich kam uns der Einfall in einer Sitzung."

Er zögerte eine Weile und Jane wusste, was er unter Sitzung verstand.

Professor Downsand hielt noch viel von der alten Art mit einer großen Tafel und einem Magnetboard zu arbeiten und keiner hätte ihm widersprochen, schließlich galt er als das Genie unter den Profilern schlechthin.

Seine, zwar hinter vorgehaltener Hand verspotteten Methoden, mochten altmodisch, aber effizient sein. Zu diesem komplexen Fall hatte man ihn erneut herangezogen, Pension hin oder her.

Er beugte sich schließlich etwas nach vorn.

„Ich bin überzeugt, dass es sich um Familienforschung handelt. Ihr Amerikaner seid doch auch immer ganz wild auf europäische Vorfahren?"

Er rollte verschwörerisch die Augen und Jane lachte, bis ihr die Tränen in die Augen traten.

„Also wirklich, Professor, noch nie etwas von Stereotypen gehört? Wir sind nicht alle so und außerdem ist es nur ein Amerikaner gewesen, die beiden anderen waren ein Engländer beziehungsweise ein Deutscher."

Sie wurde wieder ernst und nahm einen Schluck Tee.

„Vielleicht haben sie aber nicht unrecht. Das könnte das fehlende Bindeglied sein, aber das muss ja ein ganz besonderer Mensch sein, der es geschafft hat, dass die drei es auch vor ihren Angehörigen geheim gehalten haben. Was hat er nur für ein Druckmittel eingesetzt?"

„Irgendetwas, aber ich denke, wir kommen langsam dem Täterprofil etwas näher. Er ist wahrscheinlich um die dreißig, plus –minus, im täglichen Leben eher unauffällig. Eher ein Einzelgänger, aber ein charismatischer Mensch, der andere in seinen Bann ziehen kann, so sehr, dass sie bereit sind sich auf ein Abenteuer einzulassen. Er hat Kraft und die nötige Effizienz einen Plan, so verrückt er uns erscheinen mag, bis zum Ende in die Tat umzusetzen. Dazu ist nicht nur Intelligenz, sondern auch Ideenreichtum gefragt. Also, es handelt sich auch um einen ungemein kreativen Menschen."

Jane starrte nach draußen.

Der Schnee begann dichter zu werden, aber ihre Gedanken waren bei Antony Dorsand, ihrem fröhlichen Studienfreund, dem erfolgreichen Anwalt.

Dieser Mensch, den sie so angestrengt suchten, hatte sein Leben ausgelöscht, einfach so.

Mochte er auch ein charismatischer, intelligenter und ideenreicher Mensch sein, er war ein Mörder, ein eiskalter dazu, denn er hatte seine Taten lange und gründlich geplant.

Was auch immer sein Motiv war und lag es noch so lange zurück im Dunkel der Geschichte, es rechtfertigte nicht diese Tat.

Mit einem Ruck setzte sie sich auf.

„Ich denke ", sagte sie und schaute den Professor fest an. „Wir sind ihm ganz nah. Dieser tote Ritter, er muss dazu in Verbindung stehen."

Professor Downsand lehnte sich zurück und gab der Kellnerin, einer kleinen, zierlichen Blondine, ein Zeichen und orderte noch eine frische Kanne Tee.

Dann stopfte er sich erneut eine Pfeife und zog daran. Der Rauch stieg Jane in die Nase, aber es war ein angenehmes Aroma und weckte in ihr Erinnerungen an ihren Großvater.

„Was glauben sie Jane, wer könnte der Unbekannte sein?"

Diese rührte den Tee um und nahm die Tasse fast zögerlich in die Hand.

„Nun", sagte sie gedehnt.

„Ich neige dazu von ihrem Täterprofil etwas abzuweichen. Missis Morden hat ihn als sehr groß und kräftig beschrieben, das würde auf Lord Livingston zutreffen, ebenso wie alle anderen Merkmale, die sie aufgezählt haben, aber der sitzt im Rollstuhl. Der Ritter ist aufgekreuzt, da war Jo noch in den Staaten, also fällt auch er weg. Außerdem traue ich ihm einiges zu, aber Effizienz gehört nicht dazu. Er ist charmant, vielleicht auch charismatisch, aber mit geistigen Gaben nicht über Gebühr gesegnet. Jeffkins, der Butler ist intelligent und effizient, aber zu klein und mit Sicherheit nicht stark genug, um ein Breitschwert zu führen. Die Köchin, Missis Morden und Missis Radtclif sind auch kaum in der Lage sich so zu verkleiden. Dann wären noch die Mitarbeiter in den Ställen, aber das glaube ich nicht, es muss jemand mit präzisen Ortskenntnissen sein."

„Dann glauben sie also, dass der tote Ritter, wenn ich ihn einmal so nennen darf und der Hyde Park Mörder ein und dieselbe Person sind?", fragte der Professor nach und lehnte sich mit halb geschlossenen Augen zurück, um diese neue Richtung zu überdenken.

„Ja", sagte Jane.

Sie stellte die Tasse zurück und warf einen Blick aus dem Fenster, wo sich der Schnee inzwischen auf dem schmalen Sims häufte.

Ein Wind kam auf und trieb die Flocken wirbelnd vor sich her.

„Was, wenn Jo`s Vater nicht im Falklandkrieg ums Leben gekommen ist? Seine Leiche wurde nie gefunden, ebenso wenig wie das Flugzeug, mit dem er angeblich abgestürzt ist."

Der Professor runzelte die Stirn.

„Eine weitere kühne These, Jane."

Diese nickte.

„Ja, und die fast einzig logische. Was wenn er sich irgendwo eine neue Existenz aufgebaut hat und durch den Verkauf von Dokumenten seine Leben finanziert? Er kann ja einen Verbündeten im Haus haben. Jeffkins zum Beispiel."

„Gegenfrage, warum sollte er? Weil er die Dame seines Herzens gefunden hat? Er war verwitwet, damit ein freier Mann und hätte heiraten oder zusammenleben können mit wem er wollte, ja sogar, wenn sie nicht ins adelige Schema des Earl gepasst hätte. Er hat bereits einen Erben und damit hätte er jeder Diskussion die Grundlage entziehen können. Was hatte er mit den drei getöteten Männern, einem Amerikaner, einem Deutschen und einem Engländer gemein? Warum sollte er sie töten?"

Jane nickte und senkte etwas den Kopf.

Die Argumente des Professors hatten etwas für sich. „Vielleicht ist er geistig verwirrt?", warf sie, scheinbar selbst nicht ganz überzeugt davon, ein.

Der Professor schüttelte bedächtig den Kopf.

„Das klingt noch weiter hergeholt, fast wie aus einem Schundroman. Nein, nein, es muss eine ganz einfache, simple Erklärung geben. Ich glaube einfach nicht daran, dass es sich um einen Psychopaten handelt, der willkürlich mordet, auch wenn die Presse es gerne möchte. Das war auch der Grund, warum ich mich für ihre Theorie erwärmt habe, Jane. Der Mann, unser Täter, hat ein Ziel, eine Mission. Er mordet nicht ohne Grund. Darum hat er uns auch diese Symbolik hinterlassen. Die Rose, der Park, die Eiche, das Breitschwert, die Art des Tötens. Wir haben den Code nur noch nicht geknackt. Aber dass dies alles etwas mit Ballingham Manor zu tun haben soll, scheint mir die Vorsehung doch etwas überzustrapazieren. Trotzdem wäre mir wohler, sie verlassen Ballingham Manor, so schnell als möglich."

Stur schüttelte Jane den Kopf.

„Das werde ich nicht und sie wissen das, Professor. Ich möchte das Rätsel lösen, ob es nun eins ist oder zwei und ich werde es auch."

Mit einem Seufzer nickte der Angesprochene und schaute nach draußen. Dann legte er fast umständlich seine Pfeife auf den Tisch, nahm noch einen Schluck Tee und lehnte sich zurück, ohne Jane aus den Augen zu lassen.

„Der Schnee wird immer stärker. Ich fahre besser

nicht nach London zurück. Ein Freund von mir, Professor Edwards, ist Dozent am Wentworth College und wird sich freuen, wenn ich ihn besuche."

Er lächelte Jane an und war sich bewusst, dass sie seine wahre Absicht durchschaute.

Irgendwie fand sie es rührend, dass er sich so viele Sorgen um sie machte. Sie erhob sich und reichte ihm die Hand.

„Dann weiß ich ja, wo ich sie erreichen kann, wenn ich neue Erkenntnisse habe. Ich muss zurück, heute Abend möchte Lord Livingston ein größeres Dinner geben."

Mit einem Lächeln zurück verließ sie das wollig warme Café und trat hinaus in den sich anbahnenden Schneesturm.

Etwas ratlos sah sie die schmale Gasse entlang. Alle Menschen eilten schnell an ihr vorbei, jeder wollte so schnell als möglich in eine geschützte Umgebung. Vom herrlichen Sonnenschein war nichts mehr zu sehen, auch die Kathedrale verschwand hintere einem dicken Schneeschleier.

Jetzt ein Taxi zu bekommen war schier aussichtslos und anders als in London oder Schottland, wo Jane viele der Taxifahrer kannte und anrufen konnte, würde sie hier nur über die Zentrale gehen können. Das konnte dauern.

Mit einem Schulterzucken nahm sie Plaid, hüllte ihren Kopf darin ein und ging geradewegs auf die Kathedrale zu.

Sie war geöffnet und im Schutz des Eingangsportals

zückte Jane ihr iPhone und rief auf Ballingham Manor an.

Jeffkins war am Apparat.

Er war viel zu sehr Butler, um sein Erstaunen darüber spüren zu lassen, dass Jane in York war und er versprach, sofort einen Wagen zur Kathedrale zu schicken.

Jane klappte ihr iPhone zu, nahm ihr Plaid ab, schüttelte sich die Haare und betrat das Münster.

Gerade wurde eine Gruppe japanischer Touristen durch das herrliche gotische Domkapitel geführt, aber Jane versuchte, sie einfach nicht zu beachten.

Sie bekreuzigte sich und betete kurz und intensiv.

Dann ging sie langsam durch den breiten Gang zum Chor und bewunderte immer wieder die einzigartige Ornamentik.

Nach einer Weile schaute sie verstohlen an ihre Rolex, aber sie hatte noch eine gute Weile Zeit, ehe das Auto von Ballingham Manor eintreffen würde.

Sie atmete tief den vertrauten Geruch nach altem Gemäuer und Weihrauch ein und ließ sich auch durch die Touristengruppen nicht stören, die hinter und vor ihr mehr oder weniger interessiert den Ausführungen ihrer Führer lauschten.

Sie bog in einen weniger stark frequentierten Seitengang ein und betrachtete die hervorragenden Glasfenster, die jetzt leider nicht mehr im Sonnenlicht aufleuchteten, aber auch im Halbdunkel noch sehr faszinierend waren.

Gerade als sie an einer der zahlreichen starken Steinsäulen vorbeiging, ließ eine Stimme sie förmlich im Schritt erstarren.

Zwar war die Stimme sehr gedämpft, aber trotzdem gut erkennbar.

„Du bekommst es, verdammt noch mal, gib mir noch ein paar Monate Zeit."

Jane presste sich fest an die Säule und versuchte, etwas hervor zu lugen.

Den Wortführer konnte sie nicht sehen, dafür aber seinen Gesprächspartner.

Dieser war nicht groß, eher klein, dunkelhaarig mit dem blassen Teint des typischen Städters und mit dem Trenchcoat, sowie einem tief in die Stirn gezogenen Hut sah er wie ein Humphrey -Bogart- Verschnitt aus. Und die gesamte Atmosphäre trug noch dazu bei, den Eindruck zu vermitteln, hier handle es sich um den Drehort für einen Verschwörungsthriller.

Bogart zog die Stirn kraus und lächelte abschätzend.

„Keine Chance, Honey, diese Woche, oder."

Er schluckte den Nachsatz bedeutungsvoll nach unten und Jane musste aufpassen, um nicht laut loszulachen.

Das klang wirklich wie nach einem schlechten Krimi. Scheinbar wirkte es aber nur auf sie so.

„Okay, diese Woche", beeilte sich *Bogarts* Gesprächspartner zu sagen. Dessen Stimme bebte fast, trotz dem Versuch, sich krampfhaft zu beherrschen.

„Na also, es geht doch", erwiderte *Bogart* in breitestem Bostoner Akzent.

Plötzlich hörte Jane, wie beide hinter der Säule hervortraten und sprang zur Seite. Hektisch sah sie sich um.

Dann glitt sie in eine der Bänke, kniete nieder, faltete die Hände zum Gebet und senkte ihren Kopf so tief über die gefalteten Hände wie es ihr nur möglich war.

So verharrte sie mindestens zehn Minuten, in der Hoffnung, dass keiner der beiden etwas anderes bemerkt hatte als eine Frau, im Gebet versunken.

Schließlich sah sie auf.

Bogart und Jo hatten die Kathedrale verlassen.

Kapitel 12

Jane sah in den Spiegel und versuchte ihre dichte Lockenpracht in eine Hochsteckfrisur zu bringen, was sich als einigermaßen schwierig erwies.

Durch die Feuchtigkeit des Schnees kräuselten sich ihre Locken so widerspenstig, dass sie erschöpft nach hinten sank und das Ergebnis betrachtete.

Es war entmutigend. So konnte sie kaum am Dinner teilnehmen und für einen Friseur war es definitiv zu spät.

Seufzend warf sie die Haarnadeln auf den Tisch und schüttelte ihr Haar kräftig durch, dann nahm sie die Bürste und versuchte, durch kräftiges Aufdrücken, das Haar zu entfilzen.

Noch immer dachte sie an die Begegnung in der Yorker Kathedrale. Was um alles in der Welt hatte Jo mit diesem Humphrey -Bogart- Verschnitt zu tun? Es war eindeutig das dieser ihn mit etwas zu erpressen schien. Aber womit?

Während sie eine Lockensträhne nach der anderen nach oben drehte und mit Nadeln befestigte, dachte sie sich alle möglichen Varianten aus und verwarf sie wieder.

Eine Weile nach ihrer Rückkehr aus York, die Jeffkins stumm zur Kenntnis genommen hatte, war auch Jo gekommen.

Er begrüßte sie kurz und eilte hinauf in seine Zimmer, scheinbar um sich ebenfalls für das Dinner umzukleiden.

Da er nichts sagte, ging Jane davon aus, dass sie nicht gesehen worden war.

Wer war der Erpresser? Sein Akzent war typisch amerikanisch und da Jo in Boston studierte oder studiert hatte, je nachdem wie man es sah, konnte er ihn von dort her kennen.

Jane glaubte nicht, dass es ein Mitkommilitone war. Dazu war sein Akzent zu breit, aber um sicher zu sein, hatte sie sich die Jahrbücher der Boston University im Internet angesehen und sich dabei auf die fraglichen Jahrgänge konzentriert.

Wie erwartet, ohne Erfolg.

Jane nahm sich vor, nach dem Dinner noch ein paar Anrufe in den Staaten zu erledigen, immerhin kannte sie einige Leute und Gerüchte gab es immer und überall. Zumindest ein Körnchen Wahrheit war in der Regel an jedem.

Jetzt war sie mit dem Ergebnis ihrer Frisierkunst schon deutlich mehr zufrieden. Zwar war es keinesfalls perfekt, aber durchaus akzeptabel.

Sie spürte, wie Hieronymus, der auf der Fensterbank lag, sie beobachtete.

„Und? Gefall ich dir?", fragte sie und der Kater legte abwägend den dicken Kopf zur Seite und starrte sie an. Dann drehte er sich ab und sah wieder in die Dunkelheit.

„Na danke schön", sagte sie scherzhaft und strich sich mit beiden Händen kräftig über die Wangen, die sich spontan etwas röteten.

Die Schramme an ihrem Auge war noch sehr gut

sichtbar, sie hatte nur einen Hauch Puder darüber
geben, um die Färbung etwas zu neutralisieren, aber
darüber hinaus trug sie kein Make-up.
Sie musste unwillkürlich an ihren Abschlussball der
High-School denken.
Damals trug sie ein herrliches rotes, rückenfreies
Kleid und hatte sich mit ihrem Make-up viel Mühe
gegeben.
Zum ersten Mal in ihrem Leben war sie geschminkt,
Augen, Rouge. Besonders toll fand sie den kirschro-
ten Lippenstift.
Mit einem Strahlen hatte sie im Vorraum des Hauses
auf ihren Vater gewartet. Als dieser ihr mit Smoking
entgegenkam, warf sie sich unwillkürlich etwas in
Pose und hoffte auf ein Kompliment.
Schweigend sah er sie eine Weile an. Dann nahm er
sein blütenweißes Taschentuch, fuhr ihr erst über die
Lippen, dann über die Wangen und schließlich über
die Augen.
Mit einem Lächeln steckte er das Tuch wieder ein
und bot ihr den Arm. Mehr automatisch legte sie ihre
Hand auf seinen Unterarm, noch immer sprachlos
über sein Tun.
Als der Chauffeur die Wagentüre aufhielt, sagte er:
„Meine wunderschöne Tochter hat es nicht nötig, sich
wie ein Flittchen zu bemalen."
Dabei küsste er ihre ungepuderte Wange und half ihr
galant in den Wagen.
Jane erwiderte nicht, dass ihre Freundinnen, alles
Töchter der Upperclass, sich allesamt schminkten

und es sicher nicht gerne hören würden, dass James MacKenzie sie als Flittchen bezeichnen würde.

Aber sie war stolz darauf, dass er sie wunderschön genannt hatte und seit diesem Tag hatte sie nie wieder einen Versuch unternommen, sich zu schminken. Jane erhob sich.

Sie trug ein dunkelgrünes Seidenkleid von Olsen, darüber ein kleines Plaid und ihre unvermeidliche Brosche mit dem Spruch ihres Clans< Lueo non uro, Ich leuchte, aber verbrenne nicht,>.

Schließlich schlüpfte sie in die schmalen dunkelgrünen Schuhe von Armani und seufzte unwillkürlich auf, als sie daran dachte, in diesen einen ganzen Abend überstehen zu müssen.

Mit einem letzten, durchaus zufriedenen Blick in den Spiegel, streichelte sie Hieronymus und ging hinaus.

In der Halle hörte sie Stimmen und als sie auf dem obersten Podest stand, sah sie den Earl, wie er Gloria Grover begrüßte, die eine geradezu demütige Miene aufgesetzt hatte.

Auch sie trug grün, aber das schreiende Grün passte so gar nicht zu ihrem blassen Teint.

Jo stand daneben, und als er auf dem Treppenabsatz etwas hörte, sah er nach oben.

Ein Lächeln erschien auf seinem Gesicht und mit einer kleinen Verbeugung und einem jungenhaften Grinsen deutete er eine unverhohlene Bewunderung über Janes Erscheinung an, die diese mit einem Lächeln quittierte.

Jetzt sah auch der Earl zu ihr auf und sie beeilte sich,

nach unten zu kommen.

Geschickt nahm sie, trotz ihrer hohen Absätze, den letzten Bogen der Treppe und spürte plötzlich panisch, wie ihre Füße ausglitten.

Unglücklicherweise ging sie in der Mitte der breiten Treppe und hatte keine Chance, das hölzerne Treppengeländer zu erreichen.

Ihr Körper schnellte nach vor, sie nahm den spitzen Schrei einer Frau wahr und sauste, den Kopf zuerst, in Richtung Hallenboden.

Instinktiv riss sie die Hände nach vorn, aber sie hörte den Aufprall auf dem Steinboden mehr als sie ihn spürte.

Sterne tanzten vor ihren Augen und Jo`s besorgtes Gesicht, das sie über sich sah, verkleinerte sich wie ein Bildausschnitt.

Sie konnte nichts sagen, denn sie hatte sich scheinbar in der Luft gedreht und war mit dem Rücken aufgeschlagen.

Sicher war ihr Zwerchfell geprellt und sie brachte keinen Ton heraus, nur ein leises Quietschen.

Ihr Kopf war hart auf den Steinboden aufgeschlagen und jetzt spürte sie erst den Schmerz, der langsam, aber stetig, den gesamten Kopf überzog.

Plötzlich hörte sie ein Geräusch neben sich und mit Mühe öffnete sie die Augen.

Sie sah die Räder des Rollstuhls, der sich ihr näherte.

Mit letzter Kraft riss sie die Hände hoch und griff fest in die Speichen wobei sie sich Abschürfungen an beiden Händen zuzog, aber das spielte in diesem Fall keine Rolle.

„Keinen Zentimeter weiter", flüsterte sie, nachdem ihre Stimme langsam wiederkehrte und sie mit aller Kraft, die sie hatte, den Rollstuhl aufhielt.

„Sie beschädigen das normannische Muster."

Dann wurde sie bewusstlos.

Jane kam bereits wieder zu sich, als sie auf die Trage gehoben wurde und der Arzt ihr mit einer kleinen Stabtaschenlampe in die Augen leuchtete.

Diesmal begehrte sie nicht auf und ließ sich widerstandslos nach draußen in einen bereitstehenden Rettungswagen bringen. Jo ging an ihrer Seite und hielt ihre Hand.

„Sind sie der Ehemann?", fragte der Arzt und Jo schüttelte stumm den Kopf.

„Dann treten sie bitte zurück."

Der Arzt machte eine Geste und die Sanitäter klappten die Räder ein, um die Trage in den Wagen zu schieben.

„Ich fahre mit" sagte Jo plötzlich bestimmt.

Er hatte dicke Schweißperlen auf der Stirn und wirkte völlig erschüttert.

„Ja, aber...", hob der Arzt an, als Jane ihn unterbrach.

„Nein, Jo, bleib hier. Und versprich mir, ja nicht Großmama zu benachrichtigen, sie würde sich zu Tode erschrecken."

Jo nickte mechanisch und ließ ihre Hand los.

„Sie dürfen nicht so viel sprechen", unterbrach der Arzt sie streng und warf Jo einen auffordernden Blick zu. Dieser nickte.

Er beugte sich über Jane und küsste sie ganz sanft auf den Haaransatz.

„Du schaffst das schon", sagte er leise und trat zurück.

Jane lächelte ihn sichtlich erschöpft an.

Dann wurden die Wagentüren geschlossen.

Der Arzt hatte neben Jane Platz genommen.

Die Fahrt zum Krankenhaus dauerte eine knappe Stunde und Jane musste immer wieder eingeschlafen sein, sicher als Folge des leichten Beruhigungsmittels, das der Arzt ihr gespritzt hatte, um sie möglichst bewegungsarm transportieren zu können.

Sie wurde erst dann wieder richtig wach, als sie in der Notaufnahme durch einen hell erleuchteten Flur gefahren wurde und überall mehr oder weniger laute Stimme wahrnahm.

Nach einer Computertomographie, die das Ergebnis brachte, das zumindest keine Schädelfraktur vorlag, wurde Jane auf die Privatstation verbracht.

Eine nicht mehr ganz junge, kompetent wirkende Krankenschwester nahm sie in Empfang und dirigierte die Pfleger mit der Trage in ein Zimmer, das am Ende des Flurs lag und einen wunderbaren Ausblick über das abendlich erleuchtete York bot.

Nach dem Jane in das Bett hinüber gerutscht war, stellte Schwester Kathy, so hatte sie sich mit einem freundlichen Lächeln vorgestellt, das Bettoberteil etwas hoch, sodass sich Jane in dem Raum etwas umschauen konnte.

Der gesamt Raum war in blass grün gehalten, die Vorhänge, die noch nicht zugezogen waren, in einem etwas intensiveren Lindgrün.

Außer dem Holzbett gab es eine gemütliche Sitzecke, ebenfalls grün gepolstert und auf dem Massivholztisch stand ein gefüllter Obstkorb.

Gegenüber dem Bett stand ein großer Plasmabildschirm. Die Tür neben ihrem Bett würde sicher ins Bad führen.

Kathy machte sich an ihrer Infusion zu schaffen, die stetig in Janes Arm tropfte.

„Doktor Randal wird nachher noch einmal nach ihnen schauen, Miss MacKenzie. Wen darf ich benachrichtigen? Verwandte?"

Jane überlegte eine Weile.

„Nein, bitte niemand. Meine Großmutter würde sich nur unnötige Gedanken machen, ebenso wie meine anderen Verwandten."

Obwohl Schwester Kathy missbilligend mit der Zunge schnalzte, musste sie Janes Entscheidung akzeptieren.

Diese richtete sich etwas auf, aber ihr Körper gehorchte ihr schlecht. Zwei Stürze innerhalb weniger Tage, das war eindeutig zu viel.

Sofort war Schwester Kathy an ihrer Seite und richtet ihr die Kissen und half ihr etwas nach oben.

„Bitte, machen sie langsam, Miss MacKenzie", bat sie und drückte Jane sanft in das Kissen zurück.

„Würden sie bitte auf Ballingham Manor anrufen? Missis Morden, die Haushälterin soll ein paar Sachen für mich packen und herschicken lassen, aber vor allen Dingen meinen Laptop."

Als Jane sah, wie die Krankenschwester Einspruch erheben wollte, schloss sie einen Augenblick die Augen.

„Nein, heute Nacht schlafe ich ganz brav. Aber wenn es mir morgen besser geht, würde ich gerne etwas arbeiten."

Kathy richtete noch etwas die Decke.

„Und möchten sie sonst noch etwas?"

Jane nickte vorsichtig, denn jede Bewegung tat weh.

„Einen schönen, heißen Tee. Ach, und bitte öffnen sie das Fenster."

Die Krankenschwester runzelte etwas die Stirn.

„Es ist ziemlich kalt draußen", gab sie zu bedenken, aber Jane schüttelte den Kopf.

„Das macht mir nichts, nur frische Luft, bitte, ich bin es so gewöhnt."

Achselzuckend kam die Schwester dem Wunsch nach. Sie öffnete die Balkontüre und spähte selbst etwas hinaus. Die Luft war kalt, aber klar.

Dann sagte sie zu Jane: „Ich bringe ihnen gleich den Tee", und ging hinaus.

Als Schwester Kathy nach einer Viertelstunde wieder den Raum betrat, gefolgt von Doktor Randal, einem älteren, schlanken Arzt, schlief Jane fest.

Der Arzt fühlte ihren Puls, ohne dass sie aufwachte.

„Lassen wir sie schlafen, sie ist jetzt kreislaufstabil."

Er nickte der Krankenschwester zu, die leise die Vorhänge schloss und dann die Infusion abnahm.

Keine Stunde später läutete es an der Tür zur Privatstation.

Aus Sicherheitsgründen war die Tür abends immer verschlossen, zumal nur eine Krankenschwester Nachdienst hatte und der Arzt in der Regel sich in seine Bereitschaftsräume zurückzog.

Als Schwester Kathy öffnete, stand ein großgewachsener junger Mann vor der Tür, mit einer Reisetasche in der einen und einer Laptoptasche in der anderen Hand.

„Ah, sie kommen von Ballingham Manor", sagte die Schwester und streckte die Hände nach den Taschen aus.

„Für Miss MacKenzie, nicht wahr?", fragte sie, als ihr Gegenüber nicht reagierte.

„Ich würde ihr die Sachen gern selbst bringen."

Er versuchte an der Schwester vorbeizukommen, die ihm in den Weg trat.

„Miss MacKenzie schläft. Sie hat mich beauftragt, ihre Sachen entgegen zu nehmen."

Sie machte eine auffordernde Geste und schulterzuckend übergab ihr Jo die Taschen.

„Aber es geht ihr doch gut?", fragte er leise mit besorgter Stimme.

Er beugte sich etwas vor und versuchte, einen Blick auf die sich hinter der Tür befindlichen Station zu erhaschen.

Schwester Kathy runzelte leicht die Stirn und maß den jungen Mann von der gefütterten Bourbon-Jacke, über die Jeans bis zu den festen Jack- Wolfskin-Stiefeln.

„Sind sie ein Verwandter?", fragte sie etwas freundlicher, nachdem sie zu dem Entschluss gekommen war, wohl doch keinen Angestellten vor sich zu haben.

Er schüttelte bedächtig den Kopf.

„Nein, aber ein sehr guter Freund."

Seine Stimme hatte einen flehentlichen Klang und er sah der Krankenschwester fest in die haselnussbraunen Augen.

Diese lächelte etwas.

„Nun, eigentlich dürfte ich es nicht."

Sie zögerte etwas, aber dann sagte sie. „Sie ist kreislaufstabil und hat keine Frakturen. Morgen wird sie wieder aufstehen können."

Ein tiefes Seufzen kam aus Jo`s Mund.

Er reichte der Krankenschwester die Hand und drückte sie fest.

„Gott sei Dank. Danke, Schwester Kathy, ihnen noch einen schönen Dienst."

Er hatte ihren Namen auf dem Schild über ihrem üppigen Busen gelesen. Dann drehte er sich um und ging.

Die Krankenschwester stellte die Sachen in ihr Dienstzimmer. Sie wollte Jane alles selbst geben wenn sie morgen früh aufwachte.

Dann begann sie mit ihrer Abendrunde, obwohl sie bereits wusste, dass dies eine ruhige Nacht werden würde.

Von acht Zimmern waren nur vier belegt und dabei handelte es sich um leichtere Fälle, von denen keine Komplikationen zu erwarten waren.

Nachdem sie sich überzeugt hatte das alle ihre Patienten bereits schliefen, begann sie, ihre Medikamente zu richten und Dokumente zu schreiben.

Die Nacht glitt langsam dahin, gegen zwei Uhr brühte sie sich schließlich einen Kaffee auf und setzte sich in den Personalaufenthaltsraum.

Mit einem leichten Seufzer legte sie die Beine hoch und griff zu ihrem Buch.

Doktor Randall hatte sich hingelegt und würde sie in den nächsten Stunden nicht stören, außer sie rief ihn an.

Genüsslich atmete sie das Kaffeearoma ein und nahm einen Schluck. Er war stark und schwarz und würde ihr helfen nicht einzuschlafen.

Dann widmete sie sich einem spannenden Thriller, der an Blutrünstigkeit kaum zu überbieten war.

Aber er half ihr wach zu bleiben und im Übrigen konnte eine Krankenschwester nichts so schnell erschüttern.

Es musste gegen drei Uhr gewesen sein, als sie durch einen gellenden Schrei hochgeschreckt wurde.

War sie eingeschlafen und hatte geträumt?

Verflixter Thriller, sicher hatte sie sich den Schrei nur eingebildet.

Aber dann hörte sie ein lautes Poltern.

Mit einem Satz war sie hoch, scheppernd fiel die Kaffeetasse zu Boden. Aber ohne sie zu beachten, rannte sie auf die Station.

Hier war nur die Notbeleuchtung eingeschaltet, wie immer nachts, und der Flur wurde in einen seltsamen Schatten getaucht.

Schwester Kathy war kein ängstlicher Typ, nicht nach über zwanzig Dienstjahren.

Sie hatte das Poltern genau einschätzen können und

stürmte in Jane MacKenzies Zimmer.

Als sie die Tür aufriss, sah sie die junge Frau, die am Boden lag und sich heftig gegen ein Kissen wehrte, dass auf ihrem Gesicht lag.

Aber sonst war niemand zusehen.

Für einen Augenblick ganz verdattert, starrte die Krankenschwester auf diese bizarre Szene.

Plötzlich schlug ihr die Tür mit einem heftigen Knall gegen das Gesicht.

Mit einem Aufschrei stürzte sie nach hinten und landete sehr schmerzhaft auf den Fliesen des Badezimmers, dessen Tür ebenfalls offenstand.

Für einen kurzen Moment war sie wie betäubt, aber als sie sich schließlich aufrappelte und langsam aus dem Zimmer spähte, hörte sie nur noch, wie jemand auf weichen fast geräuschlosen Schuhsohlen davonrannte.

Dann fiel die Stationstür ins Schloss.

Der oder die vermeidlichen Einbrecher waren im Treppenhaus verschwunden.

„Miss MacKenzie, wir müssen die Polizei benachrichtigen."

Doktor Randall nahm seine kühlen Finger von ihrem Handgelenk und lehnte sich etwas zurück.

Schwester Kathy hatte glücklicherweise den Sturz unbeschadet überstanden, lediglich die Nase schmerzte, denn hier hatte sie die Tür abbekommen. Sie stand auf der anderen Seite von Janes Bett und sah besorgt auf diese nieder.

Jane selbst saß aufrecht im Bett. Ihr Haar war bei ihrem Kampf mit dem Kopfkissen aufgegangen und hüllte sie fast völlig in dieser leuchtend roten Flut ein.

„Aber mir ist doch nichts geschehen, Doktor und Schwester Kathy auch nichts. Ich komme selbstverständlich für eventuell entstandene Schäden auf. Aber wie es aussieht, wurde nichts gestohlen und nichts beschädigt."

Flehentlich sah sie von einem zum anderen, als sich die Krankenschwester schließlich räusperte.

„Aber, wer immer es auch war, hat ihnen das Kissen aufs Gesicht gedrückt."

Jane sah sie eine Weile an, dann schüttelte sie bedächtig den Kopf.

„Nein, nein. Ich habe mich nur so erschrocken, da bin ich aus dem Bett gefallen und das Kissen auf mein Gesicht."

Diese Lüge kam so glatt von ihren Lippen, dass zumindest Doktor Randall es glaubte.

„Nun", sagte er gedehnt.

„Es könnte jemand von der Psychiatrischen gewesen

171

sein. Die Balkontür stand offen und der erste Stock ist
für einen einigermaßen geübten Kletterer kein Problem."

Jane spürte, dass sich der Arzt für diese Version zu
erwärmen schien.

Die Polizei auf einer Privatstation war immer etwas
heikel und wenn gar noch die Presse davon Wind
bekam, die regelmäßig den Polizeifunk abhörte, war
das kein gutes Aushängeschild. Es konnte potenzielle
Patienten abschrecken, zumal jetzt, wo die Auslas-
tung sowieso nicht optimal war.

Er warf der Krankenschwester einen beschwörenden
Blick zu.

„Da wirklich niemand zu Schaden gekommen ist,
schlage ich vor, die Balkontür wird geschlossen und
ich veranlasse, dass ein Pfleger heute Nacht mit hier-
bleibt."

Als Schwester Kathy etwas erwidern wollte, hob er
die Hand.

„Nur zur Sicherheit, sie haben vollkommen richtig
reagiert", fügte er beschwichtigend hinzu.

Er nahm seine Stabtaschenlampe und leuchtet Jane in
die Augen. Zufrieden nickte er.

„Ihr Sturz war ohne weitere Folge., Gott sei Dank.
Soll ich ihnen ein Beruhigungsmittel geben?"

Jane schüttelte heftig den Kopf und hielt schmerzver-
zerrt inne.

„Nein, nein, es geht schon, wenn Schwester Kathy
noch eine Weile bei mir bleiben könnte?"

Der Arzt nickte.

„Aber natürlich."

Er tätschelte Jane Hand zum Abschied, nickte der Schwester zu und ging hinaus.

Jane sah zu der Krankenschwester auf, die noch immer an ihrem Bett stand und sie nicht aus den Augen ließ.

„Danke", sagte sie leise und legte sich etwas bequemer hin.

„Dann sah es also so aus, wie es gemeint war?", fragte sie und zögerlich nickte Jane.

„Bitte, sagen sie niemand etwas, aber ich bin einer Sache auf der Spur und habe mir scheinbar ein paar Feinde gemacht."

Mehr Informationen konnte und wollte sie nicht geben.

Kathy nickte. „Haben sie gesehen wer es war?"

Jane schüttelte den Kopf.

„Nein, ich habe fest geschlafen und bin aufgewacht, als mir jemand das Kissen auf das Gesicht drückte. Ich habe mich gewehrt und geschrien und bin dabei aus dem Bett gefallen, mit dem Kissen. Dann waren sie auch schon da."

Kathy sah zum Fenster hinüber.

„Da die Stationstür abgeschlossen war, konnte er oder sie wirklich nur über den Balkon hereingekommen sein, wie Doktor Randall richtig bemerkte. Vielleicht waren sie nur ein Zufallsopfer oder jemand hat sie verwechselt?"

Sie sah Jane an, die regungslos im Bett saß und schwieg.

Dann räusperte sie sich und sagte leise: „Kann ich ihnen irgendwie helfen?"

Jane ergriff instinktiv die feste Hand der Krankenschwester und drückte sie.

„Danke, das haben sie schon. Sind meine Sachen schon da?"

Die Schwester nickte.

„Dann bringen sie mir doch bitte meinen Laptop. Ich kann sowieso nicht mehr schlafen und ich will die Spur verfolgen, so lange sie noch frisch ist."

Diesmal erhob die Schwester keinen Einwand, sie brachte ihr beides und half ihr, sich bequem hinzusetzten.

Am nächsten Nachmittag benachrichtigte Jane Professor Downsand. Sie hatte seine Adresse glücklicherweise notiert, und sie war froh, dass er ihr gesagt hatte, dass er inzwischen bei einem ehemaligen Studienfreund, hier in York, wohnte.

Sie fasste sich am Telefon kurz und bat ihn, umgehend ins Krankenhaus zu kommen

Er traf eine Stunde später und sichtlich aufgelöst ein.

„Um Gottes Willen, Jane, was ist denn passiert", rief er aus, als er in das Zimmer stürmte und das mit einem Elan, was man ihm mit seiner Beleibtheit nicht zugetraut hätte.

Sie winkte ab. „Es ist nichts weiter, Professor."

Aber er nahm auf einem Stuhl neben ihrem Bett Platz und sah sie an.

„Jane, die Sache nimmt eine Entwicklung, die nicht vorhersehbar war. Scheinbar haben sie in ein Wespennest gestochen."

Er nahm ein Taschentuch aus seiner Jackettasche und wischte sich über die Stirn. Schweißperlen waren sichtbar und Jane wusste, dass diese nicht nur vom schnellen Treppensteigen kamen, sondern echte Angst um sie stand in seinem Gesicht.

Daher entschloss sie sich spontan, ihm nichts von dem nächtlichen Überfall zu erzählen.

Wer immer auch in ihr Zimmer gekommen war, hatte es mit dem Plan getan sie zu töten.

Gewiss hatte er gehofft, dass sie unter Beruhigungsmitteln stand und er keine Gegenwehr zu erwarten hatte.

Auf ihre Reaktion jedenfalls war er nicht gefasst gewesen und hatte nach dem Schrei und ihrer heftigen Gegenwehr von ihr abgelassen. Dann war sie aus dem Bett gefallen und hatte das Kissen auf ihrem Gesicht mitgerissen.

Inzwischen war nur Schwester Kathy mit dem tatsächlichen Ablauf des nächtlichen Ereignisses vertraut und diese hatte inzwischen Dienstschluss und würde erst heute Abend wiederkommen.

Jane wusste also, dass sie schleunigst handeln musste.

„Professor, ich habe die ganze Nacht recherchiert und telefoniert, mit einem beachtlichen Ergebnis."

Sie brach ab, als eine junge Schwesternschülerin hereinkam und den Blumenstrauß, den der Professor mitgebracht hatte, in eine Vase gestellt hatte und jetzt diese vorsichtig vor sich hertrug.

Sie stellte sie auf den Holztisch und schielte auf den Fernseher.

„Vielleicht haben sie es noch nicht gehört, Miss MacKenzie, aber eben haben sie eine Sondersendung. Vor einer halben Stunde wurde im Hyde Park ein neuer Toter gefunden."

Jane und der Professor sahen sich kurz an, dann nahm Jane die Fernbedienung.

Sofort war ein Reporter zu sehen, der mit wichtiger Miene auf eine Polizeiabsperrung deutete.

Dabei fuchtelte er wie wild mit seinem Mikrophon umher.

„...VOR UNGEFÄHR EINER HALBEN STUNDE

176

FANDEN SPAZIERGÄNGER DEN ENTHAUPTETE
LEICHNAM EINES MANNES. ÜBERALL WERDEN
BESORGTE STIMMEN LAUT. WAS TUT DER YARD
UM UNSERE BÜRGER VOR SOLCH GEMEINGE-
FÄHRLICHEN IRREN ZU SCHÜTZEN? WAS…"
Jane drehte den Ton weg und starrte vor sich auf die
Bettdecke.

Der Professor zog sein Handy aus der Tasche und
rief im Yard an. Er wechselte nur wenige Worte,
dann sah er Jane an.

„Dieses Mal ist es wieder ein Amerikaner, weiß,
Louis Bringston, zweiunddreißig Jahre, aus Boston."
Bei Erwähnung der Stadt hob Jane den Kopf und
plötzlich erstarrte sie.

Im tonlosen Fernsehen war ein Bild des Toten zu
sehen, scheinbar die Aufnahme aus dem Reisepass,
nach der Qualität zu urteilen.

Aber Jane konnte ihn mühelos identifizieren.

Es war der Humphrey -Bogart- Verschnitt aus der
Yorker Kathedrale.

Kapitel 13

Die Augen des Earls of Ballingham, Lord Livingston, war fest auf Janes Gesicht gerichtet, nachdem sein Enkelsohn von zwei Polizeibeamten hinausgeführt worden war.

„Sie verdammte Schnüfflerin", presste er schließlich zwischen den schmalen Lippen hervor und Jane zuckte etwas zusammen.

Dann straffte sie ihre Schultern, obwohl diese noch schmerzten.

Er tat ihr Unrecht, so sehr er auch darunter leiden musste, in seinem einzigen Enkelsohn einen kaltblütigen Mörder zu sehen.

„M`lord."

Sie versuchte erneut, vernünftig mit ihm zu reden, aber er gab seinem Rollstuhl einen so starken Schlag auf die Armlehne, dass das Gefährt bedenklich schwankte.

„Schweigen sie", herrschte er Jane an.

„Wir hätten damals alle Schotten auf Culloden Moor erschlagen sollen, alle, und den Rest irgendwo ins Meer treiben."

Jane verlor alle Farbe aus ihren Wangen und starrte das hassverzerrte Gesicht ihr gegenüber an.

Professor Downsand runzelte die Stirn und trat neben Jane. Er wusste, wie sehr sie diese Worte verletzen mussten.

„Sir, ihr Schmerz ist verständlich, aber sie sollten

dennoch…"

Jane hatte sich langsam erhoben und nährte sich dem Rollstuhl.

Sie ließ keinen Blick von dessen Fahrer.

„Jane!"

Professor Downsand Ruf drang nicht bis in ihr Bewusstsein vor.

„Was haben sie gesagt?", fragte Jane so leise, das Lord Livingston sie unvermittelt erstaunt ansah.

Er straffte sich etwas, als glaube er, Jane könne handgreiflich werden.

Aber Angst konnte sie ihm nicht einflößen.

„Das man euch Schotten…"

Weiter kam er nicht mit seinen Ausführungen, denn Jane hatte sich blitzschnell auf dem Absatz umgedreht und stürmte aus dem Salon.

In der Eingangshalle stand Detective Inspektor Brown und sprach mit dem Butler.

Jo war bereits abgeführt worden.

„Warten sie."

Als der Detective Inspektor den Blick hob, stand Jane vor ihm.

„Ich war blind, wir alle waren blind. Ja, Jo hat Lu Bringston umgebracht, aber mit den anderen Morden hat er nichts zu tun, das werden sie schnell herausfinden."

Brown wippte etwas auf den Fußspitzen hin und her.

„Ich glaube sowie nicht, dass an ihrer ganzen, verrückten Geschichte irgendetwas wahr ist. Rosenkriege, pha. Wir haben es hier mit einem psychisch kranken Gewalttäter zu tun, der mordet ohne Muster."

Jane verzog ihr Gesicht und fast sah es so aus, als wolle sie mit dem Fuß aufstampfen.

„Mein Gott, Detective Inspektor, Lu Bringston wurde ermordet, weil Jo bei ihm Schulden hatte und weil er erpressbar wurde, das hat nichts mit den anderen zu tun. Ich, ich hatte mich geirrt."

Der Detective Inspektor riss theatralisch die Augen auf und vergrub die Hände in den Taschen seines Mantels.

Langsam hatte er die Phantastereien dieser Frau satt, aber er war sich dessen bewusst, dass er sie nicht zu herablassend behandeln durfte.

Leider hatte sie zu viel Einfluss und es konnte nach wie vor seiner Karriere schaden, das Patenkind der Königin zu sehr zu brüskieren.

Aber etwas Zynismus konnte und wollte er nicht unterdrücken, sonst wäre das Bedürfnis, sie anzuschreien zu groß geworden.

„Oh, sie haben sich geirrt, Miss MacKenzie? Doch keine Rosenkriege?"

Jane nahm diese vor Zynismus tropfende Frage nicht richtig wahr, sie war einfach zu aufgeregt.

Sie sah, wie die Spurensicherung das riesige Breitschwert aus der Halterung über dem Kamin nahm und in eine sehr große Plastikfolie steckte.

„Lord Livingston hat mir eben das Stichwort gegeben. Mein Gott, es lag so nahe. Die weiße Rose, wir haben sie fehlinterpretiert. Es ist nicht die weiße Rose der York, es ist die weiße Rose der Stuarts. Hier liegt des Rätsels Lösung. Wir müssen..."

Brown riss die Hände aus den Manteltaschen und hob sie über den Kopf.

„Herr im Himmel! Schluss, aus, vorbei. Ich weigere mich weiterhin diesen Blödsinn zu ertragen. Rosenkriege, Stuartrose, das ist zu viel. Miss MacKenzie, hier geht es um grausame Morde, um einen gemeingefährlichen Psychopaten und kein historisches Rätselraten."

„Peter, sie sollten sie anhören."

Jetzt bemerkte er erst Professor Downsand, der aus dem Salon getreten war.

„Oh, nein Professor, das werde ich nicht. Ich gehe nämlich jetzt an meine Arbeit. Dazu brauche ich allerdings keine historischen Unterweisungen."

An dem völlig sprachlosen Butler vorbei strebte er zur Eingangstür und schloss diese mit einem Knall hinter sich.

„Dieser arrogante, selbstgefällige Bastard."

„Jane."

Diese schloss einen Augenblick die Augen, dann schien sie sich wieder im Griff zu haben. Sie sah die beiden Männer an und lächelte etwas verkniffen.

„Entschuldigung, ich war eben etwas sehr direkt."

Der Professor trat näher und legte seinen Arm um Janes Schulter.

„Glauben sie wirklich daran, Jane?"

Diese nickte und atmete tief durch.

Noch tat ihr das Atmen weh und sie fühlte sich etwas schwindlig, aber sie würde auf keinen Fall zurück ins

Krankenhaus gehen.

Heute Morgen hatte sie sich, nach der Sondersendung im Fernsehen, selbst entlassen.

Sehr zum Ärgernis von Dr. Randall, der ihr lange ins Gewissen zu reden versuchte und sie schließlich, nachdem sie einen Packen an Papieren unterschrieben hatte, gehen ließ.

Danach war sie, gemeinsam mit dem Professor, der ihre Selbstentlassung ebenfalls kritisierte, sie aber zähneknirschend hinnehmen musste, nach Ballingham Manor gefahren.

Noch im Wagen hatten sie den Yard informiert und zwei Stunden später hatte man Jo aus dem Bett geholt, wo er tief und fest schlief und ihn mit eindeutigen Beweisen konfrontierte.

Seine physische Gegenwehr brach nach ein paar Minuten zusammen.

Er ließ sich schließlich widerstandslos abführen, obwohl er die Tat leugnete und nach einem Anwalt verlangte.

Jane würde also nicht in die Klinik zurückgehen, sondern nach Schottland fahren und sich Tante Marcis kundigen Händen anvertrauen. Wer Pferde züchtete, hatte jede Menge Mittel gegen Prellungen und Zerrungen.

„Ich hole meine Sachen und Hieronymus. Warten sie hier auf mich? Dann werde ich ihnen meine Idee erklären."

Trotz allem, mit schnellen Schritten, erklomm sie die Treppe und war verschwunden.

Es dauerte keine Viertelstunde, als Jane wieder in der Empfangshalle erschien, bepackte mit zwei Koffern und flankiert von Hieronymus.

Professor Dorsand nahm ihr sofort einen Koffer ab, während der Butler den zweiten nahm.

„Sie hätten einem der Mädchen Bescheid sagen sollen, Ma`am", murmelte Letzterer vorwurfsvoll.

„Jeffkins. Diese Person verlässt unser Haus ohne ihre Hilfe."

Lord Livingstons Stimme war von der Tür zum Salon zu vernehmen, aber Jane wandte nicht einmal den Kopf.

Hieronymus begnügte sich mit einem vernehmlichen Fauchen und der Butler straffte die Schultern.

„Bei allem Respekt, Sir. Miss MacKenzie war unser Gast und ich sehe es als meine Pflicht."

„Verdammt, tun sie endlich was ich ihnen sage."

Jane nahm dem Butler den Koffer aus der Hand.

„Danke, Jeffkins, aber das ist es nicht wert. Ich danke ihnen und wünsche ihnen alles Gute."

Ihr offenes Lächeln schien ihn noch mehr zu betrüben und er nickte etwas.

Mit einem letzten, verlangenden Blick auf den normannischen Boden der Eingangshalle verließ Jane Ballingham Manor und bestieg mit dem Professor und Hieronymus das Taxi.

Kaum hatte sich der Fahrer in das Auto gesetzt, umschloss der Professor Janes Arm.

„Mein Gott, machen sie es nicht so spannend, Jane."

Diese legte Hieronymus auf ihren Schoß, der sofort eine entspannte Lage einnahm und schnurrte.

„Jo hat Lu Bringston ermordet, weil dieser seine Schulden eintreiben wollte und ein hübsches Sümmchen dazu. Immerhin konnte er Jo erpressen, mit der ältesten Sache der Welt. Was hätte denn Lord Grover gesagt zu einem Schwiegersohn mit Spielschulden, Beziehungen ins Rauschgift- und Rotlichtmilieu und, was erschwerend dazukommt, Jo ist bereits verheiratet. Er hat vor zwei Jahren in Las Vegas ein Callgirl geheiratet, die für ihn."

Jane schwieg eine Weile verlegen, dann ergänzte sie: „Anschaffen ging. Trotzdem hatte er permanente Schulden. Er ist ein Spieler. Tja, da kamen ihm meine Recherchen wie gelegen. Er hatte schon am ersten Tag gesehen womit ich mich wirklich beschäftige und schließlich konnte er dann eins und eins zusammenrechnen. Er versorgte sich einfach alle Materialien über den Hyde Park Mörder, schließlich war die Presse voll mit jeder Art an Informationen. Als er Lu nicht mehr beschwichtigen konnte und dieser sogar hier in York aufkreuzte, musste er schleunigst handeln. Also lockte er Lu nach London und dann." Sie machte eine Bewegung mit der Hand in Richtung Hals.

„Eigentlich hatte er ja vor zu zahlen. Mir erzählte er immer, er interessiere sich nicht für den alten Plunder. Dabei war er ein wirklich gerissener Geschäftsmann. Er kannte den Wert aller alten Dokumente und hatte sich schon ab und an einmal bedient, um

Stücke an Sammler zu verkaufen. Dazu hatte er einen Nachschlüssel für die Vitrine. Um nicht aufzufallen, machte er sich die alte Legende vom toten Ritter zunutze. Er verschaffte sich im Kostümfundus eine Ritterrüstung aus Kunststoff, die zwar echt aussah, aber nicht klapperte. Damit narrte er alle. So holte er sich regelmäßig Nachschub, auch wenn er angeblich in Amerika war. Ich habe es überprüfen lassen, wie oft er nach England einreiste. Deswegen kam er auch nicht in Verdacht. Durch seine Kostümierung konnte er munter ein historisches Stück nach dem anderen stehlen und in Amerika verkaufen. Interessenten gibt es da genug. Keiner hielt ihn auf. Aber was er wirklich suchte, war das Cloustück."

Jane machte eine Kunstpause und kraulte Hieronymus.

„Und?", fragte der Professor aufgeregt.

Jane sah jetzt ihr Versprechen als gegenstandslos. Und der Professor würde nichts davon sagen, es sei denn, es diente dem Fall.

„Eine Lehensurkunde von Wilhelm dem Eroberer, mit seinen Siegeln."

Der Professor ahnte sofort, welchen enormen Wert dieses Dokument darstellen musste, historisch, aber auch materiell gesehen.

„Der Earl hat es gut versteckt. Ich durfte es einmal kurz untersuchen. Echt würde ich zu 99 % sagen, aber ich denke, ich kann fast von 100 % ausgehen. Jo wusste davon und auch von dessen Wert. Er wollte mich benutzen es ihm zu besorgen, aber dann merkte er wohl, dass es mit mir nichts werden würde. Er war pleite und er musste handeln. Aber die anderen Opfer hat er nicht getötet, er ist auf keinen Fall der Hyde Park Mörder. Man wird schnell feststellen, dass er ein anderes Schwert benutzt hat. Im Übrigen glaube ich, dass der Earl seinen Enkelsohn schon länger als Dieb in Verdacht hatte. Darum hatte er die Lehnsurkunde so gut und vor allem sicher versteckt."

Der Professor nickte Jane respektvoll zu. Sie hatte innerhalb einer Nacht alle notwendigen Zusammenhänge recherchiert.

Wenn, gesetzt wenn, Jane Recht hatte und irgendwie zweifelte er nicht im Geringsten daran, dann begann die Suche nach dem Hyde Park Mörder von vorn.

Er wusste auch, unter welchem enormen Druck der Öffentlichkeit Detective Inspektor Brown stehen würde.

„Aber wie konnte er nur mit dieser Rittergeschichte alle narren, das ist doch lächerlich."

Jane zuckte die Schultern.

„Wenn man so lange in einem so alten Haus lebt, ist das nichts Ungewöhnliches. Ich kenne eine Reihe von Fällen, wo Menschen schwören, ihren Hausgeistern regelmäßig zu begegnen. Im Übrigen intelligente Leute mit normalem Realitätsbezug", ergänzte sie.

„Und ihre Unfälle?", fragte der Professor, dem die Geisterdiskussion zu absurd schien.

Jane zuckte leicht die Achseln.

„Jo hatte Angst, ich komme ihm auf die Schliche. Daher wollte er mich aus dem Weg räumen. Ich glaube nicht, dass er mich das erste Mal töten wollte. Er wusste, dass ich eine relativ gute Reiterin bin und mit Stürzen umgehen kann. Nach dem ersten Unfall hoffte er, ich bekomme es mit der Angst und reise ab. Als das nicht funktionierte, war er zwar beunruhigt, aber er wollte mir nichts mehr tun. Erst in der Kathedrale, da musste er mich gesehen haben und jetzt musste er handeln, und zwar schnell. Er präparierte die Stufe mit einer Folie, die höllisch glatt war und mich, ganz gleich, wo ich entlangging, zum stürzen bringen musste. Diesmal nahm er in Kauf, dass ich mich ernstlich verletzte. Und als ich das ebenso relativ gut überstand, brachte er meine Sachen ins Krankenhaus, baldowerte die Lage aus und versuchte mich nachts zu ersticken. Glücklicherweise hatte ich die Beruhigungsmedizin abgelehnt und Schwester Kathy ist eine beherzte Person. So haben wir ihn in die Flucht geschlagen."

Der Professor starrte sie entsetzt an.

„Was? Davon haben sie mir nichts gesagt. Dann waren es ja drei Anschläge auf sie?"

Etwas schuldbewusst nickte Jane.

„Ja, und dann habe ich die restliche Nacht recherchiert und ein paar Leute angerufen. Hier kam mir die Zeitverschiebung in den Staaten sehr zugute. Glücklicherweise kenne ich immer ein paar Menschen, die mir da sehr unbürokratisch helfen."

Sie schwieg eine Weile lächelnd und fuhr dann fort.

„Ich recherchierte zudem noch weiter und gegen Morgen hatte ich herausgefunden, wer Jo in Wirklichkeit ist. Ein typischer Wolf im Schafspelz. Er kann alle Menschen sehr gut manipulieren mit seinem jungenhaften Charme und dem bezaubernden Lächeln. Aber in Wirklichkeit ist er eiskalt und berechnend. Er hat sich sogar skrupellos eine reiche Erbin gesichert und mit deren, zugegeben etwas naiven, aber trotzdem echten Gefühlen ihm gegenüber, gespielt."

Sie schüttelte in Gedanken an Gloria Grovers Auftritten den Kopf und empfand tiefes Mitleid mit der jungen Frau, die jetzt nicht nur vor den Scherben ihrer scheinbar großen Liebe stand, sondern auch noch der Lächerlichkeit preisgegeben war.

Wer würde ihr schon glauben, dass sie nichts geahnt hatte vom Doppelleben ihres Verlobten, der sich als Betrüger, Zuhälter, Bigamist und Mörder entpuppt hatte.

„Er hatte fest damit gerechnet, dass der Vater seiner Verlobten in ein paar Wochen sterben würde und er hätte genug Geld gehabt, Lu zu bezahlen. Aber der war zu gierig."

„Und? Was haben sie jetzt vor?", fragte der Professor Jane, die kopfschüttelnd aus dem Fenster sah.

„Oh, da Detective Inspektor Brown meine Mitarbeit ablehnt und er sicher noch ein paar Stunden braucht, um zu erkennen, dass Jo nicht sein Mann ist, ich meine für die anderen drei Morde, habe ich Zeit für ein Interview mit Jack Davids vom *Star*."

Lächelnd kraulte sie Hieronymus, der sich immer tiefer in den Stoff ihres Plaids hinein kuschelte und

Professor Downsand fürchtete eine mittlere Kata-
strophe hereinbrechen.

Kapitel 14

Peter Brown kam verspätet im Yard an. Mit schnellen Schritten und zwei Stufen auf einmal nehmend, hastete er in die vierte Etage.

Er atmete, oben angekommen, tief ein und glättete seinen hellgrauen Anzug, ein Designerstück, auf das er besonders stolz war.

Leider erzielte er nicht die gewünschte Wirkung ohne das passende Hemd, das aber die Reinigung gestern nicht geliefert hatte.

Heute Morgen war es zu spät gewesen es zu holen, außerdem hatte seine Kaffeemaschine gestreikt und schließlich war ihm der Bus vor der Nase weggefahren.

Wenn er irgendetwas nicht mochte, dann definitiv so einen verdorbenen Morgen und dann noch eine Vorladung bei seinem Vorgesetzten.

Miss White, die Sekretärin des Detective Chief Inspektors, sah ihn über ihren Computer hinweg an und lächelte etwas.

Sie war eine leicht graumelierte, sehr schlanke Mittfünfzigerin, die Detective Chief Inspektors Winslets rechte Hand war und über alles und jeden im Yard genauestens Bescheid wusste, ohne dabei zu Klatsch und Tratsch zu neigen.

Im Gegenteil, Miss White war ein Musterbeispiel an Diskretion und Taktgefühl. Jetzt erhob sie sich und trat an die riesige Eichentür.

„Der Detective Chief Inspektor erwartet sie schon,

Sir", sagte sie und griff nach der Klinke.

Mit einem tiefen Einatmen ging Peter in den Raum.

Dieser war groß und mit einem massiven, antiken Schreibtisch ausgerüstet, der exzellent restauriert war. Dazu passend ein ebenso großes Bücherregal, sowie eine Sitzecke mit Ledersesseln.

Auch Detective Chief Inspektor Lord Winslet passte in diesen Raum.

Er war groß und breit, sein fleischiges Gesicht wurde von einer beeindruckenden Hakennase beherrscht und er trug sein ehemals dunkles, jetzt ergrautes Haar sehr kurz. Sein Jackett spannte unter seiner ausgeprägten Rückenmuskulatur.

Bei Peters Eintritt hob er den Blick und starrte ihn mit seinen dunkelgrauen Augen eine Weile schweigend an.

Ohne ihm einen Platz anzubieten, nahm er den „Star", der vor ihm auf dem Schreibtisch lag und zeigte mit seinem Finger auf einen Artikel.

„Haben sie das gelesen, Brown?", fragte er mit seiner tiefen, kräftigen Stimme.

Peter trat einen Schritt vor.

„Nein, Sir, ich habe heute Morgen noch keine…"

„Dann tun Sie`s jetzt", unterbrach ihn sein Vorgesetzter schroff.

Peter nahm die Zeitung entgegen und sofort sprang ihm das Bild ins Auge.

Ein Porträtbild von Jane MacKenzie, zweifellos nicht von dem Journalisten aufgenommen, sondern ihm zur Verfügung gestellt.

Es zeigte eine lächelnde Frau in bester Fotoposition. Das war definitiv kein Pressefoto, sondern von einer Agentur aufgenommen.

Er überschlug den Text und wurde blass. Das war doch...

Er glaubte seinen Augen nicht zu trauen.

„Nun, was haben sie dazu zu sagen, Brown?"

Peter faltete die Zeitung zusammen und legte sie fast behutsam auf den Schreibtisch seines Vorgesetzten.

Er kochte vor Wut, aber es gelang ihm, wenn auch mühsam, sich zu beherrschen.

„Diese Frau, Sir, ist eine Spinnerin. Ihr verrückten Ideen haben mich bisher in dem gesamten Fall begleitet."

„Und sie hatte scheinbar Recht, oder?"

Wieder wurde er von seinem Vorgesetzten unterbrochen und für Peter war es ein Zeichen, wie erregt dieser war. Sonst war Unhöflichkeit nicht Detective Chief Inspektor Winslets Sache.

„Recht, Sir? Sie ist selbst bei dieser ganzen Aktion in York ziemlich zu körperlichem Schaden gekommen und ihre verrückte Theorie der Rosenmorde konnte ja nun nicht bestätigt werden."

Winslet nahm die Zeitung auf und klopfte damit auf den Schreibtisch.

„Ja, aber den Hyde Park Mörder haben sie auch noch nicht, Brown. Das ist nun mal nicht abzustreiten. Dieser Kerl hier war ja nur ein Trittbrettfahrer. Miss MacKenzie sagt in ihrem Interview sehr deutlich, dass sie ihre Hilfe bisher abgelehnt hätten."

Peter Brown schoss mit dem Oberkörper unwillkürlich einige Zentimeter nach vorn.

„Hilfe? Ha! Sie hat nichts als Ärger gemacht, das ist alles."

Mit einem Stirnrunzeln betrachtete der Detective Chief Inspektor sein Gegenüber.

Brown war sein bester Mann, schwer aus der Ruhe zu bringen, immer korrekt. So ein Verhalten stimmte ihn nachdenklich.

„Downsand hält eine Menge von der jungen Frau", entgegnete er schließlich und der Detective Inspektor senkte etwas den Kopf.

„Ja, das weiß ich", sagte er knapp.

„Hören sie, Brown, ich will nicht, dass dieser Davids vom *Star* weiter an der Sache dranbleibt. Und das wird er, solange er Nahrung hat. Ich kenne den Kerl, ist ein verdammter Bluthund, hat immer die richtigen Quellen, die er anzapfen kann. Das ist eine schlechte Publicity für uns. Einigen sie sich irgendwie mit Miss MacKenzie."

Diesmal war es Peter, der seinen Vorgesetzten unterbrach.

„Sir, diese Frau ist."

Er holte tief Luft, um nach weiteren Worten zu suchen. Wenn es jemanden gelang, ihn unendlich zornig zu machen, dann war es Jane MacKenzie.

Winslet ließ die Faust auf den Schreibtisch sausen.

„Verdammt Brown, was ist denn mit ihnen los? Ich habe es ihnen schon einmal gesagt, die Familie dieser jungen Frau hat nun mal sehr viel Einfluss, hier und in den Staaten."

Als Peter schwieg, schien sich sein Vorgesetzter wieder zu fassen.

„Also hören sie zu. Wenn ihnen diese Sache so unangenehm ist, dann setzen sie sich mit Downsand in Verbindung, vielleicht gelingt es dem, die Dame etwas versöhnlich zu stimmen. Schließlich ist Miss MacKenzie nicht irgendwer, Brown. Wir können es uns nicht leisten, sie zu verstimmen."

Peter wollte etwas erwidern, aber Winslet deutete mit einer Handbewegung an, dass er nicht wünschte, unterbrochen zu werden.

„Was mir aber noch mehr Sorgen macht, ist die Tatsache, dass sie den Mörder fast aufgefordert hat mit ihr Kontakt aufzunehmen. Das könnte sie in Gefahr bringen. Scheinbar liebt die junge Dame das Risiko. Aber wir können uns keinesfalls leisten das ihr etwas zustößt. Lassen sie sie überwachen, Brown. Personenschutz, aber unauffällig, das übliche eben. Vielleicht geht uns dadurch der Kerl wirklich ins Netz und wir haben es uns nicht vorzuwerfen, dass Miss MacKenzie etwas passiert. Ich habe keine Lust, mich mit einer Meute von amerikanischen Anwälten und dem Premierminister persönlich auseinandersetzen zu müssen."

Als Brown noch immer schwieg, rutschte Winslet etwas auf seinem Stuhl nach hinten.

„Und sie glauben, dass wirklich nichts an ihrer Idee dran ist, dass wir es hier mit einem verrückten Schotten zu tun haben könnten, Jakobit oder so etwas?"

„Nein", entgegnete Peter knapp und spürte, wie ihm ein Schweißfilm über den Rücken lief. Noch ein paar Minuten und seine Beherrschung wäre dahin.

Winslet nickte.

„Na gut, also Überwachung. Und halten sie mir Downsand auf alle Fälle im Boot. Wir brauchen den besten Profiler, den wir kriegen können und das ist er nun mal, auch wenn manche anderer Meinung sind."

Er senkte wieder den Kopf und gab Peter damit ein Zeichen, das das Gespräch zu Ende war.

Als dieser das Büro seines Vorgesetzes verlassen hatte, war es ihm irgendwie gelungen, Miss Withe ein Lächeln zuzuwerfen und auf den Flur hinauszutreten.

Dann rannte er fast in sein Büro im zweiten Stock und er warf die Tür hinter sich ins Schloss.

„Verdammte Scheiße", brüllte er und warf sich in den schmalen, modernen Bürostuhl, der bedenklich schwankte.

Diese Jane MacKenzie regte ihn auf wie noch niemand vorher.

Mit welchem Recht mischte sie sich in seinen Fall ein? Warum brachte sie alle möglichen Leute gegen ihn auf? Nur weil sie reich und verwöhnt war und mit ihrer Zeit nicht wusste, was sie anfangen sollte?

Im gleichen Moment musste er sich eingestehen und das war noch schwerer, dass Jane MacKenzie eben nicht das Society-Girl war, das er gerne gedanklich aus ihr gemacht hätte.

Sie hatte studiert und promoviert, war, nach Profes-

sor Downsands Angaben, eine Kapazität auf dem
Gebiet der Geschichte der Highlands.

Sie ging einer mehr oder weniger geregelten Arbeit
nach, forschte sehr intensiv, war nie in der Klatsch-
presse zu finden. Das alles brachte ihn noch mehr in
Rage und das verstörte ihn geradezu.

War es das, was man Sozialneid nannte?

War er, der Junge aus der Birminghamer Vorstand,
der sich mühsam in diese Position gearbeitet hatte,
etwa neidisch auf eine junge Frau, die von Kindheit
an alle Möglichkeiten gehabt hatte, ob es Vermögen,
Bildung oder anders war?

Er atmete mehrmals tief ein und aus.

Dann schüttelte er den Kopf und ging zum Telefon
und wählte die Nummer der Stelle, die für den Personenschutz zuständig war.

Anschließend ging er hinaus, um sich einen Kaffee
aus dem Automaten zu holen. Als er die Münze hin-
einsteckte, passierte nichts, weder das Geld kam
wieder noch der, so dringend benötigte, Kaffee.

Wutentbrannt trat er nach dem Automaten, was ihm
einen sehr befremdlichen Bick eines weiblichen Ser-
geanten einbrachte, die gerade vorbeikam und ihn
vorschriftsmäßig grüßte.

Peter grüßte zurück.

Dann warf er den Automaten einen letzten, grimmi-
gen Blick zu und ging in sein Büro zurück.

Das war heute ganz gewiss einer der Tage, die man
wünschte, nie erleben zu müssen.

Kapitel 15

„Meines Erachtens nach hast du dich mit diesem Zeitungsinterview in Gefahr gebracht."

Marci MacKenzie sah ihre Nichte mit einem skeptischen Blick an.

Diese zuckte leicht die Schultern und kraulte Hieronymus Fell, was der Kater sichtlich genoss. Er ließ ein leises Schnurren hören und grub seine Krallen tiefer in Janes dicken Lodenrock.

„Ich hoffe ja endlich einen Ansatz zu finden, Tante Marci, um diesen vermaledeiten Fall lösen zu helfen."

Marci MacKenzie straffte ihre kleine, drahtige Gestalt.

„Jane, dieser Mensch ist gefährlich. Er hat drei Menschen getötet und wird nicht zögern, es wieder zu tun."

Jane sah auf und blickte in ein paar grüne Augen, die sie an ihre eigenen erinnerten. Zweifellos ein Erbteil des MacKenzie Clan.

„Natürlich hast du Recht. Aber dieser Schnösel vom Yard wird nie zum Erfolg kommen, wenn er nicht auf mich hört."

Janes Stimme war unwillkürlich etwas lauter geworden, was Hieronymus zu verärgern schien. Er fauchte laut und sprang von Janes Schoß. Mit einem neuerlichen Fauchen räumte er das Feld, sichtlich erbost, dass ihn niemand zu beachten schien.

Marci MacKenzie erhob sich.

197

„Hyde Park Mörder hin und her, wir haben Gäste und ich muss mich um das Dinner kümmern. Sei so lieb und sperr den Kater ein, ja?"

Mit einem Lächeln eilte sie hinaus und Jane erhob sich.

Der kleine Salon war behaglich und warm, auch dank des Feuers, das im Kamin brannte.

Blake Lake Castle war genau das, was sich Touristen unter Schottland vorstellten. Ein altes Castle, an einem See gelegen, aus dem regelmäßigen Nebel aufstieg.

Einsam, mitten in den Highlands und doch innerhalb einer Autostunde von Inverness aus erreichbar.

Jane konnte, wie die meisten Schotten, auf eine lange Ahnenreihe zurückblicken.

Seit im 12. Jahrhundert die MacKenzies aus dem Dunklen der Geschichte auftauchten, war es auch der Zweig von Janes Clan, der in der Schlacht von Flodden gekämpft hatte. Ebenso waren sie treue Jakobiner gewesen, was sie in der Schlacht von Culloden mit dem Tod von hunderten Clansmännern bezahlen mussten.

Nach 1746 wurde das Leben in den Highlands immer schwerer. Die Überlebenden von Culloden wurden gejagt, eingesperrt, waren der Willkür der englischen Besatzer ausgeliefert.

Es herrschte Not, Hunger und Verzweiflung und schlimmer noch, man verbot den Schotten ihre Identität. Schwere Strafen standen auf den Besitz von Kilt und Plaid ebenso wie auf den Besitz von Waffen, zu denen auch der klassische Dudelsack zählte.

Den nächsten Generationen ging es nicht besser und es war Janes Ur-Ur-Urgroßvater, John MacKenzie, der 1815, in Folge der Highland Clearances, Schottland mit seiner Familie verließ, um in Amerika ein neues Leben zu beginnen.

Ein Leben, das nicht jeden Tag die Angst vor dem Hungertod mit sich brachte, aber auch um die Eigenständigkeit als Schotte zurückzugewinnen.

John MacKenzie ältester Sohn, der ebenfalls John hieß, heiratete 1830 Fiona MacDonald, die die einzige Tochter eines Mannes war, der erfolgreich mit Baumaterialien handelte.

John MacKenzie jun., ein tüchtiger Zimmermann, gefiel dem alten Herrn und er hieß ihn als Schwiegersohn und Teilhaber herzlich willkommen.

Schon dessen Enkel, Gordon MacKenzie, betrieb ein Bauunternehmen mit einigen Filialen an der Ostküste und verstand es, durch eine gute Heirat weiteres Vermögen anzuhäufen und seine Beziehungen auszubauen.

Während andere in den Zeiten der großen Rezession Hab und Gut verloren, gelang es dem Sohn Gordon MacKenzies, Will MacKenzie, sein Vermögen zu halten und zu mehren.

Dessen Sohn, Robert MacKenzie gründete auf diesem Fundament ein Bauunternehmen, das zu den erfolgreichsten Amerikas gehörte und schließlich auch weltweit erfolgreich agierte.

Seine beiden Söhne James, Janes Vater, und sein Bruder John, erbten das Unternehmen. James als Ältester als Familien- und Unternehmensvorstand, John als Teilhaber.

Marci MacKenzie, die jüngste Schwester, hatte Architektur studiert und ehrgeizig, wie ihre älteren Geschwister, wollte auch sie etwas Selbstständiges auf die Beine stellen.

Nach ihrem hervorragend abgeschlossenen Studium in Amerika verbrachte sie einen Sommer in Schottland, dem Land ihrer Ahnen. Sie wanderte und sah sich die Gegend an, immer unter dem Aspekt ein schönes Anwesen für die in der ganzen Welt verstreute Familie zu finden, wo sie sich gemeinsam treffen würden um wieder Wurzeln zu schlagen, im Land ihrer Ahnen.

Irgendwann war sie dabei auf ein Bild von Blake Lake Castle gestoßen, einer zerfallenen Burg aus den Zeiten vor Culloden.

Sie hatte sehr schnell die Informationen über dessen Vergangenheit und jetzigen Besitzer ermittelt, brach an einem Septembermorgen auf, um sich das Objekt anzusehen und fragte sich einen Vormittag lang durch die dünn besiedelte Heidelandschaft.

Schon von weitem sah sie schließlich das zerfallene Gemäuer, das ehemalige Haupthaus war fast bis auf die Grundmauern zusammengefallen, nur ein Turm stand noch wacker, wenn auch beschädigt.

Die ehemalige Zugbrücke war verrostet und teilweise abgebrochen, sodass Marci annahm, hier würde wahrscheinlich niemand mehr leben können und ihre

Informationen über den Besitzer wären falsch.

Am Fuß des Castle standen einige ehemalige Ställe und kleinere Katen und als sie sich mit schnellem Schritt näherte, sah sie plötzlich in den Lauf eines Gewehres.

Marci MacKenzie stoppte ihren Schritt und sah den Mann mit dem Gewehr in der Hand möglichst unerschrocken ins Gesicht.

Dieser, scheinbar verwirrt, so unvermittelt einer Frau gegenüber zu stehen, senkte langsam den Gewehrlauf.

Er selbst war groß und hager, mit einem dichten, blonden Bart und wüsten hellen Locken. Seine Augen blitzten in einem hellen Blau den vermeidlichen Eindringling an.

„Was suchst du hier Mädel?", fragte er englisch mit starkem schottischem Akzent und Marci zuckte ihre schmalen Schultern.

„Ich wandere und schaue mir interessante Häuser und Castle an."

Sie hörte ein verächtliches Schnauben.

„Touristin", murmelte er herablassend und wandte sich um. Das hatte ihm gerade noch gefehlt.

So ein amerikanisches Hippiemädchen auf der Suche nach der unberührten Natur. Davon kamen bei Gott schon genug. Schlimmer als Heuschrecken und alle Plagen der Bibel.

„Ist das die Gastfreundschaft eines MacKenzie?", fragte Marci auf Gälisch und sie sah, wie der Mann im Lauf stoppte und sich langsam umwandte.

Seine Augen verengten sich.

„Was hast du gesagt?", fragte er zweifelnd.

„Du hast mich schon verstanden, Ather MacKenzie."

Marci genoss das Erstaunen ihres Gegenübers, dessen ungeteilte Aufmerksamkeit sie nun hatte.

Er trat wieder einen Schritt näher und musterte sie jetzt genauer, von den schweren Wanderschuhen über den dezent dunklen Wollrock über die am Kragen hochgeschlagene Wetterjacke.

Der Wind zerrte an ihrem kurzen, lockigen, rötlichen Haar und ihre Nasenspitze sah schon reichlich verfroren aus.

Er deute mit dem Gewehr auf eine der kleineren Katen.

„Komm rein und wärme dich auf, aber fall` nicht."

Er deutete auf die losen Bretter der Zugbrücke und Marci kletterte leichtfüßig hinter ihm her.

Die Kate war einfach, aber praktisch eingerichtet und vor allen Dingen brannte im Kamin ein prasselndes Feuer.

Ather MacKenzie deutete Marci sich an den sauber gescheuerten Tisch zu setzen und stellte ihr ein Glas mit feinstem Single-Malt-Whisky in Reichweite.

Dann ging er zu dem offenen Feuer, rührte etwas in dem großen, kupferglänzenden Kessel um und stellte einen Teller mit Porright für sich und einen für Marci bereit.

Diese sah sich um und stellte fest, dass die Moderne in diese Kate noch keinen Einzug gehalten hatte.

Hier schien es weder Strom noch Gas zu geben, also

auch keine elektrischen Geräte. Aber es war warm und es gab etwas zu essen.

Durchgefroren, wie Marci bereits war, atmete sie auf, sprach ein kurzes Tischgebet und begann zu essen.

Schweigend sah Ather MacKenzie ihr zu und seine Augen wurden groß und rund, als sie mit einem Zug den Whisky leerte.

„Du bist Schottin?", fragte er und Marci lächelte etwas.

„Nicht von Geburt, aber von Abstammung. Mein Name ist Marci MacKenzie, Tochter von Robert MacKenzie aus New Hampshire."

In der nächsten Stunde wurden nur Familiengeschichten ausgetauscht wie es alle Schotten tun und bald wurde eine entfernte, aber immerhin bestehende, Verwandtschaft entdeckt.

Schließlich war Ather MacKenzie nicht mehr abgeneigt, seiner jungen Verwandten das Castle zu zeigen und es war schon später Nachmittag, als Marci das Castle verließ, unter dem Arm einen alten Gebäudegrundriss und den Kopf voller Ideen.

Genau einen Monat später tauchte vor dem Castle ein ehemaliger Army-Jeep auf und Marci MacKenzie sprang aus dem Führerhaus.

Sie winkte dem eilig auftauchenden Ather zu und gemeinsam brachten sie ein, fein säuberlich mit weißem Tuch, verhülltes Brett in seine Kate.

Dort auf dem Tisch nahm Marci das Tuch ab und vor ihnen stand ein Modell des künftigen Black Lake Castle.

Mit gerunzelter Stirn umschritt Ather MacKenzie das Werk.

Hier war das Haupthaus wiederaufgebaut, sehr detailgetreu und als Marci das Dach abnahm, konnte er in den Grundriss von zwei Etagen blicken, die eine breite Wendeltreppe verband und in einem großen Saal endete.

Im Original waren noch Reste dieses Saales vorhanden, sogar der Jahrhunderte alte Kamin war noch erkennbar. Hier im Modell war alles restauriert und funktionstüchtig.

Marci sah Ather neugierig an.

Schließlich stellte dieser seine Wanderung um das Modell ein und ließ sich auf einen Stuhl fallen.

„Und wer soll das finanzieren?"

Er hörte Marcis Plan erstaunt zu und schüttelte dabei nur mit dem Kopf.

Das Modell blieb in der Kate und zwei Wochen später kam Marcie in Begleitung von zwei rothaarigen Hünen zurück. Es waren ihre Brüder James und John MacKenzie.

Eine weitere Woche später saßen sie, samt Anwälten, in Inverness bei einem alteingesessenen Notar und Ather MacKenzie verkaufte das gesamte Grundstück, einschließlich Castle an Marci MacKenzie. Er selbst hatte das Wohnrecht auf Lebenszeit, einschließlich einer lebenslangen Rente.

So entstand im nächsten anderthalb Jahr dank Marcis Plänen und dem Vermögen ihrer Familie ihr Modell im Original.

Immer, wenn Ather MacKenzie über die Baustelle schritt, schüttelte er erstaunt, selten missbilligend den Kopf. Er schämte sich nicht dafür, ab und an eine Träne der Rührung aus dem Augenwinkel zu wischen.

Geschäftstüchtig, wie ihre gesamte Familie, war auch Marci bestrebt, das Castle nicht nur zum Familiensitz zu nutzen, sondern lud reiche Bekannte aus Amerika ein.

Das war die beste Werbung. Schnell kamen Anfragen, sogar aus den Filmstudios Hollywoods und meist war der eine Flügel des Haupthauses, der dafür vorgesehen war, gegen gutes Geld vermietet.

Black Lake Castle wurde wirklich zu neuen Familiensitz des MacKenzie Clans und das gut vierhundert Jahre alte Eichenbett, das John MacKenzie 1815 aus Schottland mit in die neue Welt gebracht hatte und das sich seitdem von Generation zu Generation weitervererbte und in dem jeder erstgeborene MacKenzie zur Welt kam, wurde im Schlafzimmer des neu renovierten Castle aufgestellt.

Marcis Nichte Jane, die einzige Tochter ihres ältesten Bruders, verbrachte immer ihre Ferien aus dem Schweizer Internat hier.

Für sie wurden zwei Turmzimmer ausgebaut, weil sie es sich so sehr wünschte.

Der Blick war hier einmalig und in diesem ältesten Teil des Castle fühlte sich Jane, die früh für jede Art von Historie schwärmte, am wohlsten.

Auch jetzt stand Jane am Fenster ihrer Turmzimmer

und schaute hinunter auf den großen Hof.

Ather MacKenzie trat aus den Ställen und diskutierte mit einem der Pferdehelfer. Jane wusste, dass er etwas nervös war und nicht nur er, auch Marci und sie selbst.

Sunlight, Janes Stute, würde bald fohlen und da es das erste Mal war, war die Aufregung verständlich, zumal die Stute ein Zuchttier war.

Jane riss das Fenster auf, die kalte Winterluft kam ihr entgegen, aber dessen ungeachtet steckte sie den Kopf hinaus.

„Alles in Ordnung, Onkel Ather?", schrie sie und dieser wandte erstaunt den Kopf.

Suchend blickte er umher, bis sein Blick nach oben glitt. Er lächelte etwas und nickte.

„Mach dir keine Sorgen", rief er zurück.

Erleichterte schloss Jane das Fenster und hörte ein Fauchen hinter sich. Hieronymus hielt scheinbar wenig von dieser Art der Kommunikation über eine beträchtliche Entfernung.

Jane ließ sich in einen der dunkelgrün bezogenen Sessel fallen und starrte in die Kaminflammen.

Sie rückte etwas hin und her, denn noch immer taten ihr die Prellungen weh, trotz der guten Behandlung ihrer Tante.

Marci mochte Recht haben, sie hatte den Mörder durch das Interview geradezu herausgefordert, aber bisher ohne Erfolg.

Professor Downsand hatte versucht, gute Luft zu machen, wie sie es nannte.

Mit Sicherheit war dieser unsägliche Detective Inspektor Brown mehr als verärgert über den Artikel gewesen, aber ihr war das so ziemlich gleichgültig. Im Gegenteil, hoffentlich hatte er jede Menge Ärger mit seinen Vorgesetzen bekommen.

Aber der Professor konnte zum Fall selbst nichts Neues berichten. Zwar war die Bevölkerung etwas beruhigt, da zumindest ein Nachahmungstäter dingfest gemacht worden war, aber diese Ruhe war trügerisch.

Es stand immer zu befürchtet, dass sich der Hyde Park Mörder ein neues Opfer suchen würde.

Jane war nicht gewillt aufzugeben, ganz gleich ob es diesem Brown gefallen würde oder nicht.

Aber derzeit hatte sie keine Gelegenheit, neue Nachforschungen zu betreiben.

Weihnachten und der Jahreswechsel standen vor der Tür und das bedeutete, dass nahezu die gesamte Familie auf Blake Lake Castle zusammenkommen würde. Also eine denkbar ungünstige Zeit für Recherchen jeder Art.

Seufzend legte sie die Beine auf einen kleinen Schemel und Hieronymus nutzte sofort die Gelegenheit, ihren Schoß zu erklimmen und streckte sich genüsslich aus.

Kapitel 16

Die Feiertage gingen vorüber und Anfang Januar gab es einen Schneeeinbruch, den Schottland lange nicht gesehen hatte. Die Highlands waren geradezu abgeschnitten und nicht einmal ein Tierarzt konnte kommen, als Janes Stute fohlte.

Die ganze Nacht hatten Jane, Marci und Ather im Stall verbracht, der warm war und nur ab und zu von einem kleinen Lufthauch erfüllt wurde, wenn einer der Pferdehelfer kam oder ging.

Die Stute war nervös, aber Janes Anwesenheit schien sie zu beruhigen und als schließlich die Presswehen einsetzten, war nicht nur die Stute, sondern auch Jane nassgeschwitzt.

In der Morgendämmerung kam ein wunderschönes, helles Hengstfohlen zur Welt und alle Anwesenden brachen in leisen Jubel aus.

Die Tage waren kurz und die Abende lang und alle Bewohner und Gäste auf Blake Lake Castle fanden sich nach Einbruch der Dunkelheit am großen Kamin in der Halle ein. Begeistert lauschten sie den Erzählungen von Ather MacKenzie, der einen schier unendlichen Vorrat an Sagen, Legenden und tatsächlichen Begebenheiten zu haben schien.

Während er vom kleinen Volk, von Elfen und Feen, von Wikingern und Clansmännern erzählte, fragte sich Jane immer wieder, wie viel Wahrheitsgehalt wohl jeder Einzelne dieser Geschichten haben möge und ob vielleicht in einer der hunderten Erzählungen der Schlüssel zu ihrem Rätsel um den Hyde Park Mörder lag.

Zwar hatte sie die Möglichkeit im Internet zu recherchieren oder in der recht umfangreichen Bibliothek des Castles, aber sie musste in die Archive nach Inverness, um Dokumente aus der Zeit um Culloden oder den Highland Clearances zu sichten.

Und dorthin war zurzeit einfach kein Durchkommen.

Dafür war es ihr gelungen eine andere und wie es sich herausstellte, nutzbringende Quelle aufzutun.

Eine Agentur in New York, die sich auf historische Familienforschung spezialisiert hatte und sehr gute Kontakte zu den mormonischen Archiven hatte und die gelegentlich für Jane tätig war, hatte endlich ihre Anfrage beantworten können.

Jane war der Meinung, wenn ihre Theorie stimmte, dann müssten alle vom Hyde Park Mörder enthaupteten Männer englischen Vorfahren besitzen.

Eine simple Sache für jemand, der seinen Stammbaum kannte, kompliziert, wenn niemand in der Familie weiter zurückblicken konnte bis auf die eigenen Eltern und vielleicht noch die Großeltern.

Also hatte sie, bereits als sie auf Ballingham Manor war, mit den Familien der Toten dahingehend Verbindung aufgenommen.

So begann schon bei Asthley Hallington, dem Brauereibesitzer aus Birmingham, das Problem.

Er war ein Waisenkind und adoptiert worden.

Über seine Vorfahren konnte seine Frau nichts sagen, zumal er nicht einmal seine leiblichen Eltern gekannt hatte und seine Adoptiveltern selbst seit Jahren verstorben waren.

Paul Klausner, der deutsche Student, hatte nach Aussage seiner Eltern französische und österreichische Vorfahren. Eine Urgroßmutter sei Russin gewesen, aber englische Vorfahren seien keine bekannt.

Lediglich von Antony wusste Jane aus erster Hand, dass er englischer Abstammung sei. Als typische Ostküstenbewohner glaubte seine Familie ihren Stammbaum bis auf die ersten Pilger der „Mayflower" zurück verfolgen zu können.

Das hatte er ihr öfters scherzhaft versichert.

Mit dieser mageren Ausbeute hatte Jane sich hilfesuchend an die Agentur „Roots" gewandt und als sie Mitte Februar einen sehr umfangreichen Brief erhielt, war sie hocherfreut.

Akribig aufgelistet fand sie drei Stammbäume vor und mit geübtem Auge fand sie sofort wonach sie suchte.

Erst Ende Februar begann ein heftiges Tauwetter, das viele Straßen und Wege unpassierbar machte, aber Ather MacKenzies Rancerover schaffte den Weg nach Inverness.

Jane sah schon von weitem das sagenumwobene Castle, wo einst König Duncan von Macbeth ermordet worden sein sollte und ihr Herz schlug höher.

Sie liebte diese Stadt und ihre Bewohner, von denen sie viele seit Jahren, ja oft seit ihrer Kindheit, kannte.

Ihr Weg führte sie am Castle vorbei in die Crown Street.

Dort betrieb Mary MacDonald eine kleine, aber erlesene Pension.

Jane brachte hier gerne historieninteressierte Amerikaner unter, denn Missis MacDonald konnte ihre Ahnenreihe direkt auf Flora MacDonald zurückführen und so hatte sie neben ihrer Pension ein kleines Museum historischer Gegenstände. Interessierte konnten hier zum Beispiel die Locke, die Bonny Prince Charlie Flora bei seiner Flucht gegeben haben sollte, ihre Bibel und andere erstaunliche Gegenstände bestaunen.

Was Jane aber am meisten interessierte, war eine ziemlich gut sortierte und umfangreiche Dokumentensammlung.

Als sie an dem viktorianischen Stadthaus läutete, öffnete Mary MacDonald selbst die Tür.

Sie war eine große, kräftige Mittfünfzigerin, mit hellem Haar und heller Haut und machte einen vitalen, zupackenden Eindruck.

Ein Lächeln fuhr über ihr, von breiten Wikingerknochen geprägtes, Gesicht und sie streckte beide Hände ihrem Ankömmling entgegen.

„Jane, das ist ja eine Freude dich zu sehen. Puh, und was für Wetter du mitbringst."

Sie nahm dieser die Tasche aus der Hand und stieg die Treppen vor ihr hinauf zur Haustür.

Ein Schwall warmer Luft schlug ihnen entgegen und Jane zog, angenehm fröstelnd, die Schultern nach oben.

„Komm, meine Liebe, einen schöne Tasse Tee und dann sieht die Welt ganz anders aus."

Sie drängte Jane in den Salon, wo bereits ein kleiner Tisch in der Nähe eines hell lodernden, alten Kamins gedeckt war.

Eine junge Frau erhob sich etwas schwerfällig.

Die Ähnlichkeit mit Mary MacDonald war unverkennbar, obwohl die Züge der jungen Frau gröber waren.

Sie war insgesamt fast noch einen halben Kopf größer als ihre, bei weitem nicht kleine Mutter und ausgesprochen kräftig.

Ohne eine Miene zu verziehen, trat sie auf Jane zu und ergriff die ihr dargebotene Hand.

Janes Hand verschwand komplett in der der jungen Frau.

„Hallo, Muriel", sagte Jane erstaunt, denn sie hatte die junge Frau seit mindestens fünf Jahren nicht gesehen.

„Hallo", sagte diese tonlos, ließ sich zurück in den Sessel fallen, der bedenklich schwankte und ächzte und ergriff erneut ein Sandwich.

Eine ganze Anzahl von Krümel auf dem Teller ließ darauf schließen, dass Muriel MacDonald ihren gesegneten Appetit in den letzten Jahren nicht verloren hatte.

Mary MacDonald ließ ein tadelndes Schnauben hören, dann deutete sie auf die freien Sessel.

„Setz dich, Jane und greif zu."

Muriel nahm das nächste Sandwich, sah zu der großen Standuhr und erhob sich.

Sie nickte Jane nur zu und verließ wortlos den Raum.

Mary MacDonald schenkte Jane Tee ein und schüttelte schließlich etwas den Kopf.

„Manchmal glaube ich, weder Muriel noch Alan haben irgendetwas von mir. Sie sind beide wie Robert, Gott sei seiner Seele gnädig. Ja kein Wort mehr als unbedingt nötig."

Jane lächelte und nahm die ihr angebotene Teetasse entgegen. Draußen war die Haustüre zu hören, Muriel war scheinbar gegangen, ohne noch etwas zu sagen.

Sie und ihr Zwillingsbruder Alan waren von je her sehr ruhig und in sich gekehrt gewesen, aber dies schien sich mit zunehmendem Alter zu verstärken. Ganz anders als ihre stets gutgelaunte, redselige Mutter, machten beide einen chronisch missmutigen Eindruck.

Manche Leute hielten beide für etwas geistig zurückgeblieben, was sie keinesfalls waren.

Muriel hatte Geschichte studiert und war wissenschaftliche Mitarbeiterin in der Highlands Association in Inverness. Zweifellos kam diese Arbeit, die fast ausschließlich auf Archivarbeit beruhte, ihrem Naturell sehr entgegen.

Ihr Bruder Alan hatte eine Weile in Amerika gelebt und hatte neben Betriebswirtschaft auch ein historisches Studium absolviert, aber er arbeitete jetzt in einer Whiskybrennerei als Betriebswirt und betrieb die Historie allenfalls als Hobby.

Jane trank mit sichtlichem Genuss den Tee und nahm das Sandwich, das Muriel übriggelassen hatte.

„Nun, Jane, jetzt sag mir, was dich zu mir treibt?"

Missis MacDonald, neugierig wie alle Hochlandschotten, setzte sich ihr gegenüber und sah sie interessiert an. Jane stellte ihre Teetasse ab und begann zu erzählen.

Missis MacDonald unterbrach sie nicht, ließ lediglich ab und zu ein „Ach je" oder „Nein" hören, um sich schließlich mit einem Seufzer zurück in den Sessel fallen zu lassen.

Jane hatte ihr die Wahrheit erzählt, warum auch nicht.

Die meisten Fakten kannte sie ja ohnehin aus den Medien, was Jane ergänzte, war einmal ihre Rolle bei dieser ganzen Geschichte und zum zweiten ihre persönliche Meinung zum Hyde Park Mörder und seinem Motiv.

„Du glaubst das allen Ernstes? Er soll einer von uns sein?"

Es klang fast vorwurfsvoll.

Jane wiegte den Kopf hin und her.

„Er muss ein Motiv haben, das in unserer Geschichte liegt und es muss im Zusammenhang mit ihm stehen", relativierte sie Missis MacDonalds erschrockenen Ausruf.

Jane kam jetzt auf den Kern ihres Besuches.

„Missis MacDonald, kann ich ein paar Tage hier wohnen? Jeden Abend nach Blake Lake Castle zurück, bei diesem Wetter. Und dann wollte ich gerne auch in ihren Unterlagen recherchieren, wenn es gehen würde."

Die Hausherrin erhob sich.

„Natürlich kannst du bleiben, das war immer so und wird immer so bleiben, Mädel. Ich habe bei diesem Wetter sowieso keine Gäste. Wer kommt in dieser Jahreszeit denn freiwillig in die Highlands? Und natürlich kannst du das Archiv nutzen, so viel und solange du willst. Muriel kann dir auch helfen und bestimmt auch Alan."

Jane hatte sich ebenfalls erhoben.

„Wo steckt er denn?"

„Er ist hier. Naja, eigentlich, aber heute ist er, glaube ich, mit Arge MacGregors Neffen unterwegs, Agus, du kennst ihn doch noch, oder?"

Jane lächelte bei der Erinnerung.

„Der große, spinnenbeinige Agus mit den vielen Pickeln, der mich immer an den Zöpfen zog und Feuermelder nannte? Oh ja. Aber er hatte wundervolle, tiefbraune Augen mit den längsten Wimpern, die ich je bei einem Jungen gesehen habe."

Mary MacDonald nickte.

„Nur das er nicht mehr spinnenbeinig ist, die Pickel sind weg und er ist auch so recht nett."

Sie schulterte Janes Tasche und ging voran.

Über eine schmale Holztreppe gelangten sie nach oben, wo vier geräumige, sehr traditionell eingerichtete Zimmer lagen.

„Welches möchtest du? Noch hast du die freie Wahl."

Spontan hob Jane einen Finger und deutet nach

rechts.

„Wenn es geht, das Zimmer wo ich früher immer geschlafen habe. Mit Blick auf das Castle."

Mary MacDonald nickte und stieß die Tür auf.

Trotzdem der Kamin nicht brannte, war es angenehm warm, dank einer hübsch verkleideten, funktionstüchtigen Heizung.

Sonst war der Raum in den leuchten roten Farben des MacDonald Tartan gehalten. Nichts hatte sich in all den Jahren verändert und das war etwas, was Jane so am Hochland liebte, die Beständigkeit der Dinge.

Mary MacDonald wäre nie auf die Idee gekommen, wegen eines kurzlebigen Modetrends ihre Einrichtung zu verändern.

Die Hausherrin stellte die Tasche ab und sah sich noch einmal prüfend um.

„Wenn du noch etwas brauchst, fühl dich wie zu Hause."

Sie nickte Jane zu und schloss leise die Tür.

Jane wusste, dass dies keine leeren Worte waren.

Immerhin war sie schon als Kind sehr oft hier gewesen, um mit den MacDonalds Kindern zu spielen.

Sie packte ihre Tasche aus und trat ans Fenster.

Das rosafarbene Castle leuchtete in der kurz aufblitzenden Sonne, bevor sich wieder ein dichter Vorhang aus Nebel vor das Panorama schob.

Jane hastete die Highstreet hinan, um ihre heutigen Recherchen in den Archiven zu beginnen.

Wohlig gesättigt von einem herrlichen Porright und frischen Haferplätzchen aus Missis MacDonalds eigener Küche, atmete Jane tief durch.

Die Luft war feucht und der Schnee der vergangenen Monate hatte sich zu einem grauen, matschigen Etwas zusammengeklumpt.

Das störte Jane weniger, sie trug festes, ledernes Schuhwerk und hatte sich in ein dichtes Plaid gehüllt, das allen Wetterunbillten standhielt.

Als sie an dem Ladengeschäft von Arge MacGregor vorrüberkam, verlangsamte sie unwillkürlich den Schritt.

Die Familie von Arge MacGregor war, wie er selbst behauptete, „seit Anbeginn der Zeit" in Inverness ansässig. Auch wenn das reichlich übertrieben war, so konnte doch die Familie auf viele Generationen zurückblicken, die sie in der Kiltherstellung tätig war.

Vor einigen Jahrzehnten, als Arge MacGregor das Geschäft von seinem Vater übernahm, begann gerade das Highlandfieber.

Touristen strömten überall in die Highlands, auch nach Inverness und suchten nach mehr oder weniger anspruchsvollen Andenken.

Alle umliegenden Geschäfte versorgten sich rasch mit kleinen und großen Nessiefiguren, Bonnie Prince Charles Anhängern und vor allen Dingen allem, was sich irgendwie mit einem Tartan besticken, bekleben oder verzieren ließ.

Arge MacGregor wandte sich voller Grauen von diesem Trend ab und sagte kurz und knapp, er mache dieses Touristentheater nicht mit.

Nach einem halben Jahr stand er vor dem Konkurs.

Es war Marcie MacKenzie, die die Geschichte wiederum von Mary MacDonald hörte und spontan handelte.

Die MacKenzies bestellten fortan ihre Kilts und Plaids nur noch bei Arge MacGregor und viele Familien des Hochlands folgten ihnen.

Der Konkurs wurde nicht nur abgewandt, im Gegenteil, in den folgenden Jahren wurde Arge MacGregor „en Voyage" und es war Jane MacKenzie, die Amerikaner auf ihrer Suche nach ihren schottischen Wurzeln mit ihm bekannt machte und die immer öfter und sehr zahlreich bei ihm fertigen ließen.

Während Jane so gedankenversunken in die, noch immer unveränderte, solide Warenauslage des Schaufensters sah, fühlte sie plötzlich eine Hand auf ihrem Arm und sie schaute in zwei wunderschöne, braune Augen mit herrlichen sanft geschwungenen Wimpern.

„Jane, Jane MacKenzie?", fragte die dunkle Stimme und als Jane etwas zögerlich nickte, wurde sie fest umfasst und an eine breite Brust gedrückt.

„Ist das eine Überraschung."

Auch Jane empfand das so, zumal sie nur die Augen und Wimpern von Agus Mac Gregor wiedererkannte, der Rest…nun ja.

Dürr und spinnenbeinig konnte man ihn wohl kaum bezeichnen. Er war mindestens einsfünfundachtzig groß und hatte die Figur eines Baseballspielers.

Das ehemals picklige Gesicht war glatt und leicht gebräunt und nahm jetzt eine plötzliche Röte an, als ihm bewusst war, dass er Jane noch immer in seinen Armen hielt.

Mit einem verlegenen Lächeln ließ er sie los und trat einen Schritt zurück.

„Ich freue mich so dich zu sehen", sagte er und schob seine Hände zurück in die Taschen seiner fellgefütterten Jacke.

„Was machst du hier?"

„Das ist eine längere Geschichte", sagte Jane, aber dann lächelte auch sie ihn an.

Sie konnte noch immer nicht glauben, dass das Agus MacGregor war. Nicht nur, dass er sich so sehr verändert hatte.

Es war doch seltsam, dass sie hier plötzlich wieder auf alle ihre Freunde aus Kinder- und Jugendtagen traf. Muriel, Agus und sicher irgendwann auch noch auf Alan MacDonald, Muriels Bruder.

Aber was war schon seltsam hier im Hochland?

„Wenn du Lust und Zeit hast, kann ich sie dir erzählen", sagte sie schließlich und deutete auf die kleine Teestube, gegenüber dem Geschäft seines Onkels.

Begeistert nahm Agus das Angebot an und in paar Minuten später saßen sie bei einer Kanne guten Olong Tees und sahen durch das große Fenster, wie dichtes Schneetreiben einsetzte und Jane leicht seufzte.

„Dieses Wetter scheint wohl nie mehr aufzuhören", murmelte sie und wandte sich dann Agus zu.

„Sag einmal, was machst du eigentlich?"

Ihr wurde bewusst, wie wenig sie sich in den letzten Jahren um ihre Freunde gekümmert hatte, obwohl das nicht allein ihre Schuld war.

Sie hatten sich nur in den langen Sommerferien gesehen, aber spätestens, als sie alle zum Studium gingen, war damit Schluss.

Zwar kam Jane sehr regelmäßig in die Highlands, zu Weihnachten zum Beispiel, aber ihre große Familie nahm sie dann ganz in Anspruch und die kurze Zeit ihres Aufenthaltes war immer schnell vorbei.

Natürlich erzählte ihr ihre Tante Marci von den MacDonalds Kindern oder auch von den MacGregors, aber scheinbar hatte sie vieles davon vergessen.

Als sie Agus auffordernd ansah, zuckte dieser leicht die Schultern, als sei es ihm peinlich, über sich zu sprechen.

„Naja, ich bin Anwalt und habe eine ganz gut gehende Sozietät in Los Angeles. Aber wann immer ich kann, komme ich heim. Onkel Arge ist mein einzig noch lebender Verwandter und ich habe schließlich meine ganze Kindheit und die Hälfte meiner Jugend hier verbracht, bis er mich in die Staaten schickte."

Jane schüttelte erstaunt den Kopf.

„Ich wusste gar nicht, dass du dich in den Staaten niedergelassen hast. Seltsam, dass wir so gar nichts voneinander hörten."

Er griff über den Tisch, nahm die Kanne und schenkte Jane nach.

„Immerhin wohne ich an der Westküste und du an der Ostküste. Da läuft man sich nun mal nicht einfach so über den Weg", sagte er dann.

Sie plauderten noch eine Weile über ein paar alte Bekannte, bis Agus sich aufrecht hinsetzte und Jane erwartungsvoll ansah.

„Du wolltest mir etwas erzählen?", fragte er fast bittend und Jane nickte.

Dann begann sie mit ihrer Geschichte.

Den Morden, Anthonys Tod, ihre Spur nach York, Jo der Trittbrettfahrer und schließlich Lord Livingstons Bemerkung über Culloden.

Als sie geendet hatte, rührte Agus nachdenklich in seiner Teetasse herum.

„Und?", fragte Jane etwas ungeduldig. „Findest du das auch verrückt?"

Er hob den Kopf, starrte eine Weile hinaus in das nicht nachlassen wollende Schneetreiben und schüttelte schließlich den Kopf.

„Nein, ich finde das keineswegs verrückt. Keiner von uns weiß, was vor über 200 Jahren hier alles passiert ist. Nur ist es schon seltsam, dass nach so langer Zeit irgendjemand Rache nehmen will für etwas."

Er machte eine vage Bewegung nach draußen.

Jane, die froh war, dass Agus ihr ihre Theorie zu glauben schien, spielte mit ihrer rechten Hand an ihrem dicken Zopf.

„Da alle drei Toten eindeutig englische Vorfahren hatten und diese sich auch auf die Zeit um 1750 als Soldaten in englischem Sold befanden, habe ich das Gefühl, ich nähere mich der Sache immer mehr."

Agus beugte sich etwas nach vorn und sah sie an.

„Wie willst du weiter vorgehen? Du solltest..."

In diesem Moment brach er abrupt ab, sprang auf und rannte hinaus.

Sprachlos blickte Jane ihm nach und wechselte einen Blick mit der etwas fülligen Kellnerin, die ebenso erstaunt dem Hinausrennenden nachschaute.

Es vergingen keine zwei Minuten, als sich die Tür wieder öffnete und Agus eine schneebedeckte, große, schwerfällige Gestalt hinter sich hereinzog.

Mit einem breiten Grinsen zeigte er auf den kaum erkennbaren Mann.

„Na, was sagst du?"

Jane kniff die Augen zusammen, um unter der dicken Kapuze, die den Kopf umhüllte, etwas erkennen zu können. Agus streifte dem Mann die Kapuze mit einer Geste in den Nacken und gab ihm einen Klaps auf die Schulter.

Inzwischen hatte auch Jane ihn erkannt und stand auf.

„Alan, nein, ist das eine Überraschung."

Sie sah zu dem, gut einenmeterneunzig großen Hünen auf, der in seiner Gestalt sehr seiner Mutter ähnelte, sie nur um einiges an Größe überragte.

Ein geradezu scheues Lächeln erschien auf dem runden Gesicht, das sich in der plötzlichen Wärme zu röten begann.

„Hallo, Jane", sagte er leise und ergriff ihre Hand, die er sehr zart drückte.

Dann stand er hilflos da, schaute von Jane zu Agus und schien nicht zu wissen, was er tun sollte.

„Zieh dich aus und setzt dich zu uns", sagte Agus etwas ungeduldig und bestellte bei der Kellnerin eine zusätzliche Teetasse und eine neue Kanne Olong.

„Und, wie geht es dir?", fragte Jane und hielt dabei Agus die Tasse hin, um sich nachschenken zulassen.

Alan zuckte leicht die massigen Schultern.

„Naja, ganz gut"

Missis MacDonald hatte Recht mit ihren beiden Kindern. Ja kein Wort zu viel.

Alan hatte kurzes, krauses Haar, das sehr hell war, mit einem leichten Stich ins rötliche. Seine Augenbraun waren buschig und kerzengerade, die Augen von einem irritierenden hellen Blau.

Sie sah man nur selten, denn Alan MacDonald sah nur wenige Menschen direkt an.

Jane streckte spontan ihre Arme aus und ergriff die Hände der beiden jungen Männer.

„Ich freue mich ja so. Es ist fast wie in alten Zeiten, als wir die Straßen von Inverness unsicher gemacht haben."

„Fehlt nur noch Muriel", sagte Alan leise.

Jane nickte und lehnte sich wieder zurück.

„Ja, zu ihre wollte ich gerade, als mich Agus überfiel und hierherschleppte."

Dieser hob abwehrend die Hände.

„Moment Mal, Lady, das war deine Idee. Mich hast du zu der bereits zweiten Kanne Olong verführt."

Alan sah zwischen den beiden hin und her, dann grinste er etwas.

Scheinbar fiel es ihm, wie früher, immer noch schwer, bei den verbalen Duellen von Jane und Agus Ernst und Spaß zu unterscheiden.

„Was willst du denn bei Muriel?", fragte er.

Jane und Agus wechselten einen kurzen Blick, dann erzählte Jane die ganze Geschichte noch einmal.

Alans rundes Gesicht drückte nichts anderes als maßloses Erstaunen aus.

Als Jane geendet hatte, schwieg er, aber das war nichts Ungewöhnliches bei ihm. Als er auch nach ein paar Minuten nichts weiter geäußert hatte als „Hmm", erhob sich Jane.

„Also, Jungs, ich mache mich jetzt auf nach Abertarff House."

Sie ergriff ihre Tasche und wandte sich zum Gehen, als Agus sich ebenfalls erhob.

„Wenn du nichts dagegen hast, könnten wir uns doch täglich hier zu einer Kanne Tee treffen? Du erzählst uns, wie weit deine Forschungen gediehen sind und vielleicht gelingt es uns, inzwischen auch etwas heraus zu finden."

Er sah Alan an, der schließlich bedächtig nickte.

Jane zögerte eine Weile, dann nickte sie.

„Also gut, morgen wieder um zehn Uhr hier."

Mit einem letzten kurzen Winken und einem Nicken in Richtung der Kellnerin eilte sie hinaus.

Kapitel 17

Jane bog in die Churchstreet ein und war in ein paar Minuten an dem Haus, das Sitz der Highlands Association war.

Das Abertarff House, als älteste Gebäude der Stadt, war 1592 von Clan der Lovat erbaut worden und galt wegen der bemerkenswerten Außentreppe als Touristeninsidertipp.

Jane hatte heute für derartige Betrachtungen wenig Zeit, sondern eilte ebendiese Treppe hinauf, ohne sie sonderlich zu beachten und betrat das Gebäude.

Sie fand Muriel MacDonald bei ihrer Archivarbeit und setzte ihr in weniger Worten auseinander, was sie suchte und warum.

Agus MacGregor hatte interessiert gewirkt, Alan zurückhaltend erstaunt und Muriel zeigte gar keine Reaktion. Sie deutet nur auf ein paar Regale und den Computer.

„Du kennst dich ja aus", sagte sie und ergänzte nach einer Weile. „Wenn du Hilfe brauchst, sag es einfach."
Damit schob sie ihre Brille, ein reichlich unvorteilhaftes, schwarzes, eckiges Gestell, auf ihrer Nase zurecht und vertiefte sich wieder in ihre Arbeit.

Jane seufzte etwas, legte ihre Tasche ab, nahm ihren Laptop heraus und suchte sich zwischen all den Akten und Dokumenten ein freies Plätzchen zum Arbeiten.

Mit dem Spürsinn der Historikerin fand sie sehr schnell Dokumente in den Regalen, die in die von ihr gesuchten Zeit passten und in den nächsten Stunden war in dem kleinen, künstlich beleuchteten Raum nichts zu hören als das Rascheln alter Papiere und das Klacken der Tastauren.

Irgendwann wurde Jane aufgeschreckt, als ihr eine Hand ein Sandwich und einen Becher heißen Tee neben den Laptop stellt.

Als sie aufschaute, saß Muriel schon wieder an ihrem Arbeitsplatz und reagierte nicht auf Janes kurzes „Danke".

So arbeiteten sie, bis Jane einen kurzen Blick auf ihre Uhr warf und zusammenschreckte.

Sie sprang auf, streckte sich kurz, um ihre Glieder wieder in Gang zu bringen und lief nach vorn, wo Muriel MacDonald an einem Computer saß und schrieb.

Sie schienen allein zu sein, denn alle anderen Lichter waren gelöscht und es war seltsam still.

„Muriel, es ist fast acht."

Diese hob langsam den Kopf.

„Hm, ich weiß, aber ich wollte dich nicht stören. Manchen wir Schluss für heute?"

Jane nickte, ging zurück nach hinten, klappte ihren Laptop zu und streckte sich nochmals und intensiver.

Sie hatte viele Unterlagen gesichtet, Dokumente von unschätzbarem Wert und mit Schilderungen, die ihr auch nach über 200 Jahren das Blut in den Adern gefrieren ließ, aber eine brauchbare Spur zu den Hyde Park Morden hatte sich nicht aufgetan.

Aber was hatte sie erwartet, am ersten Tag?

Jane schalt sich selbst als unprofessionell ob ihrer Unruhe.

Muriel hatte ihren Arbeitsplatz aufgeräumt, sie zog gerade ihren langen Mantel an und stülpte sich eine dicke selbstgestrickte Mütze über die Haare, als auch Jane sich angezogen hatte und neben sie trat.

„Deine Mutter wird ärgerlich sein, dass wir so spät kommen", sagte sie, aber Muriel zuckte lakonisch mit den Schultern.

„Das ist sie gewöhnt. Komm jetzt."

Sie löschte das Licht, sah sich nochmals kontrollierend um und ging voran.

Als sie nach draußen kamen, schlug ihnen eine bissige Kälte entgegen. Muriel schlug ein scharfes Tempo an, aber Jane konnte ihr mühelos folgen.

„Hast du was gefunden?", erkundigte sich Muriel schließlich nach einer ganzen Weile, die sie schweigend nebeneinander hergegangen waren.

Weiße Wölkchen wehten von ihrem Mund zu Jane herüber, so kalt war es geworden.

Jane schüttelte etwas den Kopf.

„Nein, noch nicht."

„Hmm", meinte Muriel nur gedehnt und erinnerte Jane damit stark an Alan.

Muriel bog als Erste um die Ecke der Crown Street. Das Haus der MacDonalds befand sich nur ein paar Meter von der Kreuzung entfernt, aber dennoch in einer ruhigen Lage.

Der ehemaligen Erbauer hatte es ein wenig nach hinten gesetzt und so war ein großer Vorgarten von der

Straße aus dominierend.

Das geschwungene Eingangstor war mit einem Motoroller fast zugeparkt, rundum standen auch andere Motorräder und Roller.

„Die Freunde des Nachbarjungen", murmelte Muriel erklärend, nahm den Motorroller, der abgeschlossen war und hob ihn einige Meter nach links, auf eine noch freie Stelle.

„So", sagte sie und hielt Jane das Tor auf.

Noch immer beeindruckt von dem eben gesehenen, folgte ihr Jane.

Erst auf dem Treppenabsatz wurde es ihr bewusst, dass jeder bisher von einem kräftigen, hochgewachsenen Mann als Täter ausgegangen war.

Niemand hatte einen Gedanken an eine starke, hochgewachsene Frau verschwendet.

Der nächste Morgen war nicht minder grau. Ein eisiger Schneeregen trieb noch liegengebliebenes, angefaultes Herbstlaub vor sich her.

In der warmen Küche war es angenehm, aus dem Fenster zu schauen und dabei einen heißen, starken Tee zu trinken und Porright zu löffeln.

„Scheint dieses Jahr einen späten Frühling zu geben", meinte Mary MacDonald, die mit dem Rücken zu Jane stand und Schinken in einer riesigen, gusseisernen Pfanne briet.

Sie sagte es mit der Gleichmut einer Hochländerin, die die Wetterunbillten als etwas Selbstverständliches und Gottgegebenes hinnahm.

„Hm", murmelte Muriel, die, mit einem Long Shirt bekleidet, am Tisch saß und zügig zwei Eier mit Speck aß.

„Wo steckt denn Alan?", fragte Jane und angelte nach einem frisch gebackenen Haferplätzchen, die keiner so gut buk wie Mary MacDonalds.

Diese sah zu ihr herüber und schwenkte die Pfanne.

„Eier und Speck sind gleich soweit. Alan? Der ist schon vor einer Stunde weg. Er hat noch etwas zu erledigen, glaube ich jedenfalls."

Geschickt ließ sie die Eier auf einen Teller gleiten und setzte ihn vor Jane ab.

Dann schlug sie mit einem Blick auf Muriel weitere Eier in die Pfanne.

„Naja, wir sehen uns ja dann", sagte Jane und Mary MacDonald lachte leise.

„Aha, wie in alten Zeiten? Die vier Mac` s ziehen

wieder los?"

Jane hatte es fast vergessen, aber jetzt kam die Erinnerung sofort zurück.

So hatte man sie genannt, Muriel, Alan, Agus und sie, wenn sie in den großen Sommerferien Inverness und das Umland unsicher gemacht hatten.

Jane war in diesen Jahren in der Klosterschule des Schweizer Kantons Tessin.

Ihre Eltern hatten diese Entscheidung getroffen, um sie nahe bei ihrer Mutter sein zu lassen, die seit vielen Jahren in einem Schweizer Sanatorium lag, erkrankt an einer tödlich verlaufenden Lungenkrankheit.

Die kleine Jane litt darunter, eingesperrt zu sein, wie es nannte, obwohl sie die Notwendigkeit einsah und akzeptierte, je älter sie wurde.

Aber die Sommerferien, die verbrachte sie fast ausschließlich in Schottland, auf Blake Lake Castle.

Ihr Vater kam, so oft es ihm irgendwie möglich war, aus den Staaten herüber und sie gingen fischen oder wandern, ritten stundenlang durch die Täler.

Lange konnte er nie bleiben und wenn diese, für sie beide, kostbaren Tage vorüber waren, blieb Jane oft in Inverness bei Mary MacDonald.

Sie waren ein toller Haufen gewesen. Jane und Agus als Planer und Strategen der Streiche und Abenteuer, während Muriel und Alan die Ausführer waren, still, stark und präzise und absolut zuverlässig.

Wenn es dann Mary MacDonald und den Nachbarn zu viel wurde mit den „vier Mac`s", wichen sie nach Blake Lake Castle aus, wo sich Ather MacKenzie ihrer annahm.

Hier lernten sie Bogen schießen, Fährten lesen, Feuer machen im Freien.

Überhaupt brachte Ather MacKenzie ihnen alles bei, um draußen zu überleben, etwas, was einmal Jane und einem kleinen Mädchen das Leben retten sollte.

Im Gedanken an die Vergangenheit lächelte Jane.

„Naja, losziehen eher nicht. Wir halten aber Kriegsrat, wie früher."

Dann widmete sie sich schweigend und genießend ihren Eiern.

Eine Stunde später saßen die vier „Mac`s" in der kleinen Teestube, wie gestern, bei einer großen Kanne Olong.

Jane kam zu der späten Erkenntnis, dass die Schotten, neben vielen anderen Besonderheiten, wohl auch mit einer besonderen Blase ausgestattet sein mussten, um solche Unmengen an Tee trinken zu können, ohne dabei diesen ständig wieder ausscheiden zu müssen.

„Noch nicht viel Neues", gab sie, ungewöhnlich wortkarg, den ersten Bericht zu ihren gestrigen Recherchen ab.

„Lass dich nicht so leicht entmutigen."

Agus Stimme klang tadelnd, während er ein Muffin aß. Stirnrunzelnd sah Jane ihn an.

„Habe ich das jemals getan? Aber es ist fast unmöglich, in kurzer Zeit eine konkrete Spur zu finden. Ich könnte Monate dazu brauchen und der Mörder kann jeden Tag wieder zuschlagen."

Agus sah Muriel und Alan an, die nebeneinandersaßen und wie immer schwiegen.

Dann schüttelte er leicht den Kopf, nahm eine weiße Papierserviette und breitete sie auf dem Tisch aus.

Er malte drei Kreise mit dem Symbol für Männlich, dann zog er Linien, sodass die Spitzen aufeinander zuliefen. An diesen Schnittpunkt schrieb er.

„Vorfahren, Engländer, Soldaten."

Dann sah der die drei an.

„Das ist alles, was wir definitiv wissen. Spekulieren wir also."

Muriel hob den Kopf, starrte eine Weile ins Leere und sagte dann: „Culloden."

Es klang nicht wie eine Frage, sondern wie eine Feststellung. Als Jane etwas erwidern wollte, hob Agus die Hand.

„Nicht", sagte er nur und schrieb an den Schnittpunkt. *„Culloden"*

Jetzt schien auch Alan sich bemüßigt zu fühlen einen Beitrag zu geben. Mit einem Blick auf das Blatt murmelte er: „Es sind englische Soldaten gewesen, sie hätten hier in Cumberlands Truppe gekämpft haben können."

Noch ehe Agus den Vorschlag notieren konnte, schob Jane heftig ihren Stuhl zurück.

„Wenn das so wäre, muss es Musterungslisten und Heereslisten geben, also sind sie mit Sicherheit zu finden."

Ihre Stimme hatte einen aufgeregten Klang angenommen und ihre Wangen röteten sich vor Aufregung.

Agus lächelte und schrieb.

„Soldaten, Cumberlands Truppe", dahinter: *„prüfen"*

Dann legte er den Stift weg und schien selbst zu überlegen.

Schließlich nahm er fast bedächtig den Stift wieder auf und schrieb *„Auslöser?"*

Muriel las das Geschriebene und ließ ein verächtliches Schnauben hören.

„Auslöser gab es in dieser gottverfluchten Schlacht wohl genug", murmelte sie, dann sah sie Jane an und sagte. „T`schuldigung."

Sie erinnerte sich daran, wie ungehalten die streng katholisch erzogene Jane auf Flüche dieser Art reagierte. Aber dieses Mal schien sie es gar nicht wahrgenommen zu haben.

Mit gerunzelter Stirn starrte sie auf die Serviette, als könne plötzlich die Lösung vor ihr geschrieben auftauchen.

Agus ließ sich zurück auf seinen Stuhl sinken und verschränkte die Arme vor seiner breiten Brust.

„Nun, ich denke nicht, dass es etwas mit der unmittelbaren Schlacht zu tun hat. Es war ein fürchterliches Gemetzel, ja, aber es war eine Schlacht, ein Kampf Mann gegen Mann."

„Pha, Mann gegen Mann, dass ich nicht lache, diese verfluchten Engländer."

Muriel war aufgefahren und ihr fleischiges Gesicht nahm eine geradezu bedrohliche Rötung an.

Sie brach abrupt ab, als sich die große Hand ihres Bruders auf die ihre senkte.

„Lass ihn doch ausreden", sagte er leise, wie immer.

Muriel schnaubte nur, sagte aber nichts mehr.

Agus warf Alan einen dankbaren Blick zu und fuhr fort.

„Ich denke, des Rätsels Lösung liegt nach der Schlacht, mittel-oder unmittelbar. Denkt daran, Cumberlands Truppen zogen marodierend durch die Highlands und töteten tausende Unschuldige, die nicht an der Schlacht beteiligt waren."

Jane bewunderte ihn, wie ruhig und scheinbar distanziert er von einem Thema sprach, das alle Highlander bis zum heutigen Tage tief bewegte.

Aber sie erinnerte sich, dass er jetzt Anwalt war und damit in der Lage, gegen jede Art von Emotionen anzukämpfen so es notwendig war.

„Du denkst, es waren Soldaten, DIESE Soldaten?" Sie deutete auf die Serviette.

„Die nach der Schlacht ein so grauenvolles Verbrechen begangen haben, dass jemand es nach über zweihundertfünfzig Jahren rächen will?"

Agus nickte kurz, aber Muriel zog die Stirn noch krauser.

„Da müssten das halbe Hochland die Engländer massakrieren", murmelte sie und Jane wusste was sie meinte.

Es gab fast keine Familie in den Highlands, die nicht mindestens einen Ahnen durch Cumberlands Leute während oder nach der Schlacht verloren hatte.

Diese Tatsache war tief in das kollektive Gedächtnis der Hochlandschotten eingegraben und Jane konnte es Muriel nicht verübeln, so emotional zu reagieren.

„Aber wir kennen die Geschichte nicht", meinte Jane schließlich so pragmatisch wie möglich, um nicht noch mehr Emotionen hervorzurufen und nahm die Serviette vom Tisch.

Mit Spekulationen kamen sie nicht weiter.

Sie musste etwas unternehmen und den Mörder zwingen, sich zu seinen Motiven zu bekennen.

Sie reichte Muriel die Namensliste der Vorfahren

jener Männer, die der Hyde Park Mörder umgebracht hatte.

„Kannst du für mich herausfinden, ob unter diesen Soldaten jemand zu Cumberlands Truppen gehörte?"

Muriel betrachtete die Liste eingehend und nickte bedächtig.

„Das sollte nicht schwierig sein. Die meisten Musterungs- und Heereslisten aus dieser Zeit existieren noch und sind sogar digital erfasst. Notfalls kann ich eine ehemalige Studienkollegin in London anrufen."

Das war der längste, zusammenhängende Satz den Jane je von Muriel gehört hatte. Dankbar lächelte sie sie an und erhob sich.

„So, ich gehe jetzt an die Arbeit. Tut mir leid, meine Lieben, aber leider gibt es morgen keinen Treff, für mich jedenfalls nicht."

Als sie in die erstaunten Gesichter der drei sah, lächelte sie etwas, aber es wirkte nicht echt.

„Ich erkläre euch alles später", sagte sie leise und ergriff ihre Tasche.

Sie war dankbar dafür, dass keiner der drei ihr weitere Fragen stellte, aber so war es immer gewesen bei den vier Mac`s.

Sie gab jedem von ihnen die Hand, drückte sie fest und wusste, dass auch sie sich erinnerten.

Dann ging sie.

Kapitel 18

Elvira Benett räkelt sich auf dem hellen Designersofa und ließ dabei einen Blick auf ihre langen, wohlgeformten Beine zu.

Sie trug einen schmalen, kurzen Rock und ein enges Shirt von Dior. Mit einer aufreizenden Geste, deren Wirkung sie genau kannte, schüttelte sie ihr langes, blondes Haar nach hinten und beobachtete Peter Brown, wie er einen Drink mixte.

„Wollen wir heute wirklich ausgehen oder bleiben wir bei dir?", fragte sie mit einem erotischen Schnurren in der Stimme und spürte mehr als das sie sah, wie Peter lachte.

Sie waren jetzt drei Monate befreundet, eine lose Beziehung, so wie Peter sie liebte.

Keine Verpflichtungen, keine nervende Familie im Hintergrund.

Das hatte er Elvira schnell klargemacht und erfreulich festgestellt, dass sie ähnlich dachte. Das machte die Sache leichter.

Elvira arbeitete als Verkäuferin in einer größeren Parfümerie und dort hatte er sie kennengelernt, beim Kauf seines Aftershaves.

Sie nahm an seiner Arbeit keinen Anstoß, fand es normal, dass er manche Verabredung nicht einhalten konnte, solange er sich rechtzeitig bei ihr meldete, um abzusagen.

Elvira Benett wollte das Leben genießen, ausgehen, Spaß haben und mit einem attraktiven Mann an ihrer

Seite, wie Peter Brown, machte das doppelt so viel Spaß.

Solche Dinge wie Heirat oder gar Familienplanung hatte keinen Platz in ihrem Leben. Vielleicht in ein paar Jahren einmal, sagte sie sich manchmal, aber so richtig daran glauben konnte sie nicht.

Für sie hätte das Leben eine endlose Party sein können, mit aufregenden Menschen und, das trübte ihre Gedanken allerdings etwas, mit dem nötigen Kleingeld.

Mit zwei Schritten war Peter bei ihr und reichte ihr den Manhattan.

„Ich überlege noch", sagte er, brach ab und wurde plötzlich erst.

Elvira folgte seinem Blick, der auf den Plasmabildschirm des Fernsehapparates gerichtet war, der tonlos lief.

Er griff zur Fernbedienung und drehte den Ton auf.

„…wobei ich die bisherigen Ermittlungserfolge Scotland Yards keinesfalls in Abrede stellen möchte, aber der Hyde Park Mörder läuft nach wie vor frei umher."

Elvira sah stirnrunzelnd in das glatte, ungeschminkte Gesicht auf dem Bildschirm und dann auf Peter Brown, der merklich an Gesichtsfarbe eingebüßt hatte.

„Mein Gott, das ist doch diese amerikanische Millionärin", sagte sie und setzte sich etwas auf.

„Wenn man sich überlegt, die hat Geld wie Heu und geht tatsächlich arbeiten. Ich habe neulich einen Artikel über sie gelesen…"

„Halt den Mund", zischte Peter und Elvira schwieg beleidigt.

„Es ist doch offensichtlich, dass der Hyde Park Mörder ein bestimmtes Ziel verfolgt, zum Beispiel Rache, für eine ungesühnte Tat, irgendwann aus der Zeit von Culloden. Während oder nach der Schlacht muss es durch die Truppen Cumberlands zu einer Tat gekommen sein, die der Mörder für so grausam hält, dass er heute noch an den Nachfahren Rache nimmt."

Der Reporter, einer dieser aalglatten Sensationshaie, wie Brown sie gerne nannte, nickte verständnisvoll.

„Wie kommen sie zu dieser These, Miss MacKenzie? Wie wir erfahren haben, beschäftigen sie sich ja als Historikerin mit diesem mysteriösen Fall?"

Jane MacKenzie nickte.

„Nun, meinen Recherchen zufolge, haben alle drei der Ermordeten englische Vorfahren, die um die besagte Zeit in als Soldaten in englischem Sold standen. Jetzt gelang es mir, mit Hilfe einer Freundin, die auch Historikerin ist, herauszufinden, dass in jeder Familie der Betroffenen um 1746 mindestens ein männliches Mitglied in gerade Linie Soldat in Cumberlands Armee war."

Der Reporter lächelte etwas, scheinbar um Jane zum Weitererzählen zu animieren und nickte dann.

„Sehr interessant, Miss MacKenzie. Heißt das also, der Mörder ist Schotte?"

Jane schüttelte leicht den Kopf und breitete die Hände mit den Handflächen nach oben langsam aus.

„Nicht unbedingt. Es würde genügen, wenn er schottische Vorfahren hätte, jemand, der in besagter Zeit Opfer einer Tat wurde."

239

Dann machte sie eine bedeutsame Pause und blickte direkt in die Kamera. Sie hatte die Handflächen jetzt gegeneinandergepresst und richtete die Fingerspitzen auf die oder vielmehr den imaginären Zuschauer, den sie ansprechen wollte.

„Aber um sein Motiv zu verstehen, müsste er sich dazu äußern, ein konkretes Zeichen geben und nicht diese verschlüsselten Botschaften, ein Breitschwert, eine Stuartrose, eine Eiche."

Jane MacKenzie legte ihre Hände zurück auf die Tischplatte vor sich und wirkte wieder vollkommen wie die wohlerzogene Klosterschülerin, die sie einst war.

Der Reporter, der sie eben noch zu konkreten Aussagen animieren wollte, erschien jetzt fast etwas erschrocken über Janes direkte Aufforderung an den Mörder.

Er hüstelte leicht verlegen, bevor er sich mit hochgezogenen Augenbauen an Jane wandte.

„Nun, dass klang ja fast wie eine Aufforderung an den Mörder, Miss MacKenzie?", sagte er mit gedehnter Stimme.

Scheinbar nahm das Interview jetzt die Wendung, auf die Jane gezielt hatte, aber er zweifellos nicht.

Menschen wie er schätzten es überhaupt nicht, von einem Interviewgast hereingelegt zu werden, aber was konnte er tun?

Schadensbegrenzung war das Einzige und allenfalls gute Miene zum bösen Spiel zu machen.

Jane wandte ihr Gesicht noch mehr dem Zuschauer

zu.

Ihr Gesicht und ihre Körpersprache drückten Ruhe und Gelassenheit aus und man merkte ihre Professionalität im Umgang mit den Medien.

„Ja, das ist es auch", sagte sie schlicht mit einem ernsten Nicken.

„Ist die denn wahnsinnig", schimpfte Peter los und schlug mit der flachen Hand auf die Lehne des Sessels, vor dem er stand, während der Reporter im Fernsehen mit einigen verbindlichen Worten und einem fast eingefrorenen Lächeln das Interview beendet hatte.

Elvira erhob sich und stellt ihr Cocktailglas auf den Tisch.

Die Angelegenheit begann sie zu langweilen, genauso wie diese Jane MacKenzie, die sich mit solchen Dingen beschäftigte, wo sie doch ein Leben wie Paris Hilton führen könnte. Absolut unverständlich.

Sie legte den Arm um Peter und versuchte die Fernbedienung zu erreichen.

„Komm, wir lassen uns doch den Abend nicht verderben", sagte sie leise, aber Peter löste sich langsam aus der Umarmung.

„Ich bin jetzt nicht in Stimmung", knurrte er und Elvira ließ ihn los. Sie sah seine verdüsterte Miene und wurde zornig.

Dieser gemeinsame Abend war der erste seit genau zwei Wochen und jetzt das.

Nun gut, dann würde sie eben eine Freundin anrufen, um mit ihr etwas zu unternehmen. Jedenfalls hatte sie keine Lust, den Abend so zu beenden.

„Dann eben nicht. Ruf mich an, wenn du wieder in Stimmung bist. Aber vielleicht bin ich es dann nicht", sagte sie schnippisch und nahm ihre kleine Tasche, warf sie über die Schulter und stöckelte hinaus.

Peter hielt es nicht einmal für nötig ihr nachzuschauen. Er wählte Professor Downsand Telefonnummer. Während er wartete, schossen ihm die unglaublichsten Dinge durch den Kopf.

Sicher würde der vermeintliche Täter heute nichts mehr unternehmen und ihm, Peter, blieb noch etwas Zeit, sich eine Strategie zu überlegen.

Natürlich hatte Jane Recht gehabt. Jonathan hatte Lu Bringston umgebracht, aber die anderen Morde nicht begangen. Das festzustellen, hatte die Forensik keinen Tag gebraucht.

Er stand also wieder am Anfang der Ermittlungen und wenn Jane wirklich einen Verdacht hatte, der sich bewahrheiten sollte, wäre er der Letzte, der davon erfahren würde, unhöflich wie er sie behandelt hatte.

Mit einem Seufzer erhob er sich, das Handy am Ohr und nahm Elviras unbenutztes Glas mit dem Manhattan und schüttete den Inhalt in den Ausguss.

Endlich nahm der Professor ab.

Jane war wieder in Inverness, sie eilte gerade in Richtung Churchstreet, wo sie mit Muriel verabredet war, als ihr iPhone klingelte.

Sie schaute erst sorgsam auf das Display.

Nicht nur ihre Familie überhäufte sie mit Vorwürfen nach ihrem Interview, dass die BBC zur besten Sendezeit ausgestrahlt hatte, auch Professor Downsand hatte mehrfach versucht sie zu erreichen und genau das wollte sie vermeiden.

Sie hatte einfach nicht abgenommen, als seine Nummer erschien, auch wenn sie sich schlecht dabei fühlte.

Sicher hätte er Recht mit seinen Vorhaltungen über ihr eigenmächtiges Verhalten und die Provokation des Mörders, aber sie sah einfach keine andere Möglichkeit.

Ihre Recherchen konnten sich noch Monate erfolglos hinziehen und was wäre, wenn es noch weitere ehemalige englische Soldaten gegeben hätte, deren Nachfahren jetzt in Gefahr schwebten, Opfer einer späten Rache zu werden?

Nein, sie musste handeln, ganz gleich ob ihre Familie, der Professor oder gar dieser arrogante Detective Inspektor sie verstanden.

Nachdem sie die Nummer identifiziert hatte, nahm sie an.

„Hallo Muriel, ich bin gleich da", sagte sie ein wenig abgehetzt, denn sie hatte die Strecke fast im Laufschritt zurückgelegt.

Es sah nach Regen aus und in der Kälte würde dieser

sicher gefrieren und Inverness in eine Eisbahn verwandeln.

„Ich musste weg, Jane. Aber Fiona ist da, sie weiß Bescheid und lässt dich überall ran. Bis heute Abend."

Noch ehe Jane etwas erwidern konnte, war die Verbindung unterbrochen.

Kopfschüttelnd steckte Jane das iPhone in ihre Manteltasche. Typisch Muriel, mal wieder kein Wort zu viel.

Fiona Campbell, eine kleine, zierliche Frau unbestimmbaren Alters mit einer Hochsteckfrisur, war ganz in Tweed gehüllt.

Mit einem scheuen Lächeln führte sie Jane nach hinten und deutete in den Raum.

„Sie können hier arbeiten so lange sie wollen. Wenn sie etwas möchten, ich bin vorn."

Mit einem Kopfnicken ließ sie Jane allein, die ihren Laptop auspackte und es sich bequem macht.

Wie immer war Jane von ihrer Arbeit völlig absorbiert.

In solchen Momenten vergaß sie Zeit und Raum, ohne einmal an die Uhr zu sehen, sichtete sie unentwegt alte Aufzeichnungen und die Fülle all der Schicksale ließ sie auch dieses Mal nicht unbewegt. Ihre Augen brannten schließlich schon, sodass sie fast den entscheidenden Hinweis übersehen hatte.

Mit einem leisen Aufschrei blätterte sie vorsichtig in dem Dokument und verglich die Namen mit denen, die „Roots" für sie herausgefunden hatte und Muriel auf den Heereslisten gefunden hatte.

Drei Soldaten, eine Vergewaltigung und Mord.

Sie rieb sich die brennenden Augen und nahm ein weiteres Dokument zur Hand.

Das schien den Vorfall noch ausführlicher zu beleuchten, da es sich um eine Klageschrift handelte.

Und dann las sie einen Namen, der sie zutiefst erschütterte.

Sollte das ein Zufall sein?

Nein, in diesem Fall glaubte sie an keine Zufälle mehr. Sie stieß einen Seufzer aus, der eher zu einem verletzten Tier gepasst hätte.

Jane starrte noch immer auf den Namen in dem Dokument und ihre Hände begannen unkontrolliert zu zittern.

„Ist etwas passiert?"

Eine Stimme, sehr zart und vorsichtig riss sie aus ihren Gedanken. Jane blickte auf.

Fiona Campbell stand in der Türe und sah sie besorgt an.

Jane schüttelte fast zu heftig den Kopf.

„Nein, nein, danke. Ich mache jetzt auch Schluss."

Sie packte dabei ihren Laptop ein und ihre Hände konnten kaum die Tasche schließen, so zitterten sie.

„Ist alles in Ordnung? Soll ich ihnen ein Taxi rufen?"

Fiona Campbell schien in echter Sorge zu sein, als sie Janes fahrige Bewegungen sah.

Sie warf einen Blick auf die Dokumente und schien zu verstehen.

Auf welche schreckliche Sache war diese junge Frau

wohl gestoßen?

Sie erlebte es immer und immer wieder, dass Menschen im Rahmen ihrer Ahnenforschungen hier auf persönliche Schicksale stießen, auch wenn sie in der Regel nicht so betroffen wie Jane MacKenzie reagierten.

Inzwischen hatte Jane sich erhoben und ein, nicht sehr echt wirkendes, Lächeln erschien auf ihren blassen Zügen.

„Nein, danke. Ich brauche einfach nur eine wenig frische Luft."

Sie ergriff ihre Jacke und nickte Fiona nochmals beruhigend zu. Diese sah ihr zweifelnd nach und griff schließlich zum Telefon.

Draußen merkte Jane, dass sie Fionas Angebot besser hätte annehmen sollen.

Noch immer regnete es leicht, aber der Regen gefror auf der eisigen Straße sofort und das fahle Mondlicht glänzte in der riesigen Eisfläche, in die sich die ganze Stadt nach und nach zu verwandeln schien.

Kein Mensch käme heute hier wohl auf die Idee zu Fuß zu gehen, aber die Wahrscheinlichkeit, dass auf der spiegelglatten Fahrbahn ein Taxi fuhr, erschien ihr ebenso gleich Null.

Trotzdem packte Jane beherzt ihre Tasche, klemmte sie unter den rechten Arm und ging vorsichtig los. Schließlich war es nicht weit und sie hoffte, dass es die klare Luft schaffen würde, ihren Kopf wieder etwas freier zu bekommen.

Aber der Gedanke an den Namen, den sie eben gelesen hatte, ließ sie nicht los. Er würde sie nie mehr loslassen.

Sie fühlte, wie ihre Kehle immer trockener wurde und ihr Herz bis zum Hals schlug.

Sie musste sich unbedingt beruhigen, wusste aber nicht wie. Mit Sicherheit hätte das niemand anderes an ihrer Stelle gekonnt.

Also versuchte sie sich mit Gewalt auf das naheliegende zu konzentrieren, ihren Heimweg auf spiegelglatter Straße.

Sie rutschte einige Male aus, konnte aber das Gleichgewicht wiederfinden und ermahnte sich schließlich selbst, jetzt auf das zu achten, was wichtig war, nämlich heil zu Mary MacDonald`s Pension zu kommen.

Für den sonst kurzen Weg hatte sie bereits eine halbe Stunde gebraucht, so langsam musste sie sich vortasten, teilweise mit beiden Händen an Häuserwänden oder Zäunen.

Als sie eine dunkle Ecke passierte, glaubte sie, hinter sich Schritte zu hören.

Jane war nicht übermäßig ängstlich, aber vorsichtig genug, um Gefahren zu kennen.

Sie schaute sich um, bemerkte aber nichts. Das war in der Dunkelheit allerdings nicht anders zu erwarten.

Sie versuchte einfach etwas schneller zu gehen, schließlich trug sie, wie meist, stabiles, trittsicheres Schuhwerk, aber gerade hier war es außergewöhnlich glatt und plötzlich fühlte sie, wie sie zu rutschen begann.

Nichts befand sich in der Nähe, an dem sie sich hätte festhalten konnte.

Aber ehe sie reagieren konnte, legte sich ein sehr kräftiger Arm um ihre Taille und riss sie geradezu nach oben.

Jane öffnete den Mund zu einem Schrei, aber eine große Hand legte sich auf ihre Lippen.

Sie konnte den Mann nicht sehen, der sie in einen Hauseingang, der dunkel und verwaist dalag, schleppte, aber was sie dann sah, ließ ihr vollends das Blut in den Adern gefrieren.

Es tauchte noch ein Mann auf, klein, korpulent, mit einem tief in die Stirn gezogenen, breitrandigen Hut. Er blieb abrupt stehen und griff in seine Manteltasche.

Dann sah Jane in den Lauf einer Pistole.

Professor Downsand empfing seinen Besucher im behaglich warmen Salon.

Wortlos hatte Missis Nowland noch eine Teetasse bereitgestellt, allerdings ohne den Sandwichteller nochmals zu füllen.

Diese, für sie untypische Nachlässigkeit, sollte dem Besucher seinen Stellenwert in ihrer Beliebtheitsskala zeigen.

Aber Peter Brown war das heute völlig gleichgültig.

Er reichte der Haushälterin nur geistesabwesend seinen Mantel, dann begrüßte er den Professor und ließ sich in einen der Ledersessel nahe dem Kamin fallen.

Mit einem Stirnrunzeln betrachtete Missis Nowland die Spuren, die seine Schuhe auf dem Teppich hinterließen, sagte aber nichts, sondern warf nur die Tür etwas geräuschvoller als üblich in das Schloss.

Mit hochgezogenen Brauen sah der Professor ihr nach, dann wandte er sich seinem späten Gast zu.

„Sie sagten, es ist dringend, Professor? Gibt es neue Erkenntnisse im Hyde Park Fall? Bei Gott, nichts Besseres könnte uns jetzt passieren."

Er klang erschöpft und nahm mit leicht zitternder Hand, wie der Professor bemerkte, einen Schluck aus der Teetasse, die er ihm gefüllt hatte.

Insgesamt sah Peter Brown nicht so gestylt und souverän aus wie immer.

Er trug einen ungepflegten Drei-Tage-Bart und unter seinen Augen lagen dunkle Ringe.

Der Professor beobachtete, wie seine Bewegungen

fahrig waren und die Hände auch in Ruhestellung leicht zitterten.

Schließlich nahm Professor Downsand eine Zeitung von seinem Tisch und hielt sie Peter hin

„Naja, den Medien nach zu urteilen, ist…"

Brown winkte ab.

„Bitte, kein Wort über die Medien. Seit diese Jane MacKenzie über die BBC ihr Interview gegeben hat, werden wir mit Schmähreden nur so überschüttet. Unfähigkeit ist da noch das Harmloseste, was man uns vorwirft."

Professor Downsand legte die Zeitung weg und erhob sich.

„Kommen sie mit, Peter."

Er ging mit ihm in seine Bibliothek, die zu der üblichen „kreativen Unordnung", wie er es selbst nannte, derzeit noch einen großen hölzernen Aufsteller, der mit Papierbögen bespannt war, beherbergte.

Auf diese hatte er die drei Opfer des Hyde Park Mörders, mit Foto und biografischen Daten versehen, gepinnt.

Lu Bringston hatte er gleich weggelassen, da inzwischen zu hundert Prozent gesichert war, dass der Hyde Park Mörder sich nicht dafür verantwortlich zeigte.

„Nun", sagte Professor Downsand, und wies auf die Tafel. „Es ist Jane MacKenzie gelungen."

Abwehrend hob Brown die Hände.

„Nein, Professor, bei allem Respekt, ich kann es nicht mehr hören. Diese Frau."

Er brach schnaubend ab.

„Verdammt, Peter, nehmen sie Hilfe an wo sie sie bekommen können."

Downsands Stimme war ungewöhnlich laut und barsch. Brown starrte ihn an.

Genau die gleichen Worte hatte sein Vorgesetzter zu ihm gesagt. Schließlich räusperte er sich und strich sich über die Stirn.

„Es ist ja gut", sagte er leise.

Der Professor setze sich ihm gegenüber.

„Peter, ich weiß nicht, was mit ihnen los ist. Sie sind doch ein Profi. Warum, in Gottes Namen, nehmen sie diesmal nicht die Hilfe an, die sie bekommen können?"

Als er dessen ablehnendes Gesicht sah, fuhr der Professor in einem härteren Ton fort.

„Es liegt einzig und allein an der Person Jane MacKenzie, nicht wahr? Sie können sie nicht ausstehen und deshalb verhalten sie sich so unprofessionell."

Peter fuhr auf.

„So ein Unsinn", protestierte er, aber der Professor machte eine abwehrende Handbewegung.

„Natürlich habe ich Recht, Peter und ich sage ihnen auch warum. Jane MacKenzie passt nicht in ihr Bild, das sie für unverrückbar halten. Sie ist vielleicht etwas exzentrisch, aber sie ist eine international anerkannte Wissenschaftlerin. Sie ist sehr fleißig, sehr diszipliniert. Und genau das ist es, was nicht in ihr vorgefertigtes Bild passt. Sie würden sie lieber als das reiche, verwöhnte Mädchen, dass nichts tut, als Daddys Geld auszugeben und auf versnobte Partys zu gehen sehen, stimmt´s?"

Jetzt war Peter Brown aufgesprungen.

Zornesröte stieg in seine Wangen und er presste die Zähne in mühsamer Beherrschung aufeinander.

„Bei allem Respekt, Professor, aber ich bin nicht hier, um mich wegen meiner Meinung zu Miss MacKenzie therapieren zu lassen. Es geht mir um die Hyde Park Morde."

Downsand wurde ernst, aber er wusste, dass er den Nagel auf den Kopf getroffen und damit Peter etwas Wind aus den Segeln genommen hatte.

Er mochte den jungen Mann, dessen ungeheuren Fleiß und seinen Ehrgeiz, sich aus sehr bescheidenen Verhältnissen bis in diese Position gearbeitet zu haben. Dass er jetzt so gereizt reagierte, schien genau dieser Tatsache geschuldet zu sein.

„Nun", sagte er, „um noch einmal zu beginnen, Miss MacKenzie."

Diesmal blieb Peters Gesicht gänzlich regungslos, daher fuhr der Professor dozierend fort:

„Hat herausgefunden, dass alle drei Männer englische Vorfahren in gerader, männlicher Linie hatten, die im 18.Jahrhundert in England lebten und als Soldaten in englischem Sold standen. Außerdem tauchen sie auf Heereslisten des englischen Heeres von Lord Cumberland auf. Sie will dieser Spur, die ich für vielversprechend halte, weiter nachgehen und mich sofort benachrichtigen, wenn sie etwas Neues herausfindet."

„Cumberlands Truppen?", fragte Peter verstört.

„Ja, Cumberland, der Gegner von Prinz Charles auf dem Moor von Culloden."

Peter rieb sich die Augen und schaute erst die Bilder der Ermordeten, dann den Professor an.

„Ich weiß nicht, wie ich es diplomatischer formulieren könnte, aber ich halte es für absoluten Schwachsinn. Erst diese Geschichte mit der Rose von York, und jetzt Culloden."

Wie um das Gesagte zu untermalen, klopfte er sich mit der geschlossenen Faust gegen die Stirn.

Der Professor warf ihm einen warnenden Blick zu und sah dann wieder auf die Bilder der drei Männer. Das erste Opfer, Paul Klausner, der Student, jung mit hellen Strubbelhaaren und einem sympathischen Gesicht, das zweite Opfer, Asthley Hallington, der Brauereibesitzer, klein, etwas beleibt mit leicht schütterem Haar und schließlich Antony Dorsand, das dritte Opfer, der Anwalt mit dem smarten Gesichtsausdruck. Alle drei völlig verschieden, im Äußeren, im Alter, in ihrer sozialen Herkunft.

Aber, und das hatte Jane jetzt gesichert, von gleicher englischer Abstammung. Konnte also ihre Theorie stimmen?

Professor Downsand sah darin die wirklich einzige Gemeinsamkeit, abgesehen von der Tatsache, dass sie männlich und weiß waren.

Was war es, dass der Mörder herausgefunden hatte? Von Zufallsopfern ging man im Ermittlerteam schon seit langem nicht mehr aus.

Auch der CIA, der sich in die Ermittlungen eingeschaltet hatte, kam zu keinem anderen Ergebnis.

Er sah Peter Brown an, der stirnrunzelnd die Bilder
der Opfer betrachtete.

„Warum?", fragte er leise, mit Sicherheit mehr zu
sich als zu dem Professor, aber dieser antwortete.

„Unser Mörder ist intelligent, präzise, psychopa-
thisch, aber kein Sadist. Er hat einen Plan und den
zieht er durch. Nur, wir kennen den Plan nicht."

Peter sah erstaunt den Professor an und ließ ein heiseres Lachen hören.

„Nicht sadistisch? Wie würden sie es nennen, wenn
jemand einem völlig Ahnungslosen mit einem Breitschwert den Kopf abtrennt?"

Professor Downsand stopfte sich, langsam wie immer, seine Pfeife. Dann sah er den Detective Inspektor an.

„Nun, er tötet schnell, sehr schnell, gewiss eher, als es
den Opfern bewusstwurde. Er lässt sie nicht leiden,
weidet sich nicht an ihren Qualen."

„Wie sollte er das auch tun, mitten im Hyde Park?
Mir ist schon schleierhaft, wie er sie dahin locken
konnte und vor allem, wie er selbst ungesehen von
dort wegkam."

Der Professor ließ seinen Blick wieder über die Bilder
gleiten, dann ging er zum Kamin und lehnte sich an
die festgemauerte Einfassung.

„Hätte er vorgehabt sie zu quälen, hätte er sie auch
woanders hinlocken können, aber das wollte er nicht.
Er wollte sie töten, um einer alten Sache willen, aber

er tat es an einem öffentlichen Platz. Dem Hyde Park, einem Park, der den Engländern so viel bedeutet. Er setzte damit ein Zeichen, seht, auch hier seid ihr nicht mehr sicher."

„Und wie hat er dieses riesige Schwert hin und her gebracht? Außerdem muss er voller Blut gewesen sein."

Der Professor sah Peter an und zog geräuschvoll an seiner Pfeife.

Während er genussvoll den Rauch ausblies, deutete er mit dem Pfeifenstil auf die Bilder.

„Er hat, so die Forensik, einen relativ großen Schlag-radius, also ein sehr großer Mann. Damit hatte er auch einen gehörigen Abstand zum Opfer und muss-te nicht unbedingt mit Blut befleckt worden sein. Das Breitschwert konnte er problemlos unter einem lan-gen Mantel verbergen. Vielleicht in einer Plastehülle, daher also auch kein Blut."

Peter Brown schüttelte den Kopf und wollte noch etwas sagen, als sein Handy klingelte.

Er zog es aus der Tasche.

„Ja?"

Dann war eine Weile Ruhe im Raum und er lauschte auf die leise aus dem Lautsprecher klingende Män-nerstimme.

Er nahm eine Hautverfärbung an, erst rot, dann blass.

„Ich melde mich sofort wieder", sagte er schließlich und klappte das Handy zu.

„Etwas Unerfreuliches?", fragte der Professor und hoffte im Stillen, dass es sich nicht um einen erneuten

Schlag des Hyde Park Mörders handelte.

„Es geht um Jane MacKenzie", sagte Peter schließlich und diesmal war es an dem Professor, die Gesichtsfarbe zu wechseln.

„Polizei, lassen sie sofort die Frau los."

Jane wurde ziemlich unsanft auf den Boden gesetzt, rutschte auf dem Glatteis aus und wäre wahrscheinlich direkt auf ihr Gesicht gefallen, hätte der kräftige Arm sie nicht erneut umfangen.

„Sie sehen doch, dass sie hier nicht stehen kann."

Die ruhige Stimme von Alan MacDonald zeigte, dass er auch nicht von der auf ihn gerichteten Pistole berührt schien.

Jane keuchte leise auf und wandte den Kopf.

„Alan? Mein Gott, hast du mich erschreckt."

Der verdutzte Polizist sah von dem jungen Mann zu Jane und ließ langsam die Waffe sinken.

„Sie kennen den Mann, Miss MacKenzie?"

Jane machte einen erneuten Versuch, allein zu stehen und nickte schließlich, als es ihr, mit Alans Arm als Stütze, schließlich gelang.

„Ja. Seit meinem fünften Lebensjahr. Aber wer sind SIE?"

Der Mann im Mantel und Hut trat etwas näher, steckte die Pistole ein und zeigte beiden seine Dienstmarke.

„Detective Assistent Constable Willams", sagte er knapp und seine Verärgerung über die Situation war ihm anzuhören.

„Und wie kommen sie dazu uns zu verfolgen? Woher kennen sie mich überhaupt?"

Trotz der einigermaßen lächerlichen Situation, alle drei Anwesenden kämpften aufgrund der Glätte mit ihrer Körperhaltung, war Janes Stimme klar und fordernd.

„Ich bin als Personenschutz für sie eingeteilt, Miss MacKenzie und habe…"

Hätte Alan sie nicht wiederum fest um die Taille gehalten, wäre Jane diesmal gestürzt, weil sie zornig einen Schritt auf den Polizisten zutrat.

Entschlossen, bei Alan zu bleiben, funkelte sie ihn im Schein der Taschenlappe, die dieser auf die Erde gerichtet hatte, wütend an.

„Ich kann mich nicht erinnern, sie engagiert oder irgendjemand beauftragt zu haben, mich zu schützen."

Ihre Stimme war jetzt leise und klang jetzt eher wie ein wütendes Fauchen.

„Mein Auftraggeber ist der Yard, Miss MacKenzie", erwiderte der Polizist ungerührt.

Es war eine zugegeben obskure Situation, in dieser Glätte, um Balance zu kämpfen und dabei einer reichlich unwilligen jungen Frau, deren grüne Augen im Schein der auf den Boden gerichteten Taschen- lampe zornig funkelten und die dankbar für seinen Schutz sein sollte, Rede und Antwort zu stehen.

„Und ich dachte, dich verfolgt jemand, daher habe ich mich so angeschlichen. Fiona hat mich angerufen, sie war besorgt um dich", wandte jetzt Alan ein, scheinbar um die Situation etwas zu entspannen, aber keiner schien ihm zuzuhören.

„Dann steckte also Detective Inspektor Brown dahin- ter? Das ist ja wohl eine Unverschämtheit, wie sie im Buche steht. Ich erwarte, dass weder sie noch irgend-

ein andere Beamter des Yard mich mit einem soge-
nannten Schutzprogramm belästigt, wenn ich es nicht
ausdrücklich wünsche. Haben ich mich klar ausge-
drückt, Detective Assistent Constable Willams?"

Jane Stimme hatte sich zu einer Lautstärke aufge-
schwungen, die sogar Alan zurückschrecken ließ.

„Ich habe meine Anweisungen", murmelte der Detective Assistent Constable, diesmal nicht mehr ganz so
überzeugt.

„Ihre Anweisungen interessieren mich nicht. Ich bin
amerikanische Staatsbürgerin und mir meiner Rechte
sehr wohl bewusst. Wollen sie mich wegen irgendei-
ner Straftat belangen?"

Der Polizist schüttelte verwirrt den Kopf.

So etwas hatte er in all seinen Dienstjahren noch nie
erlebt.

„Also dann gehen sie endlich und lassen uns in Ruhe.
Richten sie ihrem Detective Inspektor Brown aus, er
wird von meinen Anwälten hören und sie auch,
wenn sie nicht sofort verschwinden", befahl Jane in
scharfen Ton.

Detective Assistent Constable Willams wollte etwas
erwidern, aber Alan sagte schließlich sehr sanft.

„Miss MacKenzie ist zwar amerikanische Staatsbürgerin, aber in ihren Adern fließt sehr viel schottisches
Blut und sie sollten sich besser nicht mit einer wü-
tenden Hochlandschottin anlegen."

Jane musste fast auflachen, aber scheinbar hatte
Alans Intervention Erfolg.

Ohne ein weiteres Wort drehte sich Detective Assis-

tent Constable Willams vorsichtig auf dem Absatz
um und rutschte und schlitterte mit so viel Würde
wie irgend möglich in Richtung Straße zurück.

Jane sah noch, wie er seine Waffe in die Manteltasche
zurückschob und ein Handy herauszog, um zu telefonieren.

Alan legte Jane die Hand auf die Schulter und deutete ebenfalls in Richtung Straße.

„Das Eis wird nicht so bald verschwinden, sehen wir
also zu, dass wir einigermaßen heil nach Hause
kommen."

Jane saß in ihrem Turmzimmer auf Black Lake Castle und starrte auf ihren PC, ohne wirklich zu sehen, was dort stand.

Hieronymus musterte sie aus seinen großen, unergründlichen Augen und wandte sich schließlich etwas Interessanterem zu. Einer Meise, die eben auf dem Fensterbrett gelandet war.

Schwer wie er war, brachte er natürlich die Geschwindigkeit nicht auf, so schnell am Ort seines Interesses zu sein und die Meise war mit einem fast höhnischen Zwitschern verschwunden, als er endlich auf dem Fenstersims gelandet war.

„Tja, Pech gehabt", sagte Jane und Hieronymus warf ihr einen verächtlichen Blick zu.

Die Sonne schien in den Raum und ein leichter Wind ließ endlich den Frühling ahnen.

Jane lehnte sich etwas zurück, ihr Gesicht in die Sonne gestreckt.

Sie wusste nicht mehr, wie sie weitermachen sollte.

Die Erkenntnis an jenem Abend im Archiv hatte sie so gelähmt, dass sie einen Tag später, als das Eis auf den glatten Straßen unter einem warmen Frühlingsregen geschmolzen war, ihre Sachen gepackt hatte.

Mary MacDonald stand mit vor der Brust gekreuzten Armen da und beobachtete Janes noch immer fahrige Bewegungen und hörte ihrer Erklärung zu.

Schließlich nahm sie Jane die schwere Tasche ab und begleitet sie zur Ausgangstüre, wo schon Ather MacKenzie im Ranch Rover auf sie wartet.

Sie umarmte Jane zum Abschied und sagte schließlich leise.

„Ich weiß, dass du den Täter kennst, seit gestern, nicht wahr? Überlege genau was du tust, Jane. Das musst du jetzt ganz allein entscheiden. Bitte, sei vorsichtig."

Sie küsste Jane auf die Wange und übergab Ather MacKenzie die Tasche, der aus dem Auto gestiegen war, um Jane entgegen zu gehen.

Und nun saß Jane hier, recherchierte lustlos in ihrem Computer und wartete, ja, auf was eigentlich?

Sie starrte auf das Telefon, eine ihrer bizarren Anschaffungen, ganz in das grüne MacKenzie Tartan gehüllt, und hoffte, es würde irgendetwas passieren. Aber es geschah nichts, also musste scheinbar sie eine Entscheidung treffen.

Sie hätte Professor Downsand anrufen sollen oder noch besser Detective Inspektor Brown, aber allein dieser Gedanke ließ sie aufstöhnen.

Er würde ihr nicht glauben, selbst wenn sie ihm den Hyde Park Mörder auf dem Silbertablett präsentieren würde.

Mein Gott, sie konnte es ja selbst kaum glauben oder vielmehr, sie wollte es nicht, obwohl die Namen identisch waren.

Sie hatte dem Professor versprochen, ihn sofort zu benachrichtigen, wenn sie neue Erkenntnisse hatte und was tat sie? Nichts!

Sie reagierte ja nicht einmal auf seine Anrufe, sondern ließ sich von Tante Marci verleugnen, was diese mit einem Kopfschütteln und steil nach oben gezogenen Augenbrauen honorierte.

Hieronymus hatte seinen Frust über die verschwundene Meise überwunden und lag, lang ausgestreckt, in der Sonne auf der Fensterbank und blinzelte zu Jane hinüber.

Diese fröstelte plötzlich und erhob sich.

Sie trat an das geöffnete Fenster und sah die karge Landschaft zu ihren Füßen.

In der klaren Luft hob sich am Horizont ein großer Stein ab. Von hier aus war es nicht erkennbar, aber der Stein war umgeben von vielen Steinen, stehende und liegende.

Dieser kleine Steinkreis, wie es viele in Schottland gab, wurde im Umkreis der Feenhügel genannt und allein Ather MacKenzie kannte mindestens zehn Geschichten und Sagen, die sich genau um diesen Kreis rankten.

Einer dieser eine Stein, ein umgefallener Monolith, umgeben von vielen kleineren, oft nur faustgroßen Steinen war Janes Kummerstein, in seine Spalten hatte sie als Kind und junges Mädchen kleine Zettel mit Wünschen und Problemen gesteckt.

Es war Ather MacKenzies Idee gewesen.

Denn immer, wenn die langen Sommerferien zu Ende gingen und Jane zurück in das Schweizer Internat musste, war sie schon tagelang vorher traurig von hier weg zu müssen und sie hatte fast panische Angst, im nächsten Jahr vielleicht in der Schweiz ihre Ferien verbringen zu müssen.

Er hatte ihr geraten, ihren Kummer und ihre Wünsche auf einen kleinen Zettel zu schreiben und in die Spalte des Steines zu stecken.

Die Feen würden die Zettel lesen und vielleicht ihre Wünsche erfüllen.

Und so war es auch.

Da sich Jane meist wünschte, die nächsten Ferien wieder hier zu verbringen, erfüllten sich diese Wünsche, bis zu dem Jahr, als ihre Mutter starb und ihr Vater sie für immer in die Staaten holte.

Sie wusste, dass die anderen Mädchen in der Klosterschule über sie gelacht hätten und Schwester Theresas die hohe Stirn in Falten legen und sie dazu anhalten würde, eher ein Gebet zu sprechen, aber in ihrer Familie würde das niemand seltsam finden.

Zwar waren die MacKenzies gut katholisch, aber auch Schotten und so mit dem Land und seinen Mythen und Sagen verwoben.

Der Kummerstein hatte auch heute noch für Jane eine tiefe Bedeutung und wenn sie auch selten einen Zettel in die tiefen Kerben des Steines steckt, so kam sie öfter in den Kreis und hatte hier das Gefühl, ihren Ahnen ganz nahe zu sein.

Die Sonne begann hinter dicken Regenwolken zu verschwinden und der Stein versank in einer aufziehenden Nebelbank, so schnell, wie man es nur in Schottland erleben konnte.

Der Wind frischt auf und der sanfte Hauch von Frühling war verschwunden.

Hieronymus tauschte die Fensterbank gegen einen wärmeren Platz in der Nähe des Kamins und Jane schloss das Fenster.

In diesem Moment läutete das Telefon.

Jane nahm ab und sie schluckte hörbar, als sie die Stimme am anderen Ende erkannte.

Sie lauschte eine Weile, dann sagte sie nur: „Ja, ich komme."

Sie hielt den Hörer noch in der Hand, als der Teilnehmer längst aufgelegt hatte.

Schließlich holte sie tief Luft, legte den Hörer fast vorsichtig in die Gabel zurück und setzte sich.

Damit war die Entscheidung getroffen.

Kapitel 19

Jane kam am zeitigen Morgen am Culloden Moor an. Der Taxifahrer, Jamie MacPherson, hatte sie etwas erstaunt angesehen, das sie zu dieser Zeit hinaus aufs Moor wollte.

Er fuhr sie öfters dorthin, aber meist ein, zwei Stunden später, wenn sie dort Touristen erwartete oder er selbst nahm diese gleich mit.

Auch erschien sie ihm heute reichlich still.

Er sah einige Male in den Rückspiegel und versuchte ihr zuzulächeln, aber sie hatte den Kopf zur Seite gedreht und starrte aus dem Fenster.

Nun, es stand ihm nicht zu, zu fragen. Miss MacKenzie würde ihren Grund haben und ihre Schweigsamkeit, mein Gott, waren nicht die meisten Schotten schweigsam, wenn sie hinaus auf dieses Schlachtfeld fuhren?

Auch ihm ging es immer noch so.

Er blinkte und fuhr auf den Parkplatz.

Hier stand noch keiner der Busse der Touristengruppen, die in spätestens einer Stunde hier eintreffen würden. Nur zwei kleineren Wagen von Mitarbeitern.

Jane öffnete die Tür und hielt ihm einen Geldschein hin. Sie bestand immer auf einem größeren Trinkgeld, ließ sich dafür aber auch ab und zu von ihm zu einem Tee einladen.

Heute nickte sie ihm nur zu und verschwand in dem Touristenoffice.

Dieses hatte noch nicht geöffnet, aber als Jane an die Scheibe klopfte, hob eine der beiden Frauen, die schon aufräumten, den Kopf.

Ihre erst unwillige Miene veränderte sich zu einem breiten Lächeln als sie Jane erkannte.

Nicht nur die nette junge Frau war hier beliebt, sie war auch ein Garant für zahlungskräftige Kunden.

So sah man die Öffnungszeit nicht so eng und öffnete umgehen die Türe.

„Ein bisschen zu früh, Miss MacKenzie, oder? Eine schöne Tasse heißen Tee? Fey und ich haben uns gerade einen Olong gebrüht."

Jane schlüpfte in das warme Innere und schauerte unwillkürlich.

„Danke, einen kleinen Schluck vielleicht."

Sie nahm die Tasse in ihre starren Hände und genoss für einen Augenblick die Wärme. Dann nahm sie einen kräftigen Schluck.

„Herrlich", murmelte sie und stellte die Tasse ab.

Aus ihrer Tasche nahm sie einen kleinen Blumenstrauß, Heide mit weißen Rosen.

„Ich würde gerne rausgehen, ehe all die Touristen kommen. Geht das, Lora?"

Die Ältere der beiden, die ihr den Tee gegeben hatte, nickte zögernd.

„Naja, eigentlich haben wir ja noch geschlossen. Aber Mister MacAther wird sicher nichts dagegen haben, sie als Stammkundin."

Sie sah die jüngere Frau an, die lächelnd die Achseln zuckte.

„Gehen sie, Miss MacKenzie", sagte schließlich Lora entschlossen und öffnete ihr die Hintertür, die direkt auf den Weg hinausführte.

Fey starrte eine Weile durch das Fenster und sah der grün-kariert gekleideter Gestalt nach.

„Sie war seltsam heute, nicht wahr?"

Lora sortierte noch ein paar kleine Bonny Prince Charlie Anhänger in das Regal und folgte dem Blick ihrer Kollegin.

„Sie ist eine so nette junge Frau. Wer will es ihr verdenken, dass sie einmal an der Grabstelle ihres Clans allein sein will? Mein Gott, wie viele MacKenzies sind hier gefallen. Es ist das Mindeste was man tun kann. Wenn die Touristen hier herum stampfen, kann man ja keine Minute Einkehr halten. Na, das ist doch..."

Verärgert ließ sie die Anhänger auf den Tisch zurückfallen und hechtete zur Türe, um diese abzuschließen.

Draußen war ein Bus vorgefahren, eine Stunde vor dem regulären Einlass und eine Menge amerikanischer Touristen stieg aus.

„Das ist ja wohl die Höhe."

Mit einer eindeutigen Geste deutete sie dem zielstrebig näherkommenden Mann, sicher dem Reiseleiter, dass noch geschlossen sei. Aber dieser ließ sich nicht beirren.

Mit einer entschlossenen Miene und geballter Faust wummerte er gegen das Glas.

Jane ging langsam über die Wege, bis hin zum Stein der MacKenzies.

Sie hielt den Strauß fest an sich gepresst, der Wind drohte nicht nur einmal ihn ihr zu entreißen.

Feine Hagelkörner schlugen ihr schließlich ins Gesicht und sie musste die Augen zusammenkneifen.

Warum war das Wetter immer so, wenn sie Culloden Moor besuchte?

Er tauchte so plötzlich auf, dass sie zusammenzuckte, obwohl sie ihn erwartet hatte.

Still stand er vor ihr, nur der Wind zerrte an seinem Plaid. Er trug die Tracht eines Hochlandschotten und an seiner Seite entdeckte sie das Breitschwert.

„Guten Morgen, Jane MacKenzie."

Seine Stimme war tief und ruhig wie immer, auch wenn er ihren Namen heute sehr langsam und förmlich aussprach.

„Guten Morgen, Agus MacGregor. Ich möchte erst meine Blumen ablegen, darf ich?"

Mit einem kleinen, traurigen Lächeln deutete er sein Einverständnis und Jane legte die Blumen auf den kleinen, kahlen Felsstein mit der Inschrift *MacKenzie*.

Sie bekreuzigte sich und senkte den Kopf zu einem stillen Gebet.

Respektvoll hielt Agus MacGregor Abstand und wartete, bis sie fertig war.

„Wie bist du auf mich gestoßen?", fragte er schließlich unvermittelt.

Jane machte eine Geste in die Luft.

„Ich habe es dir doch erzählt. Erst die falsche Spur,

die weiße Rose, meine Idee mit den Rosenkriegen und nach dem Mord in York sagte der Earl of Ballingham ein Wort, das mich aufhorchen ließ. Culloden. Das war das Schlüsselwort. Es war die Rose der Stuarts, aber dieser Detective Inspektor Brown glaubte mir nun gar nichts mehr. Du hast mich dann auf die Idee mit den Soldaten gebracht. Aber wie sollte ich an den..."

Sie zögerte unwillkürlich und er sagte mit unbewegter Stimme. „Mörder?"

Jane nickte kurz.

„Ja, wie sollte ich an den Mörder herankommen? Also bleib mir nur das Interview und meine Recherchen im Archiv, die du so freundlich unterstützt hast."

Sie zog mit steifen Fingern die Serviette aus der Tasche ihres Rockes und hielt sie ihm hin.

„Dabei stieß ich auf die Geschichte mit den erschossenen Frauen der MacGregors. Die Mörder waren drei englische Soldaten. Das andere war dann nur noch eine Namensabgleichung."

Agus MacGregor hatte sie nicht aus den Augen gelassen.

Er stand noch immer unverändert, dem Wind trotzend. Jetzt zog er die Stirn in tiefe Falten.

„Die erschossenen Frauen der MacGregors. Du sagst das so leidenschaftslos, hier, auf diesem Feld. Hier her waren sie gekommen, zwei Frauen der Clansmänner und zwei ihrer Töchter. Junge, unschuldige Dinger. Und hier warteten sie, diese drei Bastarde."

Er hielt in seiner Erzählung an, um auszuspucken.

„Sie haben die beiden Mädchen geschändet. Vor den Augen ihrer Mütter, hier, am Rand des Moors, unter einer Eiche. Gelacht haben sie dabei, Obszönitäten gerufen. Die Mütter konnten nichts tun außer bitten, weinen und flehen. Aber umsonst, sie wurden erschossen und eines der Mädchen auch."

Jane hatte geschwiegen, ein Kloß saß in ihrer Kehle, sie konnte ihn nicht hinunterschlucken und auch nichts sagen.

Der Wind wehte noch stärker und sie wandte ihr Gesicht etwas ab, um den beißenden Hagelkörnern nicht noch mehr ausgesetzt zu sein.

Am Eingang bemerkte sie jetzt eine Touristengruppe, die sich unter der Leitung ihres Reiseführers langsam in Bewegung setzte.

Auch Agus musste sie bemerkt haben, er kniff die Augen leicht zusammen und sah dann wieder Jane an.

„Was passierte mit dem anderen Mädchen?", fragte sie schließlich.

„Sie überlebte schwer verletzt. Der eine der Bastarde hatte ihr sein Bajonett in die Brust gestoßen, wohl aber nicht tief genug. Andere Clanmitglieder fanden sie und brachten sie zurück."

Er stellte sich direkt vor Jane, nicht als Bedrohung, sondern um sie vor dem Wind zu schützen, denn er sah, wie sie fror.

Ein Lächeln deutete ihm, dass sie die Geste verstanden hatte.

„Ich musste sie töten, alle drei."

Jane schüttelte langsam den Kopf.

„Agus, du warst immer mein Freund. Aber einer der Ermordeten war auch ein Freund von mir, er war das einzige Kind seiner Eltern. Er war Anwalt wie du. Was konnte er denn dafür, was vor zweihundertfünfzig Jahren geschehen ist?"

Ihre Stimme war laut und eindringlich und jetzt zitterte sie nicht nur vor Kälte, sondern auch vor Erregung.

„Dieses Mädchen war schwanger, von einem dieser Dreckskerle. Sie gebar das Kind und starb. Eine Verwandte zog den Säugling auf, ein Bastardkind. Ich, ich bin ein Nachfahre dieses Kindes, in meinen Adern fließt das Blut dieser Mörder. Ich musste es reinwaschen, mit ihrem Blut. Jetzt ist alles getilgt."

„Nein, diese Morde tilgen nichts. Agus, es ist und bleibt Mord, Mord an Unschuldigen."

Jane sah ihm herausfordernd in das müde, kältegerötete Gesicht. Seine braunen Augen waren starr auf einen Punkt hinter ihr gerichtet, dann schwenkte sein Blick in ihre Augenhöhe.

Schließlich holte sie tief Luft.

„Wie ist es dir gelungen, sie alle nach London und besonders in den Hydepark zu locken? Warum wusste niemand darüber Bescheid? Und warum der Hyde Park und nicht hier, der Feldrain von Culloden-Moor? "

Agus ließ ein verächtliches Schnauben hören und seine schönen, braunen Augen waren plötzlich dunkel, fast schwarz und nahmen einen harten Ausdruck an.

„Hätte ich sie hier ermordet, wäre sogar der unfähigste Beamte schneller auf mich gekommen. Darum habe ich den Hyde Park gewählt, als Hort der englischen Kultur sozusagen. Ich habe aber so viele Zeichen gesetzt, keiner hat es richtig gedeutet, bis Jane MacKenzie kam, nicht wahr?"

Er sah sie mit hochgezogenen Brauen an, aber Jane erwiderte nichts, also fuhr er fort.

„Ich habe per Briefpost mit ihnen Kontakt aufgenommen, ganz traditionell, getarnt natürlich. Die Menschen sind doch alle gleich. Mit zwei Sachen kannst du sie fangen, entweder englische Vorfahren und eine Erbschaft. Diese ganze Sache habe ich sehr gut verpackt und ihnen glaubhaft gemacht, dass es um absolutes Stillschweigen gehen muss, wegen der hohen, englischen Erbschaftssteuern. Dazu mussten sie auch den Brief vernichten, was sie natürlich auch taten. Ich gab mich als englischer Beamter aus, der natürlich eine Menge an Schwierigkeiten bekommen würde, wenn die Sache herauskäme. Darum kein Telefonkontakt, keine E-Mails, nichts, was auf mich deuten könnte. Hier in England lief der Kontakt natürlich erst einmal ganz seriös über einen amerikanischen Anwalt, das war ich. Keiner ahnte etwas von meiner Doppelrolle. Ich versprach, einen Kontakt mit dem Beamten herzustellen, aber der war nur bereit, sie anonym im Hyde Park zu treffen."

Er zuckte mit den Schultern.

„Keiner schöpfte Verdacht, nicht einmal mein Berufskollege. Trotz der Hyde Park Morde vorher.
Aber ich hatte immer lange genug gewartet zwischen den Terminen. So haben sie sich in Sicherheit gewogten. Sie waren einfach nur verdammt gierig und darum nicht vorsichtig genug."
Jane schwieg noch immer. Seine Schilderungen hatten ihr vollends die Sprache verschlagen. Wie konnte er nur so überheblich und distanziert davon reden, als sei er selbst überhaupt nicht beteiligt gewesen an den Morden?
Sie hatte einmal gehört, dass sich viele Mörder mit ihrer Tat brüsten würden, damit, einen exzellenten Plan gehabt zu haben.
Aber sicher war das die Lösung. Eine psychische Störung, eine gespaltene Persönlichkeit.
Er hatte sich so tief in diese Sache versenkt, dass er Vergangenheit und Gegenwart nicht mehr trennen konnte, ebenso wenig wie zwischen Agus MacGregor, dem erfolgreichen Anwalt und dem rächenden, schottischen Mörder mit Breitschwert.
Professor Downsand würde sehr schnell zu einem Gutachten kommen können.
Agus Stimme riss sie wieder aus ihren Gedanken.
„Warum bist du allein gekommen, ohne Polizei? Hast du keine Angst, dass ich dir etwas tun könnte? Unsere alte Freundschaft hin oder her?"
Jane holte tief Luft.
Mit Sicherheit hatte er Recht und sie hatte die Situation einfach unterschätzt.

Aber jetzt gab es kein Zurück mehr.

Nein, falsch. Das hatte es schon nicht mehr gegeben, als sie vorhin aufs Moor hinausgegangen war.

Sie sah Agus in die Augen, die immer von ihrem Gesicht zu einem Punkt hinter ihr abglitten.

„Einmal, weil ich sicher so verrückt bin, in dir noch immer meinen alten Freund zu sehen und zum anderen wollte ich deine Gründe hören. Hier, auf diesem Feld, wo die Männer unserer Clans gestorben sind und ich wollte dich überzeugen."

Sie brach ab und senkte den Kopf.

Er trat noch etwas näher an sie heran, aber seltsamer Weise verspürte Jane noch immer keine Angst, obwohl das Breitschwert an seiner Seite sichtbar war.

„Mich der Polizei zu stellen?", fragte er mit einem leisen Unterton in der Stimme.

„Ja, ich bin sicher, man wird die Motive berücksichtigen."

Ein heiseres Lachen ließ sie innehalten. Er stand jetzt genau vor ihr und sie konnte seinen warmen Atem spüren.

Langsam senkte sich seine große Hand auf ihre Schulter, aber sie zuckte nicht zurück.

Im Gegenteil, diese Hand erinnerte sie daran, dass diese ganze, bizarre Situation real war.

Dann sprach er ruhig weiter.

„Man wird mich in eine Irrenanstalt einweisen, Jane und das weißt du so gut wie ich. Aber ich danke dir, dass du mir diesen Weg hier her geebnet hast. Du hast wirklich geschwiegen. Du hast dich mit mir allein getroffen, trotz einem erheblichen Risiko."

Er deutete auf sein Breitschwert.

Die Stimmen kamen näher, schon deutlich hörte Jane die, vom Wind herangetragene Erklärung des Reiseführers.

„Wir sollten hier weg", sagte sie leise, obwohl sie nicht wusste, wie sie dann agieren sollte.

Ihm zur Flucht verhelfen, ihn verstecken?

Einen dreifachen Mörder?

Sie wusste es nicht und wollte es auch jetzt nicht entscheiden, dann vielleicht, wenn sie hier weg waren und Agus wieder wie der smarte Anwalt, der er war, in seiner anderen Person, reagieren und entscheiden konnte.

Aber Agus MacGregor rührte sich nicht von der Stelle und noch immer hatte er seine Hand auf ihrer Schulter liegen.

Er hob den Kopf und sein Haar wehte in dem immer stärker werdenden Wind. Dann sah er Jane durchdringend an.

„Du bist eine echte MacKenzie, Jane. Dein Clan kann stolz auf dich sein. Eine letzte Bitte habe ich an dich."

Jane sah ihn verwundert an, aber sein Lächeln und der Blick aus seinen jetzt wieder sanften braunen Augen beruhigten sie etwas.

„Wenn ich sie erfüllen kann, natürlich", sagte sie leise.

„Bete für mich, so wie du es eben getan hast. Versprichst du mir das?"

Er deutete auf den Clanstein der MacKenzies, wo der kleine Strauß lag.

Etwas verwirrt nickte sie.

Er zog sie ganz an sich heran und küsste sie auf die Stirn, ganz sanft und fast feierlich, bevor er die Hand von ihrer Schulter löste und ein paar Schritte nach hinten trat.

Plötzlich sah sie aus dem Augenwinkel, wie er sein Breitschwert zog und mit beiden Händen über dem Kopf schwenkte.

Dabei stieß er ein wildes Geheul aus, das jedem im Umkreis einen kalten Schauer über den Rücken jagen musste.

Jane erschrak sich fast zu Tode, wie konnte er nur?

Sie hatte keine Sekunde daran geglaubt, dass er diese Waffe auch gegen sie erheben könnte.

Jetzt war die Angst da, zu spät, um sie noch zu schützen.

Sie sah den blanken Stahl immer näher an sich herankommen und zuckte zurück, dabei stolperte sie über den Clansstein der MacKenzies und fiel hinterrücks auf Kiesel und Steine.

Das war sicher schmerzhaft, aber angesichts des Breitschwertes vor ihren Augen spürte sie nichts.

Sie wollte schreien, aber die Stimme versagte ihr.

„Mutter Maria, steh uns bei…", stammelte sie leise, überzeugt, die nächsten Sekunden nicht zu überleben.

Der Schuss zerriss die Stille und Agus MacGregor fiel wie eine riesige Lumpenpuppe nach hinten, das Breitschwert noch immer fest in der Hand.

Jane sah das alles aus einer geradezu surrealistischen Perspektive, da sie noch immer auf dem Rücken lag, der Clanstein bohrte sich jetzt schmerzhaft in ihren Rücken.

Aber sie war nicht fähig sich zu bewegen.

Plötzlich war eine Unmenge an Männern mit Präzisionsgewehren neben ihr und Detective Inspektor Peter Brown tauchte in ihrem Gesichtsfeld auf und reichte ihr höflich die Hand.

Völlig perplex ergriff sie diese und ließ sich, etwas unsanft, nach oben ziehen.

Als sie einigermaßen sicher auf ihren Füßen stand galt ihr erster Blick Agus.

Er lag wie ein gefallener Krieger, in Hochlandtracht, mit dem Breitschwert auf der Brust, auf dem Schlachtfeld seiner Ahnen.

Und er war tot, erschossen mit einem Finalschuss aus einer der Präzisionswaffen.

Jane löste sich aus dem Griff des Detective Inspektor und trat etwas näher heran.

Einer der bewaffneten Männer, sicher ein Scharfschütze, wollte sie aufhalten, aber mit einer unwirschen Geste machte sie sich frei.

Neben dem Toten kniete sie nieder, senkte den Kopf, faltete die Hände und betete.

Alle Anwesenden auf dem Feld schwiegen, ein Augenblick war nichts zu hören, nur das Krächzen der

Krähen in der Nähe.

Dann bekreuzigte Jane sich und stand auf.

Tränen rollten über ihre Wangen, sie versuchte nicht, sie wegzuwischen.

„Ich habe es ihm versprochen. Für ihn zu beten, meine ich. Trotz allem, er war mein Freund. Ich bin mit ihm aufgewachsen, wir hatten viele gemeinsame Erinnerungen und bevor er das alles, was weiß ich warum, getan hat, war und ist er ein guter Mensch gewesen, liebevoll, hilfsbereit. Ein treuer Mann."

Sie schluchzte auf und wischte sich die Nase.

Dann atmete sie tief ein und sah Detective Inspektor Brown an und die untersetzte Gestalt von Detective Assistent Constable Willams, der neben sie beide getreten war.

„Ich habe wirklich geglaubt, es ist eine Reisegruppe", sagte sie leise und beobachtete die Männer und Frauen in unterschiedlichster Kleidung, die sich über das Moor verteilt hatten.

Detective Assistant Constable Willams grinste breit.

„Das möchte ich auch hoffen. Unsere Tarnung war perfekt."

Dieser selbstgefällige Ton löste in Jane eine unbändige Wut aus. Sie sah zu Peter Brown, der wohlweislich schwieg.

„So perfekt auch wieder nicht. Agus MacGregor hat es gesehen. Er wusste, wer sich hinter der Reisegruppe verbarg, denn ich stand mit dem Rücken zu euch allen, aber er nicht. Darum hat er sich von mir verabschiedet, ich konnte es nicht deuten, jetzt weiß ich es.

Er hätte mir nichts getan. Er hat das Breitschwert gezogen, als seine letzte Chance."

Ihre Stimme war laut und nicht gerade freundlich.

Willams zog verstimmt die Stirn kraus, dann grinste er abfällig.

„Um gegen uns zu kämpfen?"

Jane wollte ihm erneut eine Antwort in sein arrogantes Gesicht schleudern, als Detective Inspektor Brown ruhig sagte: „Nein, er wollte einen schnellen Tod und das hat er doch erreicht? Ihm war klar was ihn jetzt erwartet."

Erstaunt sah Jane ihn an.

So eine Antwort von ihm hätte sie nicht erwartet.

Er zog seine dicke, gefütterte Jacke aus und hängte sie Jane um die Schultern.

Jetzt erst merkte sie, wie sie am ganzen Körper zitterte.

Dann reichte er ihr ein blütenweises Taschentuch und als sie nicht reagierte, behielt er es und wischte ihr mit einer geradezu sanften Geste über beide Wangen, um die Spuren der Tränen zu tilgen.

Langsam steckte er es in seine Hosentasche zurück und wandte sich ihr wieder zu.

„Kommen sie, Miss MacKenzie, im Office gibt es einen heißen Tee."

Nach einem kurzen Zögern bot er ihr seinen Arm und sie hängte sich ein. Für falsche Gefühle war jetzt weder Zeit noch Ort.

Sie zitterte wie Espenlaub und ihre Knie waren so weich wie Pudding.

Der Schock saß tief.

„Im Übrigen, ich muss mich bei ihnen entschuldigen. Ich hätte es nie für möglich gehalten das sie Recht haben könnten. Erst Rosenkriege und dann Culloden. Geben sie es zu, das klingt absurd."

„So absurd, dass sie mir schließlich doch noch geglaubt haben?"

Er zog die Schultern etwas hoch, aber sicher vor Kälte, denn jetzt trug er nur noch sein dünnes Jackett.

„Ich gebe ehrlich zu, es war der Professor und auch er hatte die Idee, ihr Telefon überwachen zu lassen, nachdem sie so unfreundlich auf die Beschattung von Detective Assistent Constable Willams reagiert haben. Und dann, Bingo-, ich glaube es immer noch nicht."

Jane drückte etwas seinen Arm.

„Sie haben Recht, es klang verrückt, und schließlich habe ich mich ja fast noch geirrt. Ich hatte alle in Verdacht, nur ihn nicht. Mein Gott, ich kannte ihn fast meine ganze Kindheit lang und jetzt? Er war getrieben von Hass, es ist nicht zu glauben."

Peter Brown musterte sie eine Weile, als sie so neben ihm herlief mit einem kräftigen Schritt, der ihm zeigte, dass sie oft zu Fuß und das sehr ausdauernd unterwegs sein musste.

„Was hätten sie getan, wenn wir nicht gekommen wären?"

Jane blieb so plötzlich stehen, dass er fast über sie gestolpert wäre.

Erst jetzt merkte er, dass er etwas atemlos war.

Sie schüttelte etwas den Kopf und strich sich mit der Hand eine Haarsträhne aus dem Gesicht.

Die Rufe der Beamten schallten über das Moor, aber alles umher wirkt unwirklich, fast bizarr.

Schließlich sagte sie leise.

„Ich weiß nicht. Ich wollte ihn dazu bewegen aufzugeben, sich zu stellen. Mein Gott, er war doch krank und brauchte Hilfe."

Sie hob mit einer hilflosen Geste die Hände und sah den Detective Inspektor an.

Dieser nickte langsam. Er wusste, dass Jane gegen Agus MacGregor keine Chance gehabt hätte und er sie zu jeder Zeit überwältigen konnte. Aber vielleicht wäre es ihr wirklich gelungen, ihn zum Aufgeben zu bewegen.

Und dann?

Er wäre lebenslänglich in einer psychiatrischen Anstalt, mit höchster Sicherheitsstufe, untergebracht worden.

Vielleicht hatte er selbst gehofft, dass das Ende so kam. Ein finaler Schuss auf diesem Moor, wo vor über zweihundertfünfzig Jahren alles begonnen hatte. Seine Mission, wenn man das so nennen wollte, war für ihn beendet. Er wusste, dass Jane seine Spur gefunden hatte, ja, er hatte es sogar so gewollt. Zumindest war das die Theorie von Professor Downsand.

Jane auf das Gelände von Culloden Moor zu bestellen, war für ihn das Ende einer langen Geschichte und mit Sicherheit hatte er, intelligent wie er war, auch geahnt, dass ihr Telefon abgehört wurde.

Jane zitterte, trotz der dicken Jacke und Peter Brown berührte sanft ihren Arm und wies in Richtung Office.

Schweigend nickte sie und sie setzten ihren Weg fort.

Nach einer Weile blieb sie noch einmal stehen und sah zurück.

„Was geschieht jetzt mit ihm?"

Brown wusste was sie meinte.

„Sein Leichnam wird seiner Familie übergeben und sie kann ihn dann bestatten."

Als sie nickte, meinte er. „Sie haben es doch gesagt, trotz allem, er war ein treuer Mann. Das wird respektiert werden."

Dann erlebte er zum ersten Mal einen anerkennenden Ausdruck auf Jane MacKenzies Gesicht, mit dem sie ihn betrachtete.

„Ich danke ihnen, auch im Namen seiner Familie", sagte sie leise und nahm seinen Arm.

Als sie am Office ankamen, das von Polizei umstellt war und winkte Jane kurz Fey und Lora zu, die verängstigt durch das Glas schauten.

Erleichtert, Jane gesund und munter zu sehen, umarmten sie sich spontan.

Detective Inspektor Brown öffnete die Türe und ein angenehmer Schwall warmer Luft kam ihnen entgegen.

Fröstelnd zog Jane die Schultern nach oben.

„Es ist vorbei, Miss MacKenzie", sagte Peter Brown leise.

Sie drehte sich um und lächelte. dann reichte sie ihm die Hand.

„Jane. Bitte Peter, nennen Sie mich Jane."

Zur Autorin:

Annette G. Krupka wurde in Plauen geboren.
Sie besuchte hier die Schule, lernte Krankenschwester, studierte später Pflegemanagement, erwarb einen
Masterabschluss und ist als freiberufliche Unterneh-
mensberaterin tätig.
Heute lebt sie in einer Thüringer Kleinstadt und hat
ein Fachbuch zum Thema Pflege veröffentlicht.

Der Hyde Park Mörder ist der erste Teil der Jane MacKenzie und Detective Inspektor Peter Brown -Reihe.
Weitere Folgen sind in Planung.

Die ehemalige FBI-Agentin Kate Schulz ermittelt
bisher in 3 Büchern. *„Lebensborn"*, *„Golem"* und *„Entführt"*. Auch hier wird es weitere Folgen geben.

Jane MacKenzie und Detective Inspektor Peter Brown
ermitteln weiter in:

Die Rache der Kali

Der junge Inder Gopal Shigh soll den Vater seiner
Studienfreundin in Oxford ermordet haben. Die Be-
weislage scheint eindeutig, aber der junge Mann
schweigt.
Jane MacKenzie begleitet ihre Großmutter, Lady Dora, nach Indien. Aber nicht nur um das Land kennen
zu lernen, sondern Informationen über Gopal zu
sammeln.
Im Hotel dessen Familie spielen sich seltsame Dinge
ab, so erleidet Lady Dora plötzlich einen mysteriösen
Jagdunfall.
Auch Jane gerät in höchste Gefahr und bereitet Detective Inspektor Peter Brown in London mehr als
nur Kopfzerbrechen.

ISBN: 9783748174561

Lebensborn: Erster Fall für Katherina "Kate" Schulz

Warum wurde ihre Großmutter ermordet? Katherina
"Kate" Schulz, Special Agent beim FBI in Atlanta
erhält einen Anruf aus Deutschland von der dortigen
Polizei. Kurzentschlossen fliegt sie nach Deutschland,
in ihre Heimatstadt Plauen, die sie als 15- jährige,
gemeinsam mit ihren Eltern, verließ. Der Mordfall an
ihrer Großmutter erweist sich als rätselhaft, zumal es
kein Motiv zu geben scheint. Für Kate gibt es plötzlich noch ein anderes Rätsel, das Rätsel über ihre
Familie.

ISBN: 3749481873

Golem: Zweiter Fall für Katherina "Kate" Schulz

Kate Schulz, ehemalige FBI Agentin, ist nach
Deutsch-land zurückgekehrt und hat in ihrer Heimatstadt Plauen eine Detektei und Personenschutz-
firma gegründet. Über mangelnde Aufträge kann sie
sich nicht beklagen, was Neid bei Konkurrenten her-
vorruft.
Nebenbei ist sie noch immer auf der Suche nach ihren
Wurzeln, denn bei ihrem ersten Besuch in Deutsch-
land musste sie erfahren, dass ihre Mutter adoptiert
wurde.
Und ein Vermisstenfall, der von der Polizei nicht als
solcher gesehen wird, führte sie über den Jakobsweg
nach Prag und in eine lebensgefährliche Situation.

ISBN: 9783749499847

Entführt: Dritter Fall für Katherina "Kate" Schulz

Kate Schulz, ehemalige FBI Agentin, hat sich in ihrer
Heimatstadt Plauen fest etabliert.
Während sie langsam ihrem Familiengeheimnis etwas näher zu kommen scheint, treten die Eltern einer
entführten Zehnjährigen an sie heran.
Die Bedingung des Entführers: 500.000,00 Euro in
bar, keine Polizei und Kate Schulz muss das Geld
überbringen.
Kate bleiben 2 Minuten sich zu entscheiden.